ガレキの惑星

高見 翔
Takami Sho

郁朋社

ガレキの惑星／目次

装丁／宮田麻希

RM（リスク・マネジメント）は突然に　～濁流の果て～

序

ざっくり言って、英語の習得は水泳のそれとよく似ている。まずは子供用の浅いプールで水に慣れるところから。次に大人用のプールへ行くが、足のつかないところは、まだ恐い。そして、ある程度泳げるようになったら、いよいよ海へと繰り出すのである。

潮風を感じながら泳いでいると、ふと気づく。泳いでも泳いでも、切りがないと。疲れて立とうとするが、足を預ける底がなくて恐怖を覚える。そのうちに、天気が崩れて波も荒れ、ついには溺れそうになる。これまでやってきた練習では、とても不十分だったと気づかされ、愕然となる。

引き返そうにも、ずいぶん遠くまで来てしまった。果てなき水平線を見ながら、力が尽きかけ、考える。あとどれだけ行けば目的地に着けるのだろう、あとどれだけ勉強すれば英語が話せるようになるのだろう、と。

力尽きそのまま沈んでいこうとしたとき、どこからともなく、ボートを漕ぐ音が聞こえてきた。それには一〇人ほどが乗っており、私も同乗させてもらうことにする。

海の果ては相変わらず見えないにしても、同行者がいるだけで気分がずいぶん楽になり、もう少し先まで行ってみようと思う。まさに助け船である。

ここでいうボートとは、私が所属している市民サークル・フレンズのたとえで、英語に関心のある同士が一〇名ほど集まり英語を学んでいる。

メンバーは、退職組もいれば現役社会人だっているし、以前は赤ちゃん連れの若奥さんだっていた。参加理由は様々で、海外旅行で困らないため、洋画を字幕なしで楽しみたい、外国人とお友達になりたい、留学したい、等々。

当サークルは、語学学校とはちがって参加料も安く、何よりも楽しみながら会話を中心に英語を学ぶのがモットーである。しかし、新型コロナの襲来により、サークルは存続の危機に晒されてしまった。なにせ、感染リスクは、いつでもどこにだってある。自宅から来館して入室してからも、いくらマスクをして換気に気を配っていても、いつ何時、罹(かか)ってしまうかもしれないのだ。

今でこそ、慣れた感はあるにしろ、コロナ禍の初期は、命の危険に怯えながら日々を過ごしていた。記憶に深く刻まれた有名人のコロナ死もあってか、罹患(りかん)して重症化したら病院で家族に見とられないまま、最後は骨壺に入って帰宅するものだと思い込んでいた。特に高齢者はそうだろう。今回の話は、そんなサークルのコロナ禍における悲喜こもごもを綴ったものである。

尚、出だしに書いたたとえの「海のように切りがない」というのは、英語の勉強も切りがないという意味である。単語やイディオム、特に数多くある句動詞の使い方は、慣れるのも使うのも大変である。例をあげれば、それこそ切りがないので、ここでは控えるとして、その本当の大変さに気づくのは、ある程度、英語を習得してからだろう。

段々愚痴っぽくなったので、そろそろ今回の本題であるリスク・マネジメント――危機管理――の話に進むとしよう。

誰にだって、辛い過去のひとつやふたつはあるだろう。時間をかけて、やっと忘れてしまったのであれば、何も無理にほじくり出さなくてもいいはずだ。

私にも四〇年という長い月日を経て、今では遠い過去になってしまった辛い体験があった。それを再び辿ってみなければならなくなったのは、新型コロナが原因だった。

きっかけは、サークルメンバーとのたわいもない雑談からだった。

遅ればせながら、私こと坂上信一は、地元英語サークルのフレンズに参加して七年目になる。現在のメンバーは男女半々でちょうど一〇名、社会人もいれば、高齢者もいる。どちらかといえば、還暦を越えた私を含めた後者が多いので、平均年齢は高いほうだ。

レベルは初級から中級までのメンバーが、月に二～三回集まり、外国人の先生のもとで会話を中心に英語を学んでいた。

その会場が、三階建ての市民交流センターのエミィだった。市民が集って交流し、「笑み」になろうというコンセプトで建てられた築一〇年ほどの瀟洒なビルである。駐車場はあるし、使用料もお手頃というのもあってか、毎日一〇団体あまりの市民グループで賑わっていた。

その内訳をみると、運動系には主に卓球やバトミントン、社交ダンスやヨガなど、文化系には歴史研究から子供科学クラブ、それからカラオケ愛好会までと多種多様である。

ここでビルの見取り図を簡単に説明しておくと、一階は玄関ドアから入って右手にまずは受付兼事務所があり、左手に学習エリア・待合エリアが、そして、壁を隔てて育児室、右手奥のジムへとつづく。

エレベーターでも行ける二階・三階には学習室や研修室、さらにグランドピアノを置いた音楽室や、料理室がある。よって、建物は子供から大人まで、様々な世代の市民で賑わっていた。特に、試験や受験シーズンになると図書館さながら、一階・二階は空席がなくなるほど、中高生で一杯になる。その状況は、コロナ禍の「緊急事態宣言」時を除けば、来訪者の増減にさほど変化はなかった。つまり、シャッター通り、高齢化、少子化、産業衰退など、それらの全てが当てはまり、かつて二〇万あまりあった人口の減少が止まらず、まもなく一〇万を切ろうとする寂れる一方の街なのに、そこだけは別世界のように多くの市民で盛り上がっていた。

その日は、東京オリンピック二〇二〇が延期され、年が変わった令和三年の一月初旬だった。私は夕方六時開始のレッスンを待って、エミィ一階の待合エリアにいた。

コロナのために、四人掛けだった丸テーブルのイスが三人掛けとなり、そのひとつに座っていた。団体用の長テーブルがあるにしても、全部のキャパは二〇人ほど、隣接した同じほどの広さの学習エリアは多くが学生で占められており、そちらが定員オーバーになった場合は、こちらにも流れてくる（最初からいる場合もあるが）。だから、少し遅れてやって来るメンバーへの席取りもあって、少し早めの五時半頃には着くようにしていた。

私同様、早めに来るメンバーがいた。同年代の岡田広志である。若い頃はハイキングが趣味だったそうで、本人が言うには五〇代で腹を切ったらしく（手術のこと）、それが原因からか、活力に満ちているタイプではなかった。それでも、人当たりは良い方だったので、気軽に近況を話し合う仲ではあった。そして、最近の話題は、やはりコロナだった。最近の感染状況、クラスターの情報など、もちろん、互いにマスクをしたまま、その日もそんな話から会話が始まった。

「市内の介護施設で、クラスターが発生したらしいですね」と、まず私から。

「フレンズでしょ。確か、職員あわせて七人とか言ってましたね」

先方も状況は把握しているようだった。市のホームページには、前日の発生人数等が表示してあり、それを恐らくは彼ものぞいたのだろう。

「うちのサークル名と同じだなんて、縁起が悪いですよね。ここも、周りは学生ばかりだし、無症状の保菌者がいるかもしれないから、やばそうですね」と私。それに対して、「うちの奥さんに、よく似てますね」と、変わったたとえで返された。今回で三度目だった。

最初は何を意味するのかわからなかった。もっとも、一般的に日本の亭主は対外的に自分の奥さんをけなす傾向があるので、直感的に侮蔑的なニュアンスが含まれているという気はした。個人的には悪い習慣だと思うが、ともかくも、どういう意味か尋ねてみると、彼の奥さんの心配性を意味していた。つまり、奥さんは亭主に、「コロナ禍だから外出しないで、サークルは控えてほしい」と頼み、亭主は、「周りに感染した知人もなく、まだ市内は大丈夫だ」と意に介さない。

老後のふたり暮らし。連れ合いに何かあったら、忽(たちま)ち途方に暮れてしまうだろう。奥さんが出歩く亭主を心配するのはもっともなのに、感染爆発も起こっていないのに不安がるというのは奥さん同様、私も心配性だという理屈だった。

「それだけ、大切に思ってもらえるなんて、良い奥さんじゃないですか」とか、「それだけ愛されているんでしょうね」とか、二度目までは波風が立たないように受け流していた。

こちらは短気でもないし、それくらいの大人の対応はできるというものだ。それに、反論したところで気まずくなるのがオチだからだ。だが、三度目ともなると「仏の顔も何とか」で、自称大らかな私も、さすがに言い返したくなった。それだけではない。

一月七日に、一都三県で緊急事態宣言がなされてからは、サークルの一時中断を再度考慮することが必要になってきた。第一波のときも同宣言がなされると、エミィは閉館になり、こちらも一カ月ほどの活動中止を余儀なくされたからである。それで、第二波の収束が見通せないなかでは、再度の中断もあり得た。

しかし、繰り返される似たような状況に慣れてしまい、以前ほど危険性を感じなくなったからか、コロナ禍での活動の危険性を訴えても、あっさりと「心配しすぎ」で片づけられてしまった。だから、三度目ともなると、さすがに我慢の限度を越えてしまった。最近、テレビのコメンテーターが度々口にする文言が、つい口から迸った。

「リスク・マネジメントって知ってますか？　何か問題が起こって処理の仕方がわからない場合はどうするか、わかってますか。いいですか、危険を回避するためには最悪のことを考え、その解決方法として、プランA、プランBを用意しておくんです。愛する人を守るには不安を正面から受け止め、危険を回避する最善の方策を考えておく必要があるんです。それと心配性とは違います、云々」と。

その最悪のことを考えるには、想像力もいるし、何より、経験がものをいう。それがなければ予測も思い描けないし、適切な解決方法も生まれないだろう。

最悪を回避するためのリスク・マネジメント、つまり危機管理とは、心配性とは全く異なるのである。ただ、相手を納得させるには、具体的な例、それも実際に起こった事例がなければ、難しいのも確かだ。それが、――感染症のパンデミックではないにしても――、私にないこともなかった。

それは、多くの日本人が一度は経験したことがあるだろう、自然災害だった。できれば、もう思い出したくはなかったのだが、私の場合は、四〇年ほど前に起こった長崎大水害だった。

しかし、記憶を辿るのは、精神的にも容易ではなかった。四〇年という歳月もそうだが、辛い過去を思い起こすには、それなりの覚悟が必要である。それは多くの大切なものを失った過去、たとえば家族や友人、恋人といった大切な人であり、たとえば、住まいや愛車といった大切なものであり、人生を刻む日々の生活でもある。それらを一瞬で失った悲しみは、到底消し去れない心の傷として残ってしまう。それを癒やせるものがあるとしたら、時間。時間をかけて、ゆっくりと忘れていくしかないのだろう。

そんな自然災害による悲劇を目撃したひとりとしては、やはり心の傷は深かった。そして、長い年月をかけて、やっと遠い過去になったものを、また辿るのは古傷が痛むどころではなかった。だから、最初は躊躇（ちゅうちょ）した。それでも、あえて過去を思い起こしたのは、これ以上、大切な人、大切な仲間を亡くしたくなかったからだ。

感染が増えつつある今、再度サークルを中断すべきか――、それをテーマにしたミーティングが、一週間後の金曜日に持たれることになった。

コロナ禍でのサークルへの参加は、あくまで自己責任なのか、それとも中断か。プレゼンというスタイルで意見を述べて、どうするかは多数決で決める。いずれの結果が出るにしろ、自分の思いを話すしかない。そのために、多くの人命を奪った過去と再会する覚悟を決めた。

あれは、一九八二年の梅雨時だった。まず、脳裏に浮かんだ記憶は、透明な水風船並みの巨大な雨粒だった……。

一

二六年間生きてきて、私はかつて、あんな大きな雨粒を見たことがなかった。誰かが一三階建てビルの南側全面ガラス窓に向かって、透明な水風船でも投げつけているかのようだった。そして、それらはぶつかった瞬間、大きく弾けてガラス一面に水しぶきを上げていく――無限連鎖的に次々と。

そんな光景を、三階にあるオフィスから眺めていた。

忘れもしないその日、正確には一九八二年（昭和五七年）七月二三日の金曜日、まだ出先から戻らない営業二名を除いて、嘱託社員やパートさんらを含めた長崎支店の従業員二十数名が、残業のため広いオフィスに残っていた。

　当社は全国展開中の大手信販会社のひとつで、長崎県下には佐世保営業所と長崎支店があった。私が最初の勤務地だった佐世保営業所から、三年あまりで当支店に転勤して早四カ月。長崎市は人口四五万の県庁所在地だけあり、また九州を代表する観光地のひとつでもあって、街は活気に溢れていた。

　当社が扱うのは信用貸し、つまりクレジット業務である。取引先は主にアーケード街にある洋装店や呉服店、それに宝飾店や家具店、さらに市街地や郊外には自動車販売店などがあり、顧客が翌月一回払いを含めた分割払い（所謂クレジット契約）を希望する場合、その顧客の信用調査と加盟店への代払いを行うのである。要は、掛け売り（月賦のこと）でも店は取りっぱぐれがなく、問題が発生するとしたら、こちら側である。

　たとえば、何回払いにしろ、分割払いを契約した顧客が口座引き落としなり、振込用紙なり、月々ちゃんと払ってくれれば何の問題もないのだが、口座が残不足になっていたり、振り込みを忘れてしまったりするケースが少なくない。それが何カ月も未払い金として積み重なっていけば、ついには払えなくなってしまうケースがある。つまり滞納（未納）であり、会社にとっては負債になってしまう。そこで、支払いを促す督促と回収業務を行う管理部の出番となる。

　以前は支払い二カ月遅れから督促を始めていたのが、芽を摘むのは早いほうがいいのもあって、一カ月遅れの顧客から電話による支払い確認をするようになった。ただ、そうすると莫大な件数になるので、私が受け持つ調査部門や営業部門の社員、さらにパートさんらも含めた全員体制で、督促業務を行うようになったのである。

　世間一般的な給料日前の、毎月二三日あたりが全員残業日となり、各自が五〇件〜一〇〇件を受け持ち、一般業務を終える五時半頃からの督促開始になる。

　その日も、いつもと同じように始まった。外は曇天、少しは小雨が降り始めていたかもしれない。六時を過ぎて雷がゴロゴロ鳴り始めて雨脚が強くなっても、多くは「やっと梅雨明けか」ぐらいにしか思わなかっただろう。ところが、それがほどなく未曾有の豪雨となり、行方不明者を含めた二九九名の犠牲者を出す大水害になるとは、誰も予想だにしていなかった。

　当日の午後四時頃、大雨警報は出ていたらしいが、仮に知っていたところで、五時を過ぎても降水量は皆無に等しかったし、また、警報も梅雨の間に度々出されていたのもあって慣れてしまったのか、空模様を気にかけているのは、傘を忘れた連中ぐらいだっただろう。

　しかし、七時頃には外は真っ暗になっており、いつしか大雨に変わっていた。広い店内の中央窓際に席を構える山辺支店長――三〇代の切れ者ふう――が、自らも行っている電話督促の手を止め、心配げに左隣席にいる私に尋ねてきた。

「坂上主任、まだ営業は帰ってこないのか？」

ふたりの営業は、車で市内から二〇キロほど離れた諫早市まで販促（新規店の開拓）に出かけており、五時半頃に六時帰社の連絡があったものの、まだ到着はしていなかった。

「ええ、三〇分ほど前に、ポケベルで呼んだのですが、まだ連絡はありません」

なにせ、今のように携帯電話など普及していない時代である。出先の社員と連絡を取りたいのなら、その携帯するポケットベル（通称・ポケベル）を電話で呼び出し、相手が公衆電話から折り返しかけてくるのを待つしかない——今となっては過去の遺物でも、当時はそれが最先端だった。

「もう一度、呼び出しましょうか？」

「そうだな」

ポケベル用の専用番号をダイヤル（プッシュホン）すれば、受け手の着信音がなって連絡要を知り、事務所へ電話をすることになる。それができない理由には、近くに公衆電話がないか、渋滞に巻き込まれて動けないか、それとも販売店と商談中で手が離せないか。時間的には帰路に着いているはずだし、諫早市と長崎市を結ぶ国道三四号線がいくら山間道路だとしても、トンネル向こうの矢上町までは東長崎に含まれ、平地の少ない長崎市の重要なベッドタウンとして連なっている。よって、点在する各町村には、電話ボックスや公衆電話を置いたたばこ店ぐらいは、多少なりともあった。ひょっとして、行程の中間あたりにある日見（ひみ）トンネル内を走行中のために電波が届かないのか、であるならば、帰社は女性陣の残業終了予定の八時頃になる。

この日、営業も六時までには戻って督促を手伝うようになっており、それでも帰社が遅れる一番あり得る理由は、やはり渋滞だった。なにせ、市民の足となる県営バスや路面電車は数分間隔で往来し、観光客を目当てに多くのタクシーが溢れ、ほかにも団体でやって来る観光バスの群れ、そして「坂の街・長崎」に必要な自家用車にバイクやスクーターなど、ここは自転車を除いては、乗り物が雑踏並みに混み合う街だった。

「連絡がないですね。時間帯からして、市内で渋滞につかまっているのかもしれません」

そう報告した私に、支店長は、「うむ」と渋い表情を見せただけだった。

七時過ぎ、ほかの社員同様、私も督促に集中していた。机上にあるのは、A4用紙の半分ほどのピンクの縦長用紙。そこに、契約番号や氏名、住所、販売店名、未払い金などが印字してあり、その下には交渉記録の記入欄もあり、話した内容を書き込むようになっていた。

持ち件数は一〇〇件、九時一〇分前に締め、未連絡分は明日土曜日に持ち越しとなる。もちろん、それがなくても、男子社員は毎日が九時終わりのサービス残業ではあったので、土曜日くらいは電話から解放され、早めに終わりたいものである。だから、その日だけでケリを付けたくて、休む間もなく電話を掛けつづけていた。ほかの社員とて同じ思いだったろう。

オフィスにあるドアは三つ、左には受付専用（三名）が、中央には社員用（日中は営業が出かけた席に一〇時出勤の二名のパートさんが座る）が、右側にも社員用（嘱託も含めた督促要員の専用にもなっている）の通用口があった。

三〇件ほど終わったところで、大型呉服店の客名が現れた。当ビルから徒歩で五分、浜市アーケードにある優良取引先のひとつである。呉服は単価が高くて売上高も大きくなるので、当店にとってはお得意様であり、転勤してきた頃に営業を担当していた私が、調査部門に移ったあとも引き続き担当していた。今日も三時に伺い、数件の契約書を回収してきた。

この日、顧客で賑わっていたのは、その店だけではなかった。一六〇店を有する市街地一番の浜市アーケードは、ちょうど中元セールの真っ只中にあり、多くの買い物客で混雑していた。特に、金曜日は大イベントであるナイトバザールが催されるのもあって、いつもより人出が多かった。途中、目にした氷の彫刻コーナーでは、早くも子供連れを中心に人だかりができていた。

そのせいだろうか、電話がコール（呼び出し音）のみだったり、通じても契約者が不在だったり、さらに通話音のみ（この時点で電話が殺到しており、回線が麻痺し始めていた）も増えてきた。

そうこうしているうちに七時半頃だったか、ふと外の様子が気になり、オフィスの南側一面を占めるガラス窓のほうを振り返って見た。すると、そこには異様な光景が広がっていた。

見たこともない大きな雨粒が次々とガラス窓を叩きつけており、今にも割れそうな勢いである。それは、命の危険を感じさせるほどの激しい降り方で、『もう残業を打ち切ったほうが良い』という強い思いが頭を過った。と、そのときだった。

オフィスの右端のドアが開いて、営業ふたり(吉田とその後輩の川本)が慌ただしく戻ってきた。その風貌をひと目見て驚いた。ふたりとも全身ずぶ濡れになっており、半袖シャツが透けてしまい、下半身も川のなかでも歩いてきたかのように、靴や靴下まで脱いで裸足である。さらに、ズボンの裾も膝まで捲り上げていた。

「一体、どうしたんだ？」という支店長の驚きの表情も至極もっともだった。濡れて体が冷えたのか、吉田の声が震えていた。

「外は、すごい雨です。下の駐車場が、足首まで浸水してます」

ふたりは支店長のそばまで来ると引き続き、それまでの状況を口早に伝えた。それによると、諫早で販促を終えたあと、国道三四号線を走って六時には日見トンネルを出たのだが、中心地に向かう蛍茶屋(ほたるぢゃや)あたりから渋滞し始めた。それでも、何とか六時半すぎには中心地まで戻ってきたものの、帰宅時のラッシュにつかまり全く動けなくなった。会社に連絡をいれたくても、車体がへこみそうなほどの豪雨に一歩も外に出られなかった。尚、トンネルを抜けたところで、後続の車が山からの鉄砲水に襲われ、押し流されていった、と青ざめた顔で付け加えていた。

長崎市は、西側の長崎湾を除いて、周囲のほとんどが山稜に囲まれており、極めて平地の少ない丘陵地に開けた街である。当社が入る住友生命ビルや裏手にある法務局、また周辺の市役所や県庁などは丘陵地の盛り上がり、つまり高台に建っているのに対して、中心地にあたるアーケード街は山裾の低地に位置していた。

主流河川はふたつ、ひとつは市街地を東西に横切って長崎湾に注ぐ中島川（眼鏡橋に代表される古い石橋群が有名）、そして北から南へ流れる浦上川（国道二〇六号線とＪＲ長崎本線が沿うように延びる）、こちらも長崎湾に注ぐ。いずれも二級河川であり、中島川は中心街で川幅二〇メートルほど、いつもは穏やかな川面にアーチ型石橋を映しており、たとえ大雨が降っても河川敷が整えられているのもあって、氾濫するというイメージはなかった。しかし、そうはいっても、高台を下りたところにある中島川そばの駐車場が浸水するなど滅多になく、危険な状況が迫っているのを予感させた。

支店長の決断は早かった。いや、後の被害を考えれば遅すぎたのかもしれない。そもそも、大雨警報が発表されている日に、残業をすべきではなかったのだろう。だが、その時点でさえ、その日に何が起こるかを予測できるものは誰もいなかった。それはともかく、残業は打ち切りとなり、全員帰宅することになった。

早速、私も机上の書類を片づけ、帰る準備をしていると、パートの鈴木さんが心配げに声をかけてきた。彼女は、事務補助全般、電話受付から督促までをこなす働き者で、身長一五〇センチあまりの小柄であっても大きな戦力になっていた。また、ひとり娘のシングルマザーでもあり、真面目で気さくな人柄から、好感のもてるパートさんのひとりだった。

「あのう、帰る前に、自宅へ電話してもいいでしょうか？　娘がひとりで留守番をしてるものですから」

そういえば以前、昼食時だったか、子供の高校受験について話していたのを耳にしたことがあった。それにしても、会社のマナーとしては当たり前だとしても、電話一本、わざわざ断りをいれるとは、律儀な人でもあった。

「どうぞ、どうぞ。いいですよ」と私は快く返していた。

彼女は中央ドアそばの席にもどり、受話器を取った。それとなく様子を見ていると、通話する表情が忽ち険しくなり、悲鳴にも似た声になった。

「すぐに帰るから、何なら、管理人さんに電話するんだよ」

そんな悲痛ともとれる話し声が聞き取れたのもあり、硬い表情のまま急いで帰ろうとする彼女に、つい声をかけた。

「何かあったのですか？」

「娘がいうには、裏山から変な物音が聞こえるそうなんです。部屋は一階でしょう。地滑りでも起こらないか心配で」

そういえば、彼女の住まいは、市内から北に行った滑石(なめし)町にあるマンモス団地だった。

「お気をつけて」と言うより早く、彼女は右側のドアへ急いでいた。出れば右手にエレベーターと階段がある。その出るすんでに、タオルを手にした吉田が声をかけた。

「鈴木さん、今日もスクーターだったら、帰りはバスのほうがいいよ。市街地も恐らく水浸しだから、しぶきですぐにエンジンがいかれるよ」

「わかった、そうする。教えてくれてありがとう」

彼女はそう返して、急ぎ足で出ていった。


ふだんは私がオフィスのカギをしめて帰るのだが、「帰れる者から帰れ」という支店長の強い指示に従い、八時前にはほかの社員数名とともにオフィスを出た。タイミングよく来たエレベーターは満杯だったのもあり、すぐに近くの階段を下りた。

一階ロビーは、他社の社員でごった返していた。それを避けるようにして外に出たものの、あたりの変わりように驚いた。そこは高台だというのに、降る雨量が多すぎて排水が追いつかないほど、付近は冠水状態になっていた。また、滝行並みの降雨の打力に、傘も原型を留めなかった。

　私は躊躇して立ち止まったが、ほかの連中（バス組）は濡れながらもバス停に急いでいた。その後ろ姿は、忽ち雨にのみ込まれて見えなくなり、入れ替わるようにして、雨合羽（あまがっぱ）姿の消防団員ふたりが、何やら声を張り上げながらやって来た。

「危険ですから、建物に入ってください！」

　怒号並みの警告を、激しい雨音が打ち消していく。それでも、ふたりの大きな身振り手振りが、差し迫る危険を訴えていた。

　私はいつも利用する浜市アーケード端の思案橋バス停に行くのを諦め、踵を返したところで、野次馬根性が芽生えてしまった。近くの駐車場が浸水するとはどの程度の水位か、中島川の様子を見たくなり、同ビルの右手にある坂道を下りていった。

　坂道を下ってほんの数メートル、忽ち危険を察して立ち止まった。眼前には初めて目にする、赤茶けた巨大な濁流があった。まるで、大河の激流の如く荒れ狂うさまが、豪雨に霞（かす）む街灯の薄明かりだけでも見てとれた。水位は整備された河岸を遥かに越え、バスや路面電車の走る川沿いの道路を沈め、さらに坂道さえも上って迫ってきていた。

　想像を超えた濁流の巨大さに、身が竦（すく）んで思考も止まった。体の機能が全て麻痺したのか、突然、静寂に包まれ、ますます凶暴さを増す水流を前に、釘付けになった。それを突き破ったのは、豪雨に折られて落ちてきた街路樹の枝だった。それは雷鳴のように体に響き（実際に雷は轟いていたのだろう）、心底から突き上がってきた恐怖に、麻痺した体がぶるっと大きく震えた。

濁流という怪物にさらわれそうな錯覚に襲われた私は、自らの気配を消すかのようにして、一歩、二歩と後退りをしてビルへと急いだ。

オフィスに戻ってみると、長崎駅方面に向かったバス組を除いた社員のほとんどが、同じように引き返していた。そして、早速、自宅に安否確認の電話連絡をいれていた。だが、それもほどなくして、通話不能になっていく。

その頃、鈴木文江はＪＲ長崎駅前から、八時台のバスに乗っていた。ビルを出たあと、帰る方向が同じ連中と駅方向への脇道を下り、歩道橋を渡って停留所に着いた。通常は一〇分もかからない距離なのに、豪雨のために視界と体の動きを奪われ、歩みがふだんの倍を要していた。

駅周辺を行き交う車は、すでにかなりの飛沫を飛ばしており、停車中の車をみればタイヤの半分あまりが冠水していた。その後ほどなく、道路上の水嵩が増して、駅の駐車場を始めとする半地下にあった多くの車が水に沈み、ほどなくバスや路面電車もその動きを奪われていく。

乗客は帰宅を急ぐあまり、迫り来る洪水の予見などしなかっただろう。いや、その逆で、危険を察して一刻も早く逃れたい――という一心だったかもしれない。
鈴木文江の場合は、娘が心配で、やって来たバスに飛び乗った。バスは満員、後方の立ち席になった。

バスは国道二〇六号線を北に向かったのだが、バスレーンを含めた片道三車線は、ひどい渋滞を起こしており、視界を奪うほどの豪雨と冠水もあって走りはのろかった。

渋滞に拍車をかけたのが、多くの人出で賑わっていた浜市アーケードのナイトバザールである。それが大雨のために打ち切りになったのが七時半。それから駐車場に急ぎ、市街地に溢れ出た車も多数あっただろう。それに加えて、過密スケジュールで発車する路面電車や通勤バス、そして夥しい数のタクシーなど、すでに路上交通は麻痺しつつあった。

すぐに、乗客はバスに乗ったことを後悔することになる。路上の水位がみるみる上がっていき、たったひと駅先の八千代町あたりで、車内は床下からの浸水に見舞われていた。

中島川と浦上川の両方ともが、上流からの一気の増水と多大な雨量の増加に許容限度を遥かにオーバーしてしまい、氾濫を起こして市街地を一面の海にしつつあった。前者は幾つもの石橋を破壊しながら、後者は駅のホームさえ乗り越えて、怒濤のごとく街に流れ出していった。

バスの車内では、足元の隙間から濁った水が吹き上がっていた。悲鳴があがり、怒鳴り出す乗客もいた。年配の運転手はフル稼働するワイパーの先を必死に覗き込みながらも、「大丈夫ですから、落ち着いてください！」と、何とか周りをなだめようとしていた。

異様なことは、ほかでも起こっていた。車内の冷房がついには止まり、窓ガラスのどれもが曇っていたのだが、右側に座った乗客のひとりが外の状況が気になったのか、窓の曇りを手で拭いて外を見やった。すると、右前方の道路沿いに電話ボックスの明かりが、ぼんやりと見てとれた。

雨にけむったそれに目をこらすと、サラリーマンふうの男性が内側から懸命に開閉ドアを叩いていた。どうやら、外からの膝上付近まで上がった水圧のせいで、ドアが開かずにボックス内に閉じ込められてしまったようだった。さらに、内部にも浸水していた。

バスが、左手のガソリン・スタンドに差しかかったときである。今度は、ロープを体に括り付けた店員が、洪水に流れ出るタイヤをかき集めようとしていた。その脇を何本ものドラム缶が浮いて流れていった。

洪水の嵩は増すばかりで、バスもコントロールを失いつつあった。蛇行運転というよりはスリップ、あるいは漂流に近く、レーンからも外れがちになった。そのまま濁流に抗えず流されてしまえば、途中途中の電停にぶつかる恐れがあるし、周りの車と接触して横転でもすれば、多数の溺死も免れない。最悪、水位の上昇が止まらないなら、このまま水没の恐れだってあった。しかし、あたり一面の洪水は収まるどころか、左手からの浦上川の氾濫は水量を増すばかりだし、加えて後方の中島川からの濁流ともぶつかって、海原と化した市街地では水流がせめぎ合っていた。

恐怖もあった。不安もあった。感情の乱れが濁流のごとく内部を駆けめぐり、精神の氾濫を起こしていた。多くの乗客が、悲鳴とも怒号ともわからぬ声をあげていた。悪いことに、ハンドルが取られて車体が右手に流れていき、宝町（たから）電停が近づいてきた。激突すんでだった。

前方の車のエンジンがいかれたのか、濁流に抗いきれないまま、バスの右先に接触した。その衝撃でバスは左側に押しやられ、電停そばの歩道橋の階段部分に入り込むようにして止まった。

そこで、運転手は素早い行動を見せた。脇の非常用ボックスからロープを取り出すと、それを窓を開けて身を乗り出し、上部の手すりに投げ掛けた。そして、手早く結んで車内に戻ると、乗客に呼びかけた。

「このままでは危険です。バスが流される前に一旦、歩道橋に上がりましょう。さあ、私が支えますから、ひとりずつ窓から出て避難してください。まず女性からお願いします」

必死の呼びかけにもかかわらず、乗客たちは躊躇（とまど）っていた。無理もない。外は豪雨、歩道橋に逃れたとしても行き場はなく、わざわざ滝のような雨に打たれにいくようなものだ。それでも、このまま濁流にのまれて溺死を待つよりはマシだった。

サラリーマンふうの中年男性が、まず名乗りをあげた。

「洪水が収まるまでの辛抱だ。まずは、私が先に上って、引っ張りあげよう。濁流に落ちたら、助からない」

「じゃあ、あなたからお願いします」

運転手の指示に、男性は窓から身を乗り出すと、ずぶ濡れになりながら、ロープを頼りに上っていった。上る距離はそれほどでもなく、手すり部分に手が掛かりさえすれば、それほど難しいことではなかった。そうはいっても、雨で手が滑り、非力な者には難しかっただろうし、何よりも恐怖で手が震えた。

それでも、男性の支えがあったお陰で、ずいぶん容易にはなった。なかにはスカートを気にしてか、躊躇う若い女性客もいたが、それを運転手が諌(いさ)めた。

「恥ずかしがっている場合ですか、死んでもいいのですか」と。

次々と避難が進み、半数ほどの乗客が上り終えた頃、濁流の荒波が車体に押し寄せ、バスを再びどす黒い流れに連れ戻そうとしていた。

それから数人が逃れてほどなく、バスは無情にも濁流に引き戻されてしまった。車内には、まだ鈴木文江が残っていた。

二

オフィスでの長くて不安な夜が始まった。男女合わせて一〇名あまりの社員が、思い思いの場所に席をとっていた。ほどなく、停電になったのか、室内は天井にある非常用の常夜灯だけになった。さらに、電話もつながらなくなった。濁流は車だけでなく、電柱をもなぎ倒し、その上ケーブルも切断していた。

社員の誰かが、ラジオを取り出してつけていた。地元の長崎放送から流れてくるのは、安否を伝え合う人々の声だった。電話が通じず、足止めをくった人々が頼ったのは、近場にあったラジオ局だった。

私は周りの連中に声をかけたあとは、右手通用口近くに席をとり、まんじりともせず夜を過ごしていた。しぜんと、鈴木親子を思った。彼女は無事に帰れたのだろうか、ひとりで留守番をしている娘は、果たして無事なのだろうか、と。

長崎は、「坂の町」とたとえられるように、家々は急勾配の傾斜地に建てられている。それも、ネコの額ほどの土地があれば家が建つほど、かなり密集していた。ただでさえ、あまりの傾斜に滑り落ちそうなのに、大量の雨は地盤を緩め、いつ何どき斜面崩壊を起こしてもおかしくはなかった。

そんな危険と背中合わせなのに、豪雨は収まる様子もなく、不安は増すばかりだった。

実際には、県下の至る所で土石流や山崩れが発生しており、多くの人命が奪われていた。それは、なにも山間部だけに限ったことではなく、麓まで広がった郊外の住宅地も例外ではなく、その中には滑石町の団地も含まれていた。裏山が崩れて大量の土砂が建物を襲い、多くの犠牲者を出していた。

悪夢のような一夜が明けた土曜日、断続的になった雨天の中、洪水が引いたのもあり、自衛隊や県警等による救助活動が開始された。未曾有の大雨と洪水に見舞われた市街地は、それこそ爆心地並みの無残な姿をさらけ出していた。

最高水位二メートルあまりに達した濁流は、至るところに瓦礫（がれき）や様々な漂流物を残していた。動かなくなった路面電車が何台も放置され、その軌道の敷石さえも荒々しく剥（は）ぎ取られていた。

一番被害が多かったのが、自動車やバス。至る所がスクラップ置き場と化しており、窓ガラスが割れたり、車体が凹んだ車両が、そこら中に横倒しになったり、積み重なったりしていた。

ほかにも、上流から運ばれてきた大量の流木やむしり取られた河川の雑草、さらに無数の立て看板や標識といった雑多なものが泥まみれになって重なり合い、ひどい姿を晒していた。

それはアーケード街とて例外ではなかった。たとえば、浜市アーケードや観光通りでは正面から入り込んだ濁流が、連なるショーウインドーに大人の身長を超えるラインを残して、車さえ押し流していった。それは勢いそのまま、店舗のシャッターを突き破ったものもあった。

死者・行方不明者二九九名という多くの人命を奪った大水害だったが、犠牲者の大部分は山間部の土石流や崖崩れによるものだった。その数、数千カ所あまり、家屋の全壊・半壊は一五〇〇棟あまりにものぼった。また、国道、特に東長崎と市街地を結ぶ山間道路の三四号線は土石流に寸断され、何台もの車が土砂に埋もれ、人が乗ったまま崖下に流されたケースもあった。

親を亡くし、子供を亡くし、親戚や友人を亡くし、突然の別れに、多くの住民が沈痛な思いに打ち拉（ひし）がれていた……。

助かった者、助からなかった者、その結果の違いは何だったのか。どのような選択が、命運をわけたのか。

もう誰も死んでほしくない、あんな不幸は二度と起こってほしくない、そんな思いでミーティングに臨んだのに、いざ水害時の市内の箇略図を描いたホワイトボードを背にメンバーの前で話し出したとたん、当時の記憶とともに辛かった感情までもが濁流のごとく蘇ってきて、全く言葉が継げなくなった。両親を亡くした幼子や家族全員を亡くした女の子、はたまた子供を亡くした両親など、被災した人たちは、その後、どんな人生を歩んだのだろうか。幸あれと願うしかなかった。

感情の乱れのせいもあって、結局、時間切れから全てを話し終えることはできなかった。ほどなく、落ち着きが戻ってからは、以下の付随的な注意点を述べたに留まった。

マスクをして手先の消毒、使用したテーブルやイスの消毒、室内のこまめな換気、また、ソーシャル・ディスタンスを守り、お互い離れて座ったりと。ただ、それらを徹底したとしても、感染リスクは皆無ではなかった。たとえば、エレベーターがそうである。高齢者、特に膝や腰の痛みを抱えていれば、三階まで階段を上るのは酷というもので、どうしても、三密になりがちなエレベーターに頼りたくなる。たとえば、トイレ。ショッピングモールのトイレ並みの広さはないし、ゆったりめの多目的トイレもない。

また、子供たちが階段を駆け下りると、大人が大声で注意するのは珍しくなく、そういうのも含めて飛沫を可視化できたなら、微細な粒子のエアロゾルが、そこら中に浮遊しているだろう。

そんなことも併せて話しはしたが、結果、今後のサークルについては多数決で継続になった。けれど、果たして自己責任でいいのだろうか。気を取り戻して喋ったはずなのに、私の思いは届かなかったのだろうか。いや、全ては伝えられなかったにしろ、少しはその思いを感じ取ってくれたはずだ。それは心に残り、これまでよりは注意を払って行動してくれるだろう。それだけでも、良しとすべきなのかもしれない。

三

ゆめタウンのフード・コートは、本館と棟続きになった新館の二階にあった。一〇〇人あまりが利用できるスペースがあり、レストランのサイゼリアが隣接していた。最近は感染対策のために、四人テーブル以上にはパーティションが置いてあり、清掃スタッフによる各所の消毒も、以前よりはこまめになされていた。

私は金曜日の午後から買い物に寄ったあと、サイゼリアを背にして、通路側からふたつ目の四人掛けテーブルに座っていた。斜め左の席には、たまたま店内で会った同じサークル仲間の竹内優子がいた。彼女は小学六年生の女の子がいるシングルマザーで、休暇日を利用して買い物に来ていた。ジーンズと白のTシャツというスッキリした格好が、スリムな体型に似合っていた。私もふだんはジーンズなので、水色じゃなく白のポロシャツだったら、衣装がお揃いになってしまいカップルと見なされたかもしれない。

時間帯はランチタイムを過ぎた昼下がりだったのもあり、利用者はまばらだった。賑わいの消えたフロアで、挨拶代わりの世間話は自然とコロナになる。最近の感染者は何人、飲み屋街でのクラスター発生など、一向に収まらない状況に、お互いため息が出た。気分転換を図るように、ふたりとも近くの自販機から買ってきた缶コーヒーを、グビッと飲んだ。そして、彼女のほうから、前回のミーティングの話を持ちだしてきた。

「この町の感染も相変わらず途絶えないところをみると、やはり今はクローズしたほうがよかったかもしれませんね」

「そうですね。ただ、ステイホームも長引けば、気が滅入ってしまいますから、ここだけの話、高齢の方は、かえって病気になってしまうかもしれません。あくまでも一般論ですが、部屋に閉じこもってばかりいると認知症になるかもしれない。もっとも、まだお若い優子さんには関係ないでしょうけど（これは本音である）」

「そんなことはないですよ。最近、うちの会社でもリモートをやるようになり、週二〜三回は自宅にいますけど、やはり外の空気を吸わないと、ストレスが溜まっちゃいますね。そういう意味では、以前より増してサークルへ行くのが楽しみになっています。ほかの皆さんも、同じじゃないでしょうか。だから、中断より継続を望んだのでしょう」

確かにそうだった。昨年の二月に、コロナのせいで一カ月ほどサークル活動を自粛したことがあった。再開して久しぶりに仲間と会ったときは、お互いの無事を喜び合ったものだ。

自粛と再開。時間の流れを比べれば、自粛中は時間の進みが著しく遅く、さらに重く感じた。が、再開後は逆に、軽やかに日々が過ぎていった。どちらがメンタルにとって健康的なのかは、言うまでもないだろう。サークル仲間は良くも悪くも、そんな内的感覚を共有していた。

「ところで、尋ねたいことがあったのですが」と彼女。

「何でしょう？」

「あの長崎での水害の話は、大いに身につまされました。特に、パートさんの件は他人ごととは思えなくて。だって、私も同じようにシングルマザーで、ひとり娘がいるでしょう。あれからどうなったか、やはり気になってしまい、機会があったら尋ねてみようと思っていたんです」

「あれからどうなったかというと……」

私の表情が落ち込んだふうに見えたのか、彼女はマイナスのイメージを持ったようだった。

「でも、やはり辛い経験だったでしょうから、無理には思い出さなくてもいいですけど。ただ、バスが流され、母親、お名前は鈴木さんだったでしょうか、そして娘さんは結局どうなったのか。その先を推測すれば、悲しい結末が待っているみたいで、訊かないほうがいいのかもしれませんが。プレゼンの趣旨を考えれば、結局、洪水の危険を考えて、母親は帰宅しなかったほうがよかったのか。そうすれば、母親だけでも助かったかもしれません。でも、それでは……」

「優子さんなら、どうされましたか。同じ状況だったら、最悪のこと、ここではやはり洪水に巻き込まれるということでしょうが、そう判断して、オフィスに留まり、一夜を過ごしましたか？　そして、洪水が引いた翌日に帰る。それが、この場合のプランAになるかもしれません」

「私だったら……、洪水なんか度々あるものじゃないから、予見なんかできなかったでしょうし、私も同様にバスに飛び乗り、娘が待つ自宅へと急いだでしょうね。私にとっての最悪とは、危険が迫っている娘を助けてやれないことです。あの場合、娘さんとの通話で危険が迫っていたでしょうから、それ以外、考えるゆとりなんかなかったでしょう」

彼女の返答には、少しの迷いもなかった。母親とはそういうものなのだろう。プレゼンは時間の制限もあり、その先のことまでは話せなかったが、せっかくだから、どうなったかを打ち明けておこう。

「では、その後どうなったかをお話ししましょう。これは後に、入院していた彼女を見舞ったときに、本人から聞いたのですが……」

「というと、鈴木さんは助かったんですね」

「結論からいうとそうなんですが、残念ながら最後には悲しい別れが待っていました」

「というと、娘さんが？」

「いえ、娘さんも助かりました。それでも……。まずは、バスが流されたところから話しましょう」

彼女の表情が、緊張したかのように真顔になった。

「歩道橋に留まっていたバスは、結局、水流に再び連れ戻されてしまったそうです。それでも、エンストせずに何とか北へ数駅進んだものの、平和公園先の岩屋橋あたりで力尽きました。その一帯は北東から流れてくる浦上川の流域にあたり、氾濫した濁流は腰あたりまで達していたそうです。

幸いにも、バスには十数名の乗客が残っており、その重みもあってか流されずにすみ、車内で鈴木さんは一夜を過ごすことになりました。

車内は照明が切れ、座席の足もとまで浸水しており、頼りは備品の懐中電灯と客が持っていた飴のみです。それを分け合いながら、みんなで励まし合って過ごしていたそうです。

深夜になり外の水嵩が足首付近まで下がっていき、雨も少しは小降りになると、彼女は周りの乗客が止めるのもきかず、バスから降りて北へ向かいました。そこから団地までは、北西へまだ数キロもあります。水位はずいぶん下がったとはいえ、ときおり、強い雨が打ちつけるなか、彼女は深夜の道を歩いていったのです。街灯もなく瓦礫が散乱する道路を、水流や残留物に足を取られて何度も転んだそうです。途中、くじけそうになっても、ただただ娘さんが心配で、懸命に歩んでいったそうです」

「それで、団地には無事に辿り着いたのですか？」

「ええ、なんとか。ただ、付近のあまりの変容ぶりに、唖然としたそうです。停電から、街灯や防犯灯はどれも灯っていなかったのですが、それまで夜道を進んできたので目が暗さに慣れており、あたりの様子はだいたい把握できたそうです。それによると、団地周りの道路は土砂を被っているし、瓦礫もあちこちに散乱して足場を奪っていました……」

「生活の場のあまりの変わりように、ショックを受けられたでしょうね」

「ええ、当時を思い出して話す表情は、とても辛そうでした。そこで、メンタルが心配になって中断を申し出てみたんです。彼女の返答は、話したほうが、気持ちが落ち着くとのことでした。ここからは、彼女の言葉をなるべくそのまま借りて続けましょう」

「それらの障害物を乗り越え、やっと住まいのある団地の棟に辿り着いたのですが、その付近の光景も一変していました。だって、そこは裏山の麓だったのに、建物そばにはバスが流されてきているし、近くにあった橋も半壊になっているし、なによりも裏山の斜面が崩れて、あたりを土砂だらけにしていました。悪いことに、土砂は窓を破壊して、一階の娘がいる部屋にも流れ込んでいました。

　思わず、娘の名前を叫びました、「まゆみ、まゆみ」と。その必死の呼びかけも、再び降り始めた雨にかき消されてしまいました。絶望に打ち拉がれそうになるのをグッと堪え、玄関ドアを開けました。

　室内は真っ暗なうえ、土砂のすえた臭いが充満しています。そこでも娘の名前を呼んでみましたが、やはり返事はありません。仕方なく、土足のまま入り、台所から奥の娘の部屋へ進もうとしました。ところが、裏窓を押し破って流入した土砂が、部屋の襖をなぎ倒して、目の前に積もっています。そのなかには、ガラスの破片が混じっているかもしれません。そこで、台所からフライパンを手に取り、必死に土砂を掻き出していきました。

　あまりの土砂の量に、時間だけが刻々と過ぎていきます。もし、娘が土砂に埋まっているのなら、一刻の猶予もありません。疲労がピークを越え体力がなくなりかけていましたが、助けたい一心で体は動いていました。

　何とか、娘の部屋に入れたまではよかったのですが、土砂は押し入れの襖さえ押し潰していました。そのときは血の気が引いたというか、さすがに娘の死を覚悟しました。と、そのとき、押し入れの奥から、微かにうめき声が聞こえてきました。娘です、娘の声は呻き声でもわかります。

　急いで泥をかき出して襖を押しのけると、そこに体の上体まで土砂に埋まった娘がいました。かろうじて首から上は大丈夫で、窒息死を免れていました。

ただ、呼びかけだけでは反応がなく、頬を平手で叩くと少しだけ意識が戻りました。しかし、「おかあさん……」と呟いただけで、安心したのか、再び気を失ってしまいました。そばで見ると、その唇が紫っぽく変色しています。恐らく、土砂に長く埋まっていたせいで、体温と皮膚呼吸を奪われたのでしょう。いずれにしろ、その場から一刻も早く出してやらなければなりません。

私も体力の限界を迎えようとしていたなか、最後の力を振り絞って土砂から何とか娘を引き出すと、引きずるようにして浴室まで連れていきました。まずは、体についた泥を取り除いてやりたかったのです。それに、気づけば自分の腕も血だらけになっていました。やはり泥のなかにはガラスの破片が混じっていたのでしょう。それでも、娘を助け出すのに必死で、痛みなどかまってはいられませんでした。

一刻も早く娘を洗ってやりたいのに、断水状態で水が出ません。前日の残り湯も今朝方、雨の休暇日だったのもあり、洗濯用に使ってしまいました。そういえば、冷蔵庫に麦茶があったのを思い出しました。とりあえずは、それを取りに行って、と思案しているあいだに娘を抱き寄せたまま、気を失ってしまいました。幸いにも、身を寄せた状態だったのもあり、体温が戻って娘の命をつなぐことができました。

翌日、私たちは救助活動にきた自衛隊に発見され、何とか助けてもらいました……」

「以上が、彼女が病室で私に語ってくれたことです」

「そうだったのですか、でもおふたりとも助かってよかったですね」

感極まったらしく、彼女は涙ぐんでいた。ほどなく、最初の言葉を思い出したらしく、

「では、悲しい別れというのは、何があったのです？」

「最初に見舞ったときの経過を、もう少し詳しく説明しますと、彼女が入院していたのは地元の市民病院だったと思います。実は、本人から連絡があったのは水害から数週間ほど経ってからで、電話もつながらず、ちょうど心配しているときでした。安否確認ができてホッとしたのも束のま、突然の退職願いに驚きました。理由を言ってくれなかったので、取り急ぎ見舞いにいってみたのです。お恥ずかしい話、その理由がわかったのは、話を聞いた後でした。彼女は半身を起こした状態で、ブランケットが両肩あたりまで被っていました。だから、気づかなかったのですが、ブランケットがずれたとき、やっと悟りました」

「どうしたというのです？」

「実は、彼女は右腕を失っていました。泥を掻き出したさいにガラスの破片で腕を何カ所も切ってしまい、何か悪いバイ菌が入って右手の切断に至ったとのことでした」

「さぞや、落ち込んでいたでしょうね」

「それが、気丈に応対してくれていました。ですから、最後まで話してくれたのです。元

気になって戻ってきてほしいという思いはありました。ですから、最後に何か気の利いた慰めの言葉を考えたのですが、リハビリが済んだら戻ってきてください、と言うのが精一杯でした」

「で、彼女は何と？」

「ありがとうございます。娘のためにもがんばってリハビリに励みます、という返事でした」

「その後、どうなったのですか。彼女は戻ってきたのですか？」

「いいえ、退院後は連絡が取れなくなり、どこかに引っ越してしまったのか、もう鈴木さんと会うことはありませんでした。多くの犠牲者が出た災害だったにもかかわらず、命が助かったのは不幸中の幸いだったのでしょうが、私にとっては、やはり辛い別れでした。結局、私も大切な人をなくしたひとりになってしまいました」

「……」

二九九名もの命が無くなった悲惨な自然災害。そこには様々な形の別れがあった。そして、それは自然災害に限ったことではなく、パンデミックでも似たようなものだろう。だから、過去を嘆いているばかりではなく、そこから何かを学んで次に活かしていくことが大切なのだろう。それは、犠牲になった人たちのためにも。

「しかし、個人個人のリスクマネジメントって、本当に難しいですね。結果論ですが、母親が途中で亡くなっていたら、娘さんも助からなかったでしょうし、母親が帰らずにオフィスに留まっていても助からなかった。その場合、母親が生き残っても、一生悔いを背負っていくことになったでしょう。冷静な判断は、何もない平常時に考えておくべきなんでしょうね。万が一を考えて、事前に避難場所を確認しておくべきだった。そして、万が一は自然災害だけではなく、今回の感染症にもある。さらに交通事故もあれば、事件に巻き込まれる場合だってあるでしょう。だから、いろんな万が一を、平常時に考えておく必要があるんでしょうね」

確かに、彼女の言う通りである。様々なリスクを考え、日頃から備えておくのが肝要なんだろう。

私が言わんとしたことに共感してもらえ、内心嬉しかった。だが、それがいかに難しいかを思い知らされる出来事が、ほどなくして我が身に起こるのである。

四

それは、兄からの突然の電話で始まった。二歳上の兄は、Ｆ市のマンションで一人暮らしだった。

日頃は口数の少ない兄が、何やら一方的に捲(まく)し立てている。が、以前から滑舌が悪かったのもあり、まるで中国語でも喋っているかのように、ほとんど聞き取れなかった。唯一わかったのが、「家に帰りたい」とか、「実家に戻りたい」とか、そんな断片だった。

そんなことを急に言われても、こちらには戸惑いしかなかった。というのは、電話自体が数カ月ぶりだったし、それまでに、そんな話などしたこともなかったからだ。第一、世帯は別々だし、兄の住まいは購入マンションである。もっとも、マンションといっても名ばかりで、六階建ての古いビルといった趣のうえ、一〇年ほど前に兄が東京から移転してくる際に、中古物件を確か数百万円で買った代物である。

すでに両親は他界しており、家族は兄だけになったのもあり、一度ぐらいは住まいを見ておこうと、一年ほど前に訪れたことがある。そのときには部屋は、すでにゴミ屋敷一歩手前だった。

ここで簡単に兄弟仲を述べておくと、決して良好とはいえなかった。お互いまめに連絡を取り合うほうではないし、安否を問うこともあまりなかった。そうはいっても、このコロナ禍である。万が一を考え、お互いの預貯金や不動産登記書の所在などは、その訪ねたときにわかるように話し合っていた。

そのときも、兄は滑舌が衰えていて、喋っている内容が聞き取りにくかった。そして、兄らしいのだが、お茶も出してはくれなかった。

身内の悪口は控えるとして、兄の人付き合いが悪くなったのは、子供の頃からのガリ勉が影響しているのだろう。学校から戻れば、まず向かうのは勉強机。私とちがって、友だちと外で遊んだりはしない。それでストレスが溜まったのか、冬場に勉強部屋でふたりで火鉢（ひばち）にあたっていると、火箸（ひばし）の真っ赤に焼けた先端を右手の甲に突然当てられた。ジュッという音とともに、皮膚が三センチほど走ったように焼けた。

　低学年の頃の出来事であり、今思うと兄弟間のＤＶなのだろうが、火傷の痛みより、なぜ？　という当惑が子供心に刻まれた。今でもあるホクロみたいな傷痕を見るたびに、当時を思い出す。ただ、だからといって、あまり負の感情が蘇ることがないのは、それぞれが遠く離れて違う人生を送っていたからだろう。特に、大学を卒業してからは、就職先が兄は東京、私は長崎とわかれ、その後も全く交わることはなかった。

　これまでに何か苦境に立ったとき、兄弟で助け合うということがあったろうか。そういえば、コンピュータ・プログラマーになった兄は頭脳の使いすぎからか、うつ病になって痩せ細り、救急車で搬送されたことがあった。そのときは実家での母の介護中にもかかわらず、取り急ぎ東京まで見舞いに行き、住まいの大家さんにも頭を下げた。さらに、こちらで入院費用まで面倒をみた。

　その後も、兄は盆・正月でさえ里帰りはしなかったので、接点はたまの電話ぐらいだった。ただ、話題は乏しく、話は長くつづかなかった。

　それに対して、兄がやってくれたこととは……、そういえば、実家の裏庭の木が伸びすぎて二階建てのお隣の家に当たりそうになったので、そのときは切るのを手伝ってもらったことはあった。

結局、帰省しない兄に代わって、実家は自ずと私が継ぐことになり、認知症になった母親の介護も担うようになった。軽度の自宅介護から療養病院で亡くなるまでの一〇年あまりを、兄が母の世話をしたことがなければ、優しい言葉をかけた覚えもなかった。

今さら、長男としての責任を問うつもりはないが、身内なのに何もしようとしない態度に、何度も頭が爆発しそうになった。だけど、いくら言っても、いくら諭しても、態度は変わらず、いつしか諦めが先にたつようになっていた。

だから、実家に戻りたいと急に言われたところで、唖然とするばかりだった。とりあえずは、言葉が聞き取れないというのもあり、「もう一度、よく考えるように」と諭し、「何なら用件を手紙に認(したた)めるように」と言って、電話を切った。

しばらくは私も混乱していたものの、落ち着いてから考えてみれば、七〇歳近くになっても独り身というのは、待っているのは孤独死である。さすがに、それが不安になってきたのかもしれない。それに、話の内容のほとんどが形をなしておらず、それは認知症になった母の症状と似通っていた。であるならば、当面は実家で私が面倒をみなければならなくなる。

介護に費やした一〇年は、母と濃厚な時間を過ごせた貴重な体験ではあったにせよ、初めてのことに毎日が綱渡り状態だった。だから、それをもう一度やる覚悟があるかといえば、介護の大変さがわかるが故に、その重圧が先にのしかかってくる。それでも母親を放ったらかしていた親不孝者を、なぜ面倒を見なければならないのか、とネガティブな囁(ささや)きがする。兄は空手の経験者でもあり、もし粗暴の兆候が出たとしたら対処できるのか。母を通して体験してきた起こりえる具体的な不安が、次々と頭のなかを駆けめぐっていた。

ひと通り悩んだ末、母親が脳裏に現れ、あたかもこう頼んでいた。

「ふたりだけの兄弟じゃないか。それに、あれでも私にとっては大切な息子なんだ。大変だろうが、面倒をみてやっておくれよ」と。

兄は、もう家族で頼れるのは、私しかいないのである。面倒を見るのが、亡き母への親孝行だと納得し、まずは翌日の午前中にでも、管理人のおばさんに電話することにした。以前、訪れたさいに、兄が部屋でバルサンを焚(た)いて大騒ぎになったと苦情を言われたことがあった。身近な人間であれば、少しは兄の近況を把握しているはずだし、さらに、見回りの民生員にも会っているかもしれない。それらの状況を尋ねてから、対処を考えることにした。

ここまでで、どうだろうか。私なりに、最悪なことを考え、あれこれ悩んで、なるべく時間をかけずに、最良の方策を選んだはずである。しかし、現実には、人の想像を超えた出来事が起こるものである。

携帯電話の着信音が鳴ったのは、翌朝の七時頃だった。コーヒー用のお湯を沸かしながら、ピザパンをオーブン・トースターに入れ、朝食の用意をしているときだった。

緊迫した話しぶりの相手は、救急医療の担当医だった。一回聞いただけでは理解しがたかったその内容は、――お兄さんと思われるマンション住まいの男性が、自室で火事を起こして大やけどを負い、市内の病院に緊急搬送された。そして、今はＩＣＵにいて、意識不明の極めて危険な状態にある――とのことだった。

突然のことに驚いたのはいうまでもないが、とりあえずは急いで支度をして、ＪＲで病院のあるＦ市へ向かった。

車内の私は少なからず混乱していた――昨日話していた兄が火事にあって重篤？　まだ、一日も経っていないのに？

昼過ぎに病院へ着くと、一般受付で兄の居場所を尋ね、七階へ。コロナ禍でもあり、看視用の再受付を通ってフロアの奥へ案内されると、背丈ほどのパーティションで囲われた一画があった。そこにベッドが置いてあり、その上に煤（すす）だらけになった兄が横たわっていた。

重篤患者を証明するように、気管挿管、点滴、生体モニターによるバイタルチェックなど、延命用の施術がいろいろ施してあった。

四〇歳ほどの担当医師によると、すでに危篤状態にあり、今夜がヤマだという。それまでには、まだ数時間以上あり、その間に迷惑をかけた火事の現場へ行ってみることにした。

地下鉄を含めて片道三〇分ほど、裁判所や科学館のある市街地の少し奥まった住宅街に、その六階建てのマンションがあった。二回目なので道を迷いはしなかった。

すでに消防車を含めた救急車両の姿はなく、その代わり、消防や警察の現場検証の担当者やらで、一階はごった返していた。加えて、通路や現場付近では住民の主婦らしい方々が、煤けた壁や水浸しになった通路の拭き掃除に忙しそうだった。

部屋のドアには殺人鬼にでも襲われたように、斧で叩き切った大きな切断跡が数本刻まれていた。

まずは管理人のおばさんに挨拶すると、嫌な顔もせず、とり急ぎ駆けつけてきた私に同情を寄せてくれ、経過を掻い摘まんで説明してくれた。

それによると、――早朝に兄の部屋で出火があり、それに気づいた隣人が消防車を呼んでくれた。割れた窓からの消火中に、隊員のひとりがカギのかかった玄関ドアを斧で叩き切り突入したところ、兄がドアのそばに倒れていた――とのことだった。

説明を聞いたのちに、身内ということで現場への入室を許された。あたりは一面が水浸しになったうえ、真っ暗だった。暗かったのは照明が落ちたせいだけではなく、ほとんどが焼け焦げて壁も家具も煤だらけになったせいもあった。

　夜の湿潤地でも歩くように、水浸しの足元に気をつけながら恐る恐る進むと、１ＤＫの室内には関係者が一〇人あまりいた。そのせいもあってか、割れた窓ガラス越しに差し込む陽光も人影に遮られてしまい、室内は不気味なほど暗かった。炎の乱舞によって修羅場と化したそこは、それこそ竈地獄への入り口を思わせた。

　火災の破壊力に唖然となったが、それにも増して、今は人でごった返した室内の三密状態が恐ろしかった。それはともかく、現場検証や聞き取りの結果、出火の原因は幾つかの可能性があるにしろ、主たる原因は不明だった。尚、通帳類は無事だった。

　翌日、管轄の警察署に足を運び、取り調べ室で担当刑事より調査経過の説明を受けた。結論からいうと事件性はないとの旨だったのに、私を見る刑事の目は恐いほど険しくて、まるで容疑者でも見るかのようだった。また、昨夜亡くなった兄の亡骸は署内に運ばれており、最後まで事件の可能性を捨てきれないのか、司法解剖の希望を尋ねられた。

　火事で真っ黒になったうえに、体まで切り刻まれるのは、あまりにも不憫である。私も事件性はないと思っていたので、それはきっぱりと断った。


　現場検証から三日後、私はＦ市の里山にある大きな火葬場にいた。百万都市を管轄するだけあって、二階建ての立派な施設だった。

一階ロビーから食堂もある二階の待合用フロアに行き、数多くある四人掛けソファのひとつに座り、火葬が済むのをひとり待っていた。急なことで、またコロナ禍というのもあり、親類縁者には今回の件を連絡していなかった。

そのフロアの西側一面は、パノラマふうのガラス張りになっており、窓越しに深い森が広がっていた。時期は二月、午後から降り出した雪を見ながら、いろいろと思いを巡らせていた。

果たして、私の判断は正しかったのだろうか。兄から電話で相談があった翌日ではなく、その夕方にでも掛け直して話し合っていたら、結果は違っていたかもしれない。ひょっとして、兄は認知症の恐れや孤独死の可能性から、将来を悲観して自殺を図ったのではないのか、とも思ったりした。いろいろ考えを巡らせている間に、降雪はいっそう激しくなり、森や敷地を白く塗り変えようとしていた。

同フロアには、ほかにも十数人はいただろうか。それでも雪のせいもあってか、心なしか静かだった。火葬終了までは残り三〇分ほど、あまりの静けさに炉の猛火が聞こえてきそうな錯覚を覚えた。

兄の身体は火事で焦げ、再び炎に焼かれて灰に変わろうとする今、降雪の白さと冷たさだけが、せめてもの慰めだった。

結び

実家に兄の遺骨を持ち帰って、四カ月が経った。納骨も、近くの墓園にある家族の墓にすませた。葬儀に関しては、コロナが落ち着けばお別れ会でも開くとして、親戚には高齢者が多いのを考慮して、当面は執り行わないことにした。

マンションの処理は不動産の管理会社に、通帳類の解約及び返金、そして火災保険等の手続きは司法書士に頼んだ。

結論からいうと、狭小でよければ、古くなった実家を建て替えられるほどの額を兄は残してくれた。それが私にしてくれた、唯一の家族貢献になった。それと今回の件で、もうひとつ重要な現実に気づいた。

兄の生前中は考えもしなかったが、両親や兄弟といった身内が誰もいなくなった今、家族がいかに精神的な支えになっていたかを思い知らされた。つまり、疎遠がちな兄でも、いつしか私の心の安定剤になってくれていたのだ。だから、それがなくなってしまった今、それまでに経験したこともなかった不安が、何度も突き上げてくるようになった。

親戚も高齢化が進んで無理が言えなくなり、近所にも迷惑をかけられないのを鑑（かんが）みれば、このままでは、私を待っているのは孤独死しかない。今後、病気や事故など、歳を重

ねていくうえで何があるかわからないし、そうなった場合、残念ながら今の私を看取って
くれる人は、誰もいないのだ。すぐにでも最悪のケースを考え、その解決プランを用意し
なければならない。

リスク・マネジメントの大切さを訴えてきた者として、さて、どうしたものか。

（了）

セミ捕りおじさんのミッション・ポッシブル

一

いつの頃からか、虫とり網を持ったおじさんが、市中界隈で目撃されるようになった。年齢は、野球帽（キャップ）を被って体つきもがっしりしているせいか、遠目には五〇代に見えなくもなかったが、無精に伸びた口周りの髭が半分ほど白いところからすると、恐らくは六〇代、それも後半だと思われた。服装は、たいていが古びたジーンズに空色のポロシャツ姿、日によっては上着が黄色や紺系の色違いになるときもあった。

目撃者の多くがもつ印象は、呆けた高齢者が徘徊でもしているといったものだったろう。というのも、右手に持った虫とり網が市販のちゃんとした代物ではなく、手作りの何か間に合わせでこしらえたような粗雑なものだったからである。

最初は、モップの杖の先に針金で輪っかを作り、水切りのゴミ袋をつけたものだった。それが数カ月後には杖の部分が壊れた高枝切りバサミになり、最近では伸縮式の警棒になった。ただ、それは短くして腰に差せば持ち運びに便利になるという意図があったわけではなく、今でも伸ばしたまま右手に持っているところからすると、単にあり合わせで作ったものだったのだろう。

仮に、道具がちゃんとしたものだったとしても、今どき真夏でさえ虫とり網を持ち、それも市中を彷徨く者など皆無であるのに、その高齢のおじさんは、季節に関係なく歩き回っていた。だから、その一風変わった姿は市中のどこかで、誰とはなしに目撃されていたのである。

では、ただ単に呆けた高齢者の徘徊だったかというと、それなりに理由はあるらしかった。時々、何やらブツブツと小声で独り言を言っているのに耳を傾ければ、「必ず、セミを捕まえてやるからな」とか、「良太、待ってろよ。もうすぐだからな」などと口にしている内容から推察すれば、単なる徘徊ではなく、孫にでもセミを探してやっているようにも思えた。

では、なぜ一年中かというと、温暖化のせいで夏の残暑が一一月までつづき、一二月に秋の気配になり、一月、二月には寒くなる日はあっても、忽ち春を迎える。桜の開花時期はますます早まり、豪雨つづきの梅雨が終われば、すぐに酷暑の夏を迎える。

そんな、四季という季節の移ろいが一定の周期ではなくなり、そのうえ、その都度の風情を味わえなくなったのも、一年を通しての気温上昇が顕著になったせいだった。

セミ捕りおじさんこと、横井賢吾には、五四歳になるひと回り年下の妹がいた。名前をひと美といって、半年前に熟年離婚を果たすと、その後の生活が落ち着くまで、賢吾がひとり住まいをする実家に戻っていた。そのひと美は、毎日出かけていく兄が心配だった。

最初の頃は外出が一時間ほどだったのもあり、運動不足解消のためにウォーキングにでも出かけていると思っていた。ところが、しだいに外出時間は延びていき、いつしか数時間が当たり前になり、加えて、虫とり網まで持って行くようになった。

不審に思って尋ねてみたら、「良太と約束したんだ。必ず、セミを捕ってやるって」という返事だった。

ひと美がさらに尋ねると、「良太は、まだちっちゃいから、アミが届かないんだ。だから、代わりに捕ってやるんだ」との返事だった。

日中の最高気温が四〇度にも達する真夏が過ぎ、朝夕が若干涼しくなった一〇月になっても、賢吾は相変わらず出かけていった。そこで、ひと美はまた尋ねてみた。

「もう、セミの季節は終わったでしょう。まだ、出かけるつもり？」

すると、「秋を告げるツクツクボーシが、まだ鳴かない。だから、夏はまだ終わっていない」と真顔で返された。

確かに、夏の終わる頃に響くその特徴ある鳴き声を、ひと美もまだ聞いた覚えがなかった。実家があるのは都会ではなく、中堅都市の郊外、つまり、ビル街というよりは緑豊かな住宅地であり、夏場はセミの鳴き声がうるさいほどの地域である。だから、それは単に聞き逃したのか、それとも、本当に鳴かなかったのかは定かではなかった。

ただ、兄の言い分が正しいにしても、セミ捕りにしては虫カゴを持っていかないのは、やはり変だった。その点も尋ねてみようとも思ったが、あまりしつこく言って実家から追い出されでもしたらまずいので――そんな短気な兄ではなかったにしろ――、それ以上は尋ねないでいた。

そうはいっても、地球温暖化は治まるどころか、平均気温が上昇し続けるとともに社会情勢が混沌とするなか、治安はますます悪化する一方であり、地方でも珍しくなくなったデモや暴動といったトラブルに兄が巻き込まれやしないか、心配でもあった。午後のニュースでも不安をもたらすようなトピックが流れており、夕食時に早速、話題にしてみたくなった。

「……。ところで、北欧のスウェーデンだったかしら、グレタ何とかという女性の環境活動家がいたでしょう」

「ああ、中学生のときに、温暖化反対のプラカードを持って、ひとりで国会議事堂前でストライキをやったという娘だろ。確か、最初はひとりだったのが、一週間後には賛同者が数十人集まり、二週間後には数百人になったという伝説の娘だ」

「ずいぶん古い話を覚えているのね。もう二〇年以上も前の出来事なのに」

兄の記憶が確かなところをみると、奇異な外出への懐疑も多少は和らぐのだった。歩くことで、脳機能の回復をもたらしているとの期待もあった。

「それで、彼女がどうしたんだ？」

「何度デモで訴えても、いっこうに二酸化炭素の減り方が鈍いとかいって、ついに車との決別を宣言したんですって。新車は電気自動車の購入が義務化されたといっても、中古のガソリン車は世界中で、まだたくさん走ってるでしょう」

「車なんかに頼らず、人は歩けばいいんだ。何のために、足が二本ついているんだ」

「ま、それはそうだけど、でも、彼女の影響力は大きいから、その宣言がどんなふうに世界へ広がっていくのか心配よね。先月だって、彼女が呼びかけただけで、デモが世界中で起こったでしょう。最近では過激グループやカルトにはしる若者も増えてきたせいか、おとなしく行進するだけじゃ効き目がないって、日本でも一部が暴徒化したことがあったじゃない。特に、温室効果ガスの元凶とかいって、ガソリン車が何台も燃やされたりしてたし、なかには電気自動車もとばっちりを受けてたでしょう。本当に、大変な世の中になってきたものよね。ねえ、聞いてる？」

返事がないと思ったら、賢吾は腕を組んだまま目を閉じていた。

「兄さん、寝てるの？」

すぐにその瞼は開いたものの、不機嫌ふうに発した言葉は、「もう、寝る」だった。

二

「良太は、どんなセミが好きなんだ？」

「大きいのがいい」

「じゃあ、ニイニイゼミは小さいから、クマゼミかアブラゼミだな。たぶん、その辺にいるだろうから、すぐに捕ってやるな」

そうは言ったものの、探し回って半年あまりが経っていた。

良太は、賢吾を「けんじい」と呼んでおり、当人もその呼称が気にいっていた。

「けんじい、なかなか、セミがいないね」

「な〜に、心配いらないさ。わしはセミ捕りの名人だからな。子供の頃なんか、何十匹も捕まえて、セミの標本を作ったくらいなんだぞ」

「へえ〜、すごいんだね。ぼくも、そんなの作ってみたいな。だけど、もうすぐ一一月だよ。夏もおわっちゃうよ」

「まだ、大丈夫だ。夏の終わりを告げるツクツクボーシが鳴いてないから、まだチャンスはあるはずだ」

「じゃあ、そのセミがないたら、つかまえるの？」

「いいや、そのセミは捕まえない。だって、それがいなくなったら、秋がいつ来るのかわからなくなるからな」

それから暫く歩いて、隣町の小学校に差しかかったときだった。学校周りをパトロール中の警察官ふたりが話しかけてきた。

「すみません。途中で若者、もしくは若者グループを見かけませんでしたか？　その連中が駐車場の車を、次々とパンクさせているみたいなんです」

「パンクさせる？」

「ええ、ナイフか何かで。ですから、そんなものを持った連中を見かけませんでしたか？」

「いや、見かけなかったけど」

「そうですか。では、この先不審者を見かけたら、ご一報願えますか」

「ええ、いいですとも」

警官が立ち去ってから、良太が心配げに尋ねてきた。

「そんな人たちと出会ったら、とってもこわいね。だって、ナイフをもっているかもしれないんでしょ」

「そうだな……。万が一襲われたときのために、何か身を守れるものを用意しておくか」

それから暫く歩いていると、緑の生け垣に囲まれた民家に差しかかった。背丈ほどの生け垣には常緑の枝葉が隙間なくびっしり茂っており、庭先の様子が垣間見えないほどだった。賢吾は生け垣のそばによると、枝葉に手をかざしながら何かを探すような仕草をした。

「けんじい、何してるの？」

「良さそうな枝先を探してるんだ……。よし、あったぞ」

賢吾は子供用の箸ぐらいのまっすぐな小枝を選びだし、その枝元の樹皮を少し残して、先端までをうまい具合にすっぽりと抜き取った。次に、樹皮の残った部分から折った。

「ほら、刀ができた。ふだんは鞘にしまっておいて、ベルトにでも差しておくんだ」

賢吾は鞘となった樹皮に、刀となった小枝を収めて良太に手渡した。せいぜい一〇センチほどの長さだったにしても、幼い子供にとっては、どんな相手でもやっつけられる無敵の剣にも見えただろう。

「ありがとう、けんじい」

目を輝かせ、宝物でももらったような孫の嬉しげな表情に、賢吾は誇らしくなった。そこで、もう一本作って自分のベルトにも差した。

前方の集合住宅地の一画に、屋外の共同駐車場が見えていた。ときどき、通りかかるところで、舗装された敷地に一〇台ほどの駐車スペースがあった。そこから急に、数人の若者が飛び出してきた。手にはナイフのようなものを握っており、賢吾のほうに向かってきた。だれもが必死の形相をしており、通り魔でも襲ってくるような恐怖を覚えた。

賢吾は手で孫をかばうようにして道の端に寄ったところで、その連中が前を駆け抜けていった。それは大学生らしい若者が四人、表情が強ばっている以外は、どこにでもいるような連中だった。通り過ぎてすぐ、賢吾が良太に言った。

「ここで、じっとしているんだ。あいつらは、さっきのおまわりさんが話していた連中だろう。だから、これから追いかけて、居場所を突き止めてくる」

そう言い残して後を追ったものの、住宅街から少し外れたところで、その姿を見失ってしまった。付近を見渡すと、近くに朽ちた柵で囲まれた資材置き場みたいな一画があった。錆びた鉄柵の門は開いたままになっており、中をのぞくと草は伸び放題で、右手には動きそうもない古びたクレーンやショベルといった小型建機が放置してあった。

人影は見当たらないにしても、人の背丈ほどに伸びた奥のほうの草むらは、潜むには格好な場所である。賢吾は周囲に注意を払いながら、奥へと慎重に歩んでいった。

数メートルほど進んだとき、後ろで何かが軋む音がした。すぐに振り返ったら、先ほどの連中が鉄柵の門を内側から閉めており、追っていたつもりが逆に追い込まれてしまっていた。後悔しても後の祭りだった。

四人の若者が歩み寄ってきて、軽量級の格闘家みたいな短髪の厳(いか)つい男が、ナイフを手に因縁をつけるように凄んだ。

「おっさん、俺たちを追ってきたようだが、なんか用か」

「おまえらか、車のタイヤをパンクさせてる連中って」

「だったら、どうなんだ？」

「それは犯罪だろう。なら、警察へ通報する義務がある」

「犯罪だと？　俺たちは、この世界を救うためにやってるんだ。それを邪魔するやつは、年寄りでも容赦しないからな」

「この世界を救う？　どういう意味だ？」

「あんたらが、さんざん車に乗って排ガスをまき散らしたせいで、地球がやばくなったんじゃないか。いくら忠告しても石炭・石油まみれの生活を改めようとしないから、実力阻止をやってるんだ。それが、ひいては世界を救うことになるんだよ」

「わしは長い間、車には頼っていない。たいていは歩きか、自転車だ。だから――」

次の言葉を継ごうとしたとき、ふいに良太が現れた。

「何しに来たんだ？　危ないから、待ってるように言っただろ」

周りの連中に良太が見つからないように、小声で言った。

「まちくたびれちゃった。それに、けんじいのことが心ぱいになって、追っかけてきたんだ。でも、ちょうどよかった。ぼくが、こいつらをやっつけてやる」

良太はベルトに差した鞘から刀を抜くと、切っ先を連中に向けた。小枝であっても、それを中段に構えて相手を威嚇するさまは、賢吾には立派な剣士に見えた。ただ、対峙している連中には、変な年寄りが、ひとりでブツブツ言ってるとしか思えなかった。

「何をひとりで、ごちゃごちゃ言ってるんだ。頭がおかしいのか」とナイフを一段と前に差し出した。そのとき、後ろにいたひとりが口を開いた。

「ねえ、もういいでしょう。おまわりが来るとまずいから、早く行きましょうよ」

それまで気づかないでいたが、それはショートヘアの二〇歳ほどの若い女性だった。

「それもそうだな。こんなおっさんに、かまってるひまはないよな」

そう吐き捨てるように言うと、連中は、さっさと引き上げていった。

「女の人もいたなんて、おどろいたね」

「みんな似たようなジーンズ姿だったから、てっきり全員が男だと思っていたが」

「でも、悪い人には見えなかったよね」

「そうだな。確かに、悪さをしそうな娘には見えなかった。それにしても、あいつ、変なことを言ってたな。地球がやばくなったとか、世界を救うとか、どんな意味なんだろうな?」

陽が傾いてきたのもあり、賢吾は帰宅することにした。

夕食後、賢吾はその日にあった出来事を妹に掻い摘んで話し、不明だった点を尋ねてみた。

「そうね。ニュースを見る限り、将来の展望はきびしそうね。気温は相変わらず上がる一方だし、来る二〇五〇年の予測も、目標値の一・五度より高めだったはずよ」

「じゃあ、このままだったらどうなるんだ？」

「日本も熱帯になっちゃうかもね」

「熱帯？」

「そう、ハワイみたいに、常夏になってしまうかもよ」

「じゃあ、秋や冬が来ないのか」

「寒くなっていいじゃないかって言う、呑気な人もいるみたいだけど、夏が長くなって、ますます台風や大雨の日が増えるってよ」

「………」

「それより、大変なのはグリーンランドの氷よ。それがすっかり溶けてしまうのも、時間の問題だそうよ。そしたら、ただでさえ高くなった海水面が、もっと上がって、この街もいずれ水没するって。すでに多くの砂浜は沈んで、海岸沿いには住めなくなったでしょう。だから今のうちに、高台の家に引っ越したほうがよさそうよ」

「引っ越すといっても、新しい家を買う金なんかないぞ」

「確かに、最近は高台の地価はうなぎ上りだから無理だとしても、じゃあ、選択肢はふたつね。この家を四階建てにするか、それとも、水上生活ができるようにフロート式にするかよ」

「フロート式?」

「船みたいに浮くようにして、洪水になったり、津波が来ても大丈夫なように改築するの」

「だから、そんな余分な金はないって。だったら、いっそ山にでも登って、テント住まいでもするか」

満ざら冗談でも思いつきでもなかったのだが、ひと美はすぐさま否定した。

「何言ってんの。どこの山だって、すでに不法居住者で溢れているそうよ。考えることは皆いっしょよね」

「じゃあ、ここに居残るしかないな」

「このまま何も手を打たなかったら、いずれ水没して溺れ死にするだけよ」

「泳ぎは得意だから、生き延びるさ」

「何のんびりしたこと言ってるの。私は泳げないのよ。それに、津波でも起こったら、大量の水を飲んで、たぶん海水だろうから、しょっぱくて、苦しいだけよ。だったら、事前に安楽死でも選んだほうがましよ」

悲観的な話ばかりで、またもや賢吾は不機嫌になった。しかし、もともと話し好きの妹は、なかなかお喋りを止めなかった。

「実際、将来に絶望して、安楽死を希望する人が増えてるそうよ。でも、かわいそうなのは若者や子供たちよね。明日が来ない日はないっていう言葉が、もう死語になりそうだものね。将来の夢が描けないから、若者が荒れるのも無理ないわよね」

「……………」

「兄さん、聞いてる？」

「もう寝る」

ずいぶん喋ってすっきりした表情の妹とちがい、自室に戻る賢吾の表情は憮然（ぶぜん）としたままだった。

三

翌朝の朝食後、賢吾は冷蔵庫にあった夕食の残りを弁当箱に詰めると、マイポットにお茶を注いだ。それから、ひと美に出し抜けに言った。

「今日は、山に行ってくる」

「山って、どこの山なの？」

「子供の頃、遠足で登った山だ」

「じゃあ、三角山ね」

「では、行ってくる」

「ちょっと待ってて」

ひと美は紐付きの定期券みたいなプラスチック・ケースを手に、ほどなく戻ってきた。そして、それを賢吾の首に掛けた。

「兄さん、お守りよ。早くセミが捕らえられますようにって、願をかけたの。縁起物だから、なくさないようにね」

「そうか、すまない。効き目があるといいな」

実際は、徘徊を心配するひと美が簡易的に作ったカードで、氏名や住所、電話番号が書いてあった。

「じゃあ、行ってくる」

「気をつけてね。日が沈む前には帰ってくるのよ」

家を出てから里山の三角山を目指して東方向に一〇分ほど歩くと、遠目ながらも山容が見えてきた。さらに、三〇分ほど歩くと、目視でもわかるほど道路が上り坂になった。

「良太、疲れてないか」

いつしか孫の良太が、今日も寄り添って歩いていた。

「だいじょうぶだよ。けんじいこそ、少し休んだら」

「そうだな……」

思案していると近くの電信柱から、セミのうるさい鳴き声が聞こえてきた。耳元で、貝でも擦り合わせているような不快な響きである。

「あの鳴き声は、クマゼミだな。よし、待ってろ」

賢吾は足音を立てないように、ゆっくりと電信柱に近寄っていった。そして、その姿を捉えてからは手にした網で狙いをつけ、素早く押し当てた。

「つかまえた？」

「いや、逃げられた。おまけに、オシッコをかけて行きやがった」

首に掛けていたタオルで顔を拭きながら言った。

「けんじい、もうあきらめようか」

良太は申し訳なさそうな表情を見せた。

「どうして、そんなことを言うんだ？」

「だって、いつになるのか、わかんないから。もう、あきらめてもいいよ」

「心配するな。山に行けば、セミなんか幾らでも捕れるから、もう少しの辛抱だ」

賢吾は一服せず、再び歩きだした。

おにぎりにも似た三角山の標高は、三八七メートル。主山道への入り口は麓の中央あたりにあり、その舗装道から先の寺院へとつづく参道手前まで、自家用車らしき車が数珠(じゅず)つなぎで停めてあった。人影はなく、その代わり、どの車内にも多かれ少なかれ生活用品が乱雑に積んであった。平地の住人が、冠水を恐れて逃れてきたのは想像に難くなかったにしても、なぜか多くのタイヤがパンクしたように拉(ひしゃ)げていた。

参道入り口からは横幅が長めの石段になっており、それを六〇段ほど上れば釣り鐘のある寺院が現れ、その右手奥に登山道の入り口があるはずだった。ところが、いざその前まで来てみると、事件現場にあるような黄色い規制テープが張り巡らせてあり、その手前には見るからに急ごしらえと思われる手書きの看板も立ててあった。そこには、「豪雨による山崩れのため、立ち入り禁止」と認めてあった。

仕方なく、左手の寺院のほうへ行ってみたら、野球場のベースグランドほどの広場に幾つものテントが張ってあった。それは寺院左手に上っていく林道にも連なっていた。

付近に遊んでいる子供たちの姿はあったにしろ、大人たちの姿は見えなかった。そこで、近くにいた男の子に尋ねてみた。

「お父さんやお母さんは、どこかへ行ったのかい?」

「この上のさくら公園で集会があるからって、みんなで上っていったよ」

別に集会には興味がなかったし、山中からは早くもセミの鳴き声が聞こえてきたのもあり、賢吾は先の登山道まで林道を上っていくことにした。


さくら公園は、林道のS字カーブをふたつほど上ったところにあった。春であれば、薄いピンクの桜を愛でられるのだろうが、この時期は薄い広葉が茂っているだけだった。

その公園広場に差しかかると、そこには数十人ほどの大人の集団があった。

賢吾がそのまま通り過ぎようとしたとき、西部劇の処刑シーンで見るような異様な光景が目に入った。タオルで猿ぐつわをされた若者が、桜の太枝に掛けられたロープで首を吊されようとしていた。辛うじて、足元のバケツが体を支えているだけである。その近くには、同じく口にタオルを巻かれた三人の若者が、過激テログループにでも捕まったように、地面に座らされていた。

その連中に、賢吾は見覚えがあった。先日、原っぱで対峙した若者たちであり、その中には引き上げるよう促したショートヘアの大学生らしい娘もいた。

集団のリーダー格みたいな強面の男が、今にもバケツを踏み外しそうな若者に向かって声を荒げていた。何事が行われるのか興味を引かれた賢吾は、人集りの後列から爪先立ちになって見学することにした。

「おまえらだろう、車のタイヤをパンクさせたのは」

若者はタオルで口を塞がれているせいか、くぐもった呻き声を上げながら、首を横に二、三度振った。

「ウソをつけ。何人も目撃者がいるんだ。みんなの中で、こいつらが車をパンクさせているところを見た者は、手を挙げてくれ」

すると、数人の男女が手を挙げた。

「子供たちも、おまえらの姿を見ているんだ。ウソをつくんじゃない。正直に認めれば、命だけは助けてやる。もう一度尋ねる。おまえらがやったんだろ？」

ついにはバケツの上で体が揺れ出してしまい、観念したのか、その若者は項垂れるように頭を下げた。

「よし、認めたな。では、ほかの連中はどうなんだ？」

三人のうち、女性だけが首を横に振った。

「そうか、野郎どもは認めるんだな。では、順番に吊してやろう」

下がり気味だった視線が、その男にいっせいに向けられた。そして、必死にもがきながら、何かを訴えていた。恐らくは、――正直に言えば、助けてくれると言ったじゃないか。嘘つき！と。

リーダー格の男は周りに協力を求め、吊したロープの端を三人で持って下に引っ張った。吊されていた若者の首が伸び、喘ぎ声を漏らしながらバケツの上で爪先立ちになった。

仲間がタオル越しに悲鳴にも似た声を発していた。恐らくは、「もうしないから、許して」、または、「命だけは助けて」とか。

それを見越したように男が、「ここでは、おれが法律だ。われわれの大切な足を奪ったおまえらは、厳罰が当然だ」

弄(もてあそ)ぶようにロープが引っ張られたり、緩められたりしていたが、実際は処刑もどきの脅すだけのポーズだったのかもしれない。それでも、爪先がつるほど伸びてバケツが弾かれそうになった。と、そのとき、その桜の木から突然、セミのジージーという鳴き声が始まった。

賢吾は早足で前に忍び寄り、虫とり網を鳴き声のほうに構えた。周りが唖然とするなか、網を後ろに振った。それが吊したロープに当たってしまい、その振動で若者はついにはバケツから足を踏み外してしまった。

ロープを引いていた連中は、意図しなかった重みに踏ん張る前に弾かれてしまい、つい手を離してしまった。そのため、若者はそのまま地面に落ちた。

その振動が木立に伝わったのか、セミは冷たいものをあたりに振りかけながら、飛び去っていった。賢吾は尚も捕ろうと、追っかけるようにして網を振り回した。それがあまりにも大振りだったので、まわりの連中は一気に散らばっていった。その隙に、若者たちは一目散に逃げていった。

賢吾は公園を出て、尚もセミを追って林道を早足で上っていった。しかし、五〇メートルも行かないうちに息が切れてしまい、歩きになった。それでも急いで追い続けようとしたものの、眼前で道がすっかり切れ落ちてしまっており、立ち止まるしかなかった。

恐る恐る崖下を覗き込むと、谷底には数軒の家が崩れ落ちており、辛うじて、一軒の瓦屋根だけが何事もなかったように、そのままの姿を留めていた。立ち入り禁止になった登山道の悲惨な光景が、そこに広がっていた。そして、初めて目にする崩落の現場の凄まじさに賢吾は呆然となり、その場にしばらく立ち尽くしていた。

四

「もう、帰ろうよ」

そばで良太が言った。いつしか座り込んでいる間に、日が暮れようとしていた。

「そうだな。遅くなるといけないから、そろそろ戻るとするか」

林道を下り、来た道を戻っていくと、周囲の光景が一変していた。麓から広がるのどかな田園地帯が、膝下の冠水状態になっていた。

「どうしたことだ。あたり一帯が、水浸しになっているじゃないか。それに、道路上の車も水に浸かって、立ち往生している」

「けんじい、ぼく、こわくて歩けないよ」

「そうか、よし、おぶってやろう。さあ、背中にのるんだ」

賢吾は腰を落として促した。

「いいか、じゃあ、行くぞ」

膝近くまで沈む濁った冠水帯を、ゆっくりと慎重に進んでいった。そのため、自宅に辿り着くずっと前に、暗くなってしまった。防犯灯も灯ってなく、もう、右も左もわからなくなった。どちらに進むべきか迷っていたとき、後ろから声がかかった。

「おじさん、動くんじゃない。その先は川だから、流されるよ」

賢吾が振り返ると、フラッシュ・ライト（懐中電灯）が向けられていた。すぐに、ふたりが乗ったオレンジ色のゴムボートが近づいてきて、そばまで来ると、ボート中央で左右のオールを漕いでいる若者が声をかけてきた。

「さっきは助かったよ。おかげで、吊されなくてすんだ」

見覚えのある顔立ちは、先ほど、縛り首になりそうになった若者だった。

「帰るなら、お礼に送っていくよ。さあ、前に乗りなよ」

若者は山下と名乗り、後ろに座った女性は千秋といった。

「ほかのふたりは、どうしたんだ？　それに、この洪水は一体なんなんだ？」

「ふたりは、自宅に戻ったよ。それから、洪水は満ち潮のさいに、ここ最近、老朽化した堤防から浸水してくるんだ。その補修工事が、どうも遅れているようなんだ。ところで、家はどこなんだい？」

「暗くてよくわからない。夜は出歩かないんだ。住所は……」

自分の住む町名が出てこなかった。

千秋が賢吾の首元にカードが下がっているのに気づき、手にしていたライトを当てた。

「おじさん、首に掛けてあるカードに何か書いてあるよ」

山下が前屈みになって目を細めた。

「住所が書いてある。中川町の一丁目、一二番地だ。その辺なら公民館があったはずだから、ここからなら、あと四〇〇メートルくらいだろう」

再びオールが漕がれると、ゴムボートは水上をなめらかに進んでいった。そして、二〇分ほどで、二階建てビルの頑丈そうな公民館が見えてきた。

「おじさん、あの公民館を覚えてるかい？」

「ああ、あれならわかる。そうだな、わが家はたぶん、右側の脇道を進んだところだと思う」

「自宅が近づいてきたのなら、今のうちに忠告しておくけど、もう出歩かないほうがいいよ」

「どうしてだ？」

「過激派の連中が、大人狩りを始めるっていう情報をつかんだんだ」

「大人狩り？」

「ああ、こんな世の中にしたのは、何も手を打ってこなかった大人たちのせいだって主張する連中が、実力行使に訴えるみたいなんだ」

「つまり、どうするつもりなんだ？」

「はっきりとはわからないけど、デモをきっかけに暴動を起こして、それに乗じて年食った大人たちを粛正するそうだ」

「粛正？」

「狙い撃ちともいうかな。だから、おじさんも出歩かないほうがいいよ」

もっと訊きたいこともあったが、ちょうど見覚えのある近隣の景色にさしかかった。

「ここで降ろしてくれ。ほら、そこの防犯灯そばに坂道が見えてるだろ。それを上った先が、わが家だ。ありがとうよ」

「気をつけてね。ここ最近、夜はずっとこんなだからね」

千秋が優しげな眼差しを向けた。

賢吾はゴムボートから降りると、ふたりに手を振って坂道を上っていった。

「どこに行ってたの？　心配したじゃない」

ひと美が怒りぎみに言った。

「話したとおり、山までセミ捕りに行ってたんだ。それより、いつからなんだ、周りが水に浸かるようになったのは？」

「一年ほど前からよ。引き潮のときは大丈夫だけど、満ち潮のときは防波堤の隙間をぬって海水が流れ込んでくるのよ。だから、夕方頃から、市街地が冠水するようになったの。ニュースでもやってたでしょう。グリーンランドの氷が全部溶けたら、海面が数メートルほど高くなるって。見てなかったの？」

そういえば、そんなニュースをずいぶん前に見たような気がした。

「そうだったな。それで、この辺は大丈夫なのか？」

「市街地の海抜が四メートルあまりで、あんな状態でしょう。ここは高台にあるぶん、しばらくは心配ないと思うけど。でも、氷が全部溶けたら、この辺も沈むかもね」

「あと何年ぐらい先なんだ？」

「さあ、そんなの私にはわからないわよ。だけど、ニュースで度々取り上げられるくらいだから、時間の問題でしょうね」

「引っ越すにしても、山のほうは人でいっぱいだし、ゴムボートでも買うか」

「何言ってるの。とっくに売り切れて、もうどこにも売ってないわよ」

「ママゾンで買えるだろう」

「ママゾン？　以前そんな名の会社があったけど、いまはオンラインも十分には機能してないでしょう。こうなったら、自分たちで木舟を作るしかないわね」

「じゃあ、庭の植木を切り倒して、でかい舟でも作るとするか」

「うちの庭木だけなら、せいぜい、いかだぐらいよ」

互いの受け答えに冗談を含ませるゆとりはあったにしても、万が一の危険性を思えば、とても笑う気にはならなかった。

五

翌日、賢吾は朝食をすませたあと、いつものように出かけようとしていた。

「どこいくの？」

いつものように、ひと美が声をかけた。

「セミ捕りだ」

「でかい舟を作るんじゃなかったの？」

「セミを捕まえてからな」

「じゃあ、暗くなる前には帰るのよ」

「わかった」

あきらめ顔の妹に見送られ、家を離れて一〇分ほど歩いた頃、良太が横に現れた。

「きょうは、つかまえられそうなの？」

「たぶんな。遠くで鳴いているのが聞こえるだろう。ところで、きのうもたくさん歩いたから、疲れてないか？」

「ぼくなら、平気だよ。それより、はやくセミをつかまえたいな」

「よし、待ってろ。今日こそは捕まえてやるからな」

はやる気持ちを抑えられなくて、賢吾は歩きながら右手に持った網を軽く振った。

じきに、廃校になった小学校に差しかかった。荒れたグランドには水はけが悪いらしく、ところどころに昨日の水たまりが残っていた。そのグランド沿いに立ち並ぶ木々のひとつから、工事現場並みの耳をつんざく鳴き声が聞こえてきた。

「いたぞ。今日は幸先がいい」

賢吾は声のする木の下へ気配を消すようにして歩み寄っていき、当たりをつけて虫とり網を構えた。と、そのとき、後ろから誰かが駆け寄ってくる足音がした。

振り返ったところで、顔面に強い衝撃を受けた。地面に倒れ込むと、今度は腹部を何度か蹴られた。胃液を吐き、意識が薄れていくなかで、数人の若者が走り去っていく姿がおぼろげに見えた。

気を失い、しばらく経った頃、「ねえ、だいじょうぶ？」と良太がそばに屈んで心配げに見ていた。

「ああ、たぶんな」と、賢吾は横たわったまま応えた。

「どうして、なぐられたの？」

「さあな……」

昨夜、送ってくれた若者が言っていた警告を思い出した。

「そういえば、不満を持った連中が、大人狩りをするって言ってたな」

「どうして？」

「大人たちが、子供や孫の世代のために、何もしてこなかったからだろう。しかし、わしは三〇年あまり車なんぞ乗ってはいないし、たいていは歩きか、自転車だ」

「じゃあ、人ちがいというわけ？」

「とばっちりっていうやつさ。ただ、わしも積極的には行動してこなかったから、少しは責任があるのだろう」

「これから、どうするの？」

「そうだな……。暗くなってきたな。そろそろ帰らないとな」

「もう、帰るの？　まだ、明るいよ」

「そうか、でも、体がうまく動かないんだ。しばらく、休ませてくれ」

虫とり網が賢吾の手から離れ、地面に落ちた。それから再び良太の声がするまで、一〇分あまりが経っていた。

「近くにセミがいるよ」

ふいに聞こえた良太の声で、意識が戻った。

「どこだ？　よくわからない」

「ほら、そこの地べたに、ひっくり返っているやつ。でも、ちっともなかないよ」

虚ろな景色の中で、仰向けになった大きめのセミがいた。翅（はね）は透き通っているものの、緑色を帯びていた。

「死んでるのかもしれないな」

「つかまえないの？」

「セミは一週間しか生きられないから、死ぬときぐらい、そっとしておこう」

「そうだね」

体の痛みが取れ、視界がはっきりしてくると、セミの閉じていたあしが少し動いているのが見てとれた。

「うん？　まだ生きてるのか？」

尚も様子を見ていると、セミが翅を少し震わせて体を前後に動かした。地面に足先を掛け、なんとか起き上がろうとしている。さらに翅を羽ばたかせると、ついには起き上がって、心持ち姿勢を正した。そして、ふいに飛び立った。

それは上空を大きく旋回したあと、そばの木に止まった。それからほどなくして、「ツクツクボーシ、ツクツクボーシ」と小気味よく鳴きだした。その声に押されるように賢吾は起き上がり、網を持って考え深げにセミを見つめた。

「セミがないてるよ。つかまえないの？」

「あれはいいんだ。あのセミを捕ったら、誰が夏の終わりを知らせるんだ。来年も秋がちゃんと来るように、そっとしておくんだ」

「そうだね、わかったよ」

「でも、よかったな。これで長かった夏も終わり、やっと秋が来る」

セミは何度か鳴き声を繰り返したあと、どこかへ飛び去っていった。

「さあ、今日は帰るとするか」

「また、あしただね」

「いや、また来年だ。あの鳴き声を聞いたら、もうセミの季節は終わりだからな」

「ふ～ん、がっかりだな」

「な～に、心配するな。来年こそ必ず捕ってやる」

賢吾は、何気に空を見上げた。そこには、秋の気配を感じさせる突き抜けるような澄んだ青空が広がっていた。

六

　翌朝、少し遅めに目を覚ました賢吾は、身体のあちこちに痛みを感じながら起き上がった。背中、倒れ込んだときに打ち付けた右肩、そして、頭もひび割れでもしたかのように痛かった。

　口数も少なく朝食をすませたあと、いつもと違って出かけようとしない賢吾に、ひと美が訝(いぶか)って尋ねてみた。

「あら、兄さん、今日はセミ捕りには出かけないの？」

「秋も訪れたし、しばらくは家にいるよ」

「じゃあ、たまには家の片づけを手伝ってよ。人手不足のせいで、燃えるゴミの日が月二回に減ったでしょう。それにリサイクルの日も月一回になっちゃったし、まとめて分別するのは大変なんだから」

「そうだな……」

「あれ？　何だか浮かない顔ね。なら、いい話があるけど」

「何だ、いい話って？」

「堤防の補修工事が、やっと終わったそうよ。これで、しばらくは市街地も水浸しになららなくてすむみたい」

「そうか、それは吉報だな」

「でも、一、二年もしたら、また水位が上がって、再び水浸しになるんじゃないの。堤防の嵩上げ工事だけでは、もう限界でしょうね」

「そうか……」と言ったあと、賢吾は自分の部屋に閉じこもってしまった。そして、本棚に置いていた書物や雑誌、さらに取っておいた新聞の切り抜きなどを読みあさった。それも、一心不乱に、のめり込むように、片っぱしから次から次と。その中には、温暖化や気候変動にまつわる科学雑誌や記事も多数あった。それは妹との日々の会話や出会った学生たちから受けた刺激、加えて、新聞やテレビのニュースから見聞きした情報から受けた影響が、少なからずあったのだろう。


日々を重ねるごとに、様々な知識がバケツで注がれるように、頭へと入っていった。但し、無秩序に整理されぬままだったのもあり、また、頭を殴られた後遺症もあってか、ごちゃ混ぜ状態で吸収されていった。

食事やトイレ、入浴以外は部屋に閉じこもったままの状態が、ひと冬つづいた。そのため、本来なら運動不足からメタボ体型になってもいいはずだったが、実際はその反対で、どちらかというと頬が痩けるほどやせて見えた。実は、読書に疲れたら、身体を動かしては鍛錬に勤しんでいた。腕立て、腹筋、バーベルの代わりにイスの上げ下げといった筋力アップ、さらに木刀の素振りなども。

残念ながら年齢のせいか、筋肉アップとまではいかなかったのだが、そのぶん、体だけではなく頬までもが引き締まったために、痩せたようになってしまった。だから、それこそ精悍な風貌になってもいいのに、日光浴不足のせいもあってか、顔色は青白く病み上がりのようにも見えた。また、ひげ剃りもしなかったせいで、抜け落ちた古いホウキの先っちょみたいなひげが、口周りに伸びていた。


段々短くなっていく冬も終わり、春の陽気が感じられ始めた頃、賢吾は急に旅支度に取りかかった。といっても、非常用に置いてあった災害時のバックパックを、担いだだけだったが。

出発の朝、相変わらず手には虫とり網を持っていたにしても、その表情はどこか高揚感に満ちていた。

「しばらく、旅に出てくる」

「また、セミ捕りですか」と、ひと美は慣れた口調で返した。

「いや、世直しだ。この世は邪気で満ちている。このままでは、この地球が息絶えてしまうだろう。だから、この手で邪悪なものたちを成敗してやろうぞ」

「成敗？　やろうぞ？」

日頃聞き慣れない言葉が返ってきたことに、ひと美は違和感を覚えた。ただ、どうせ一日、二日で戻ってくるだろうと高をくくり、「気をつけてね」と軽く言って送り出した。

賢吾はいつもの歩きではなく、自転車に乗って出かけた。変速ギアは五段切り替え、前カゴはあるが後部に荷台はなく、シルバーメタリックの、俗にシティサイクルというタイプのものだ。

まず、坂道を下りてからは水路に沿って進み、国道に出た。すぐに良太が、こちらも似たような自転車に乗って現れた。

「賢じい、今日はどこに行くんだい？」

「この世は絶望で満ちておる。いろんな悪い連中が、あちこちで闊歩しておる。特に、毒ガスを吐いているプーチンチンという怪物は最悪だ。これから、わしがこらしめてやる」

天気は快晴、荷物を前カゴに載せた自転車は、暖かい春風を受けながら国道を南下していった。良太も風を切りながら気持ち良さそうに付いてきていた。

郊外に出て、周りの景色が田園風になったところで、道路の右手に沿って延びるローカル線が見えてきた。すると、遠方から黒い物体が近づいてきていた。吐き出す大量の煙のせいで、青空が煤色を帯びていた。

「良太、噂をすれば何とかで、早速、さっき話した怪物がやって来たぞ」

「どこ？　遠くから機関車が近づいてきてるだけだよ。あれって確か、観光用に復活した

Ｄ51（デゴイチ）でしょう」

黒い三両編成の機関車が、灰色の蒸気をモクモクと吐きながら、近づいてきていた。

「見ろ、あの不快な光景を。良きものなら、自然をあんな醜い色に染めたりはせん」

賢吾は自転車から降りると、脇の草むらを歩いて線路の中へと入っていった。良太も自転車を降りて付いていったが、線路の脇で留まった。

「賢じい、あぶないよ。このままなら、ひかれるから、早く外に出ようよ」

そんな忠告には耳を貸さず、賢吾は「見てろ、あの黒い鋼鉄をまとった怪物を、この剣のひと太刀で成敗してやる」と、虫とり網を上段に構えた。

耳を劈（つんざ）くほどの警笛を鳴らしながら、黒い車体が近づいてきた。先頭車両の窓から、機関士が顔を出して必死の形相で叫んでいる。賢吾も負けないくらい大声で言い返していた。

「いくら吠えたって、怖じ気づかないぞ。さあ、かかって来い。毒煙を吐く怪物よ、お前の悪行もこれまでだ」

「賢じい……」

車輪を押さえる急ブレーキの甲高い音とともに、車体が巨大な黒い塊となって迫ってきた。賢吾は網を上段に向け、小走りに向かっていった。

「お前など恐れるものか。わしが、一刀両断にしてくれよう！　これでもくらえ！」と、走りに勢いをつけたまではよかったが、砂利(バラスト)に足を取られ、線路外に転げてしまった。そのすぐそばを、機関車が風を巻き起こしながら通り過ぎていった。

「痛たたた、誰だ、わしを突き飛ばしたのは？」

そばには良太が立っていた。

「ぼくだよ。だって、へたをすれば、賢じいは死ぬところだったんだよ」

「おかげで、成敗しそこねたではないか。もう少しだったのに」

体を打ち付けた痛みとともに、苦々しいほどの悔しさが込み上げてきた。

「あれなら、心配いらないよ。ほら、見てごらん。ずっと先で動けなくなっているだろ。賢じいが、やっつけたんだよ。だから、さあ、次の目的地に向かって旅をつづけようよ」

賢吾が顔を上げて前方を見やると、確かに線路上で機関車が止まっていた。ミニチュアサイズに見える機関士が、乗降用の短いハシゴに足をかけようとしていた。

「どうやら、成敗したようだな。これで、あれも懲(こ)りて、もう毒煙は吐かないだろう。では、次の使命に向かって、進もうぞ」

賢吾は起き上がると服の汚れを叩いてから、自転車に乗った。

「後ろから追いつかれないうちに、早く行こうよ」

「こちらに向かってくる従者は、われらに謝罪をしたいのだろう。だが、頭を下げさせるのは忍びない。反省すれば、それでいいのだ」

「寛大なんだね。でも、あの人、待て～とか、この野郎～とか叫んでいるみたいだよ」

「よほど、申し訳なく思っているのだろう。反省の気持ちは受け取った。さあ、出発だ」

自転車は、風を切りながら国道をぐんぐん進んでいった。途中、どこからかパトカーらしきサイレンが聞こえてはきたが、県道なのか、脇道なのか、見知らぬ道を進んでいくうちに、音はいつしか遠ざかっていた。

七

舗装道から離れてのち、賢吾は車幅ほどの野道に入り込んでいた。それほど凸凹道ではないにしろ、所々では小石にタイヤを取られて転びそうになった。そのため、せいぜい二～三メートル先の近場に視線を這わせ、ふらつきながらも慎重に進んでいた。そして、タイヤで飛ばした小石の軌道を追ったとき、ふと視界に入ったものがあった。

「おい、良太。左手に、また変なのが見えてきたぞ」

「また線路みたいだね。でも、それにしては古くて細いし、幅も狭いから、昔トロッコでも走っていたのかな」

「いや、あれは化け物の巣窟につづく獣道だ。もう少し行ってみよう」

それは、野道に沿った一段低い眼下に延びていた。ずいぶん進んで民家も途切れたあたりから、前方に巨大な構造物が見えてきた。

「良太、あれを見ろ。ついに巨人が現れた」

「巨人？　確かにバカでかいけど、なんだか、途中で工事をやめて、骨組みだけになった四階建ての鉄骨みたいだね」

「正面に立ち塞がる、あの赤く染まった巣窟を見ろ。あれは巨人が多くの人間を食らってきた血潮が、こびりついたものだ」

「どう見たって、古いレンガ造りの建物だよ。小さいほうは倉庫かなにかじゃないのかな」

「その先には、鋼鉄のクモの巣が張り巡らされている」

「あれって、鉄柵じゃないかな」

「外見に惑わされるな。これから中に入って、やつと勝負だ」

賢吾は自転車を鉄柵そばに止めた。

「賢じい、入り口の案内表に書いてあるけど、ここって、炭鉱跡だってよ。その高い鉄骨は、やぐらだって。何々、見学は無料だけど、月曜日は休みだってよ。道理で、鉄柵がしまってるわけだ」

賢吾は柵の左手に回り、鉄線で囲った杭の間に身を入れようとしていた。

「何やってるの？　勝手に入ったら、叱られるよ」

「休みだったら、やつらも寝ているだろう。起きてこないうちに、良太も早く入るんだ」

賢吾は忠告を無視して、さっさと敷地に入っていった。そして、レンガ造りの建物の裏にそびえ立つ、やぐらの前に立った。それは隙間がないくらい、多くのコンクリート製の杭で囲まれており、テニスコートほどの原っぱに鎮座していた。

賢吾が見上げると、頭上からのし掛かってきそうな迫力に圧倒され、膝が音がするほど笑った。

「どうしたの？　あまりの大きさにびびったの？」

「そうじゃない。これは武者ぶるいだ。相手が巨大なほど、闘志は燃えるものだ。それに、戦う相手が強いほど、勝利の美酒はうまいものだ」

「賢じいは、お酒飲まないじゃない」

「いや、そういうことじゃなくて、たとえだよ、たとえ。それより、戦闘準備はいいか。先手必勝、先にいくぞ」

「そんな無茶言っても、どうやって、やっつけるんだよ。それって、怪獣なみにでかいけど、ただの鉄骨のやぐらだよ。じい！」

賢吾は虫とり網を右手に持つと、背丈ほどの杭を上った。が、尖った先端でバランスを崩して、そのまま内側の草むらに落下してしまった。そのさい、先端の網が外れてしまった。

「痛たたた！」

「賢じい、だいじょうぶかい？」

「ああ、なんとかな。しかし、網が取れてしまった」

起き上がって姿勢を正すと、網が外れた柄の部分の警棒を握りしめ、巨大な鉄骨に向かっていった。

「これでもくらえ！」と声高に言いながら、手の届く部分を何度も叩いた。その度に、「カンカン」という金属音があたりに響いた。それを数回繰り返すと、腕が疲れて息も切れてきた。

「賢じい、もうそれぐらいにしたら」

「そうだな。こいつは、もう動けそうもない。甲高い悲鳴を上げていたから、観念したんだろう」と言いながら、中腰になって両手を両膝に置いた。

ほどなく、背筋を伸ばして姿勢を正すと、眼前の構造物に言い放った。

「どうだ、まいったか。今回はこれぐらいにしてやる。二度と、ここから出て悪さをするんじゃないぞ。わかったか」

「相手は口もきけないほど、まいったようだね」

「そうみたいだな。それでは引き上げるとするか」

賢吾は敷地から出て自転車に戻ると、バッグからペットボトルを出して、中身の水をうまそうに口にした。

八

「この坂道は、やたら急だな」

いつの間にか、傾斜のきつい山道に入り込んでしまい、自分の脚力では対応できなくなった。賢吾は自転車を一旦降りて、押すことにした。

「ここは、どこなんだろうね。ぽつん、ぽつんと民家はあるけど、上るほどに森が深まっていくよ」

「この先は、獣たちのねぐらじゃないのか。それが証拠に、木々の色を見てみろ。真っ青じゃないか。あれは、やつらの通った証だ」

「真っ青じゃなくて、季節がら、新緑に染まっているだけだと思うけど」

「だまされるな。やつらの吐息や鼻息で、木々が変色してしまったんだ。やつらのせいで、豊かな自然が壊されていく。だから、見つけ出して成敗しないとな」

「それよりも、暗くなる前に泊まるところを見つけようよ」

「心配するな。ほれ、前方に宿の看板が見えてきた」

左手のポール頭上には、「老人介護施設サンミク」の小さな金属プレートが掛かっていた。そこから左の坂道を少し下りて、今度は少し上ったところに、三階建ての少し古びた建物があった。それを背にして、田舎道にありそうな簡素なバス停があった。バスのりばを示す丸い標識と錆びたベンチ。そのベンチに、老婆がひとりでポツンと座っていた。

日向ぼっこにも見えるその老婆に、賢吾は声をかけた。

「おばあさん、こんにちは」

「……………」

「お聞きしますが、この宿には泊まれますかね？」

「……………」

声をかけても、どこか上の空で返答がなかった。

「賢じい、このおばあさんは耳が遠いんじゃないのかな」

「そうだな、もう少し大きな声で尋ねてみよう」

息を吸い込み、声を張り上げようとしたとき、

「バスが来ないね。早く家に帰りたいよ」と、俄(にわか)に精気のない声が返ってきた。

「バスが来ない？　え〜と、次はと……」

賢吾が錆び付いたプレート板の時刻表を見ると、午前と午後に各一本ずつの運行になっていた。午後は一時だから、とっくに時間は過ぎている。

「ねえ、行き先がみなと町になってるよ。あまり聞かない町名だね」

「そうだな……」

賢吾が訝っていると、老婆が唐突に言った。

「おや、たかしじゃないか。やっと迎えにきてくれたんだね。さあ、家に帰ろう」

急に嬉しそうになった老婆の表情に賢吾が戸惑っていると、白い看護服を着た年配の女性がやって来た。

「さあさあ、キヨさん、そろそろお部屋に戻りましょうね」

「息子が迎えに来たんだよ。いっしょに帰るんだ」と言って、その老婆が賢吾の手を握った。

「息子さんでしたか、それじゃあ、いっしょにお部屋へどうぞ。面会は六時まで大丈夫ですからね」

「いや、わたしは……」

その女性は、「キヨ」という患者の世話に手を取られており、賢吾は家族ではないと言いそびれてしまった。宿泊の件もあり、言われるがままに付いていった。

部屋は階段を上った二階にあった。室内には介護ベッドが四つあり、その三つは空いており、キヨのベッドは窓際にあって、目と鼻の先には新緑に輝く山腹が望めていた。

中村と名乗った介護士はキヨをベッドに寝かせてから、「食事の時間になったら、また来ますね。人出がなくてバタバタしてますので、これで失礼します。それでは、親子水入らずでごゆっくり」と愛想良く言って、忙しそうに部屋を出ていった。

「賢じい、これからどうする？」

「そうだな。日が暮れるまで少し時間がありそうだから、付近を散策してみるか」

「迷ったらいけないから、あまり遠くへは行かないほうがいいよ」

「心配するな。やつらのねぐらがどこにあるのか、めどをつけておくだけだ。勝負は明日だ」

賢吾がベッド脇から離れようとしたとき、休んでいたキヨが呼び止めた。

「たかし、どこに行くんだい？」

「眠っているところを起こしたのなら、申し訳ない。そこらを散策してくる。それから、わたしの名は賢吾ですよ」

「ご飯までには、帰ってくるんだよ」

キヨから切なさそうに見つめられると、胸が痛んだ。

「心配なされるな。必ず無事に戻ってきましょう」

「約束だよ、たかし」と、細い腕がベッドから伸ばされた。しわが目立つその手を、賢吾は両手で包み込むようにして優しく握った。

「ゆっくり休まれよ。では」

握っていた手をベッドに戻し、賢吾は部屋を出ていった。

玄関ドアから出たあと、賢吾は建物の裏手へつづく車幅ほどの舗装道を歩いていった。ほどなく、新緑の森を背にしてプレハブの倉庫が見えてきた。

「良太、あそこが怪しくないか。何かが潜んでいそうだ」

「賢じい、あれは、この施設の倉庫みたいだよ」

「いや、油断するではない。外観は怪しまれないように普通に見せているが、中に得体のしれない化け物が潜んでいるかもしれん。住処の大きさからいっても、またでかいやつかもしれんぞ。どんな相手にでも油断大敵だからな」

それは平屋ほどの古びたプレハブ倉庫であり、中央のスライドドアは開かなかったが、右端の上半分曇りガラスのドアには、カギが掛かっていなかった。それを恐る恐る開けて、内部をのぞいた。

「賢じい、薄暗くて何だか不気味だね」

「そうだな。やはり、ここには化け物が潜んでいそうだな」

「ドアのそばに、照明のスイッチはないの？」

「よくわからんが、手前の壁に何やら付いている」

内壁のスイッチをカチャカチャやったが、明かりは点かなかった。

「今の音で、やつらに気づかれたかもしれん。ここからは慎重に進もう」

賢吾は一旦腰に差していた虫とり網の柄、つまり三段伸縮警棒を抜いて目一杯に伸ばし、内部に足を踏み入れた。

数歩進むと、右手の壁際に白っぽい長方形のものが立てかけてあった。

「おい、あの白い城壁を見ろ。あの奥が、やつらの砦（とりで）じゃないのか？」

「あれは、ベッドのマットのようだけど。たぶん、日に当たるように数枚が壁に立てかけてあるんだよ」

「いや、あれは砦の外壁だ。そこを突破すれば、あいつらがいるやもしれん」

「そうかなあ」

「では、ぶち破るぞ。ついて来い」

賢吾は身構えると、ラグビーのタックル並みに、マットに向かって体当たりをした。だが、すぐに跳ね返され、床に転んだ。

「くそ！　なんて頑丈な壁だ。もう一度」

二度目も同じ結果だった。

「わしの強烈な体当たりでも、びくともしないとは、なんて丈夫なんだ」

「賢じい、もうあきらめて戻ろうよ」

「いや、別の入り口があるはずだ。救世の道が険しいのは百も承知。さあ、先に進むぞ」

賢吾が立ち上がって奥へ進んだところで、今度は床をクネクネと這っているものが目に映った。

「良太、ついに現れたぞ。闇にとけた黒塗りの姿は、毒煙の化身にちがいない。わしが成敗してやろうぞ」

「賢じい、たぶん、それはヘビだよ。黒っぽい色からして、マムシかもしれない。噛まれたら死んじゃうから、放っといて行こうよ」

「だったら、尚さらだ。ここで逃げたら、いずれ誰かが襲われてしまう。皆に代わって、わしが退治してやろう。さあ、ひるまずに立ち向かうぞ」

賢吾は身を屈め、手にした警棒をヘビに向かって振り下ろした。だが、打ち損じてしまい、代わりに、もたげた鎌首に腕を噛まれてしまった。

「賢じい！」

「不覚……」

賢吾は突然噛まれたショックからめまいを覚えながら、そばの五段ラックの棚に倒れ込んだ。意識を失う寸前、耳元で皿のようなものが数枚割れる音がぼんやりと聞こえた。

賢吾が目覚めると、薄いマットの固いベッドに横たわっていた。仕切り代わりのカーテンは開けられており、隣にはキヨのベッドがあった。

「ここは、どこだ？」

「どうやら、おばあさんのいる部屋に戻ったみたいだね」

「なんだか、まだ気分が悪いな」

「腕の包帯と注射あとからすると、手当をしてもらったようだね。たぶん、倒れたときに、棚の皿が床に落ちて割れたんだ。その音のおかげで、誰かが気づいて駆けつけてくれたんじゃないのかな。だから、命拾いしたんだよ」

「そうか、それは不幸中の幸いだったな……」

くすんだ白い天井を眺めていると、隣のキヨから声がかかった。

「たかし、大丈夫かい。痛かっただろうね」

賢吾を見つめる目が、実際の母親みたいに心配げだった。

「すまない、気づかってくれて。すぐに元気になるから心配なさるな」

「そうかい、心配ないかい」

その力のない瞳には、光るものがあった。

ほどなくして、部屋にやって来た昨日と同じ介護士が、キヨの世話をしながら事の経過を話してくれた。それによると、やはり倉庫からの物音に気づいたスタッフが行ってみると、賢吾が倒れていた。前腕に咬傷（こうしょう）があったので、よもやと思い、急いで施設の医師を呼んで治療をしたとのことだった。

迅速な治療のおかげで重篤(じゅうとく)にはならなかったのもあり、家族なら同室がいいだろうとキヨの隣のベッドに寝かされたとも。

「二～三日休めば、元通りに回復するでしょうから、良い機会です。親子水入らずで、ゆっくり過ごしてください。それでは、また」

「いや、わたしは……」

またもや、赤の他人だと説明する間もなく、その介護士は忙しげに出ていった。

「やっぱり、人手が足りないのかな。いつも忙しそうだね」

「そうだな。しかし、どうしたものか……」

「元気になるまで、休んでいたら」

「だけどな、このままゆっくり休んでいるわけにもいかんだろう。早く旅をつづけなければ、やつらがのさばるばかりだ」

「そうはいっても、体が回復しないと、なかなか勝てないよ」

「だがな、それでも……」

薬が効いたらしく、いつしか賢吾は深い眠りに落ちていた。

九

翌朝、少し早めに目を覚ました賢吾は、前日とは打って変わって気分の良さを感じた。早速、起き上がって窓辺に寄ってみると、山腹の木々が朝露を浴びたせいか、一層華やいでいた。

「昨日は真っ青に見えていたものが、今朝は清々しいほどの緑だ。きっと、邪悪な化身をこらしめたからだろう……」

朝日を受けた新緑が、穏やかな海の波光のように輝いていた。そんな山の風景に見入っているときだった。突然、

「たかし、たかし」と、賢吾に呼びかける細い声がした。

「うん？　キヨさんかい。どうしました？」

「久しぶりだね。今日は、孫を連れてきたのかい？」

「孫？　いや、わたしには孫は……。それに、わたしの名はたかしではなく……」

老婆はお構いなしにつづけた。

「この前、約束したじゃないか。今度来るときは孫の顔を見せてくれるって」

キヨの表情は、怒っているのか、失望しているのか、その両方を持ち合わせているよう

でもあり、賢吾は返答に困った。

「そう言われても……」

「賢じい、適当に応えていたら。今度来るときは必ずとか。じいを息子を間違えるくらいだから、どうせ約束しても覚えていないさ」

早速、良太が現れてアドバイスをした。

「しかしな、ウソはいかんだろ」

「じゃあ、どうするの？　子供をどこからか、誘拐でもしてくるのかい。賢じいは、もう元気みたいだから、婆さんを放っといて早く出発しようよ」

「そうだな……」

何か適当な返しを思案しているところに、再び声がかかった。

「たかし、今日は来てくれてありがとう。孫はどこだい？　早く会わせておくれ、約束したじゃないか」

最後の語尾が力を帯びた。

「わかった。今から連れてくるから」

「そうかい、うれしいよ」と、キヨは本当に嬉しそうな笑みを浮かべた。

「いいのかい、そんな約束をして」

「仕方ないだろ。がっかりさせて、ポックリいかれても困るだろ。さあ、行くぞ」

「行くって、どこへ？」

「いいから、ついてこい」

賢吾は部屋を出ると階段を下りて、一階の受付・事務所に寄った。

事務所には、ケアマネージャーの佐藤がいた。ふくよかで、優しげな雰囲気の中年女性だった。

賢吾がキヨとの一連のやりとりを話すと、断るどころか、前向きに捉えてくれた。それに彼女も賢吾のことを、まだキヨの息子か何かと勘違いしているようだった。

「この施設は乳児院もやってますから、今から確認してみますね。ソファにでも座って、待っててください」と笑みを浮かべて、卓上の受話器を取った。

賢吾が受付近くのソファに座って待っていると、話がついたらしく佐藤から案内があった。

「スタッフが、今から赤ちゃんを連れてくるそうです。一〇分ほどお待ちくださいね」

「お手数かけます」

「賢じい、これから赤ちゃんを連れてくるんだって。捨て子でも預かってるのかな」

「そうかもしれんな。まあ、待っててみるか」

待っている間に、佐藤が(赤ちゃんポスト)なる乳幼児の保護システムを教えてくれた。

それによると、同系列の産科婦人科の病院に、いろんな事情で乳幼児を育てられない母親が希に赤ちゃんを預けにやって来る。その預け入れボックスが所謂赤ちゃんポストと呼ばれ、預けるほうは顔をさらす必要もなく、連れてきた赤ちゃんをゆりかごほどの広さの内部に置くだけである。ただし、誕生日だけはわかるように、生年月日を書き残すように張り紙がしてあり、その後、乳児院で面倒をみるのである。最近では、一カ月ほど前に利用者がいたとのことだった。

「それから……」と、ついでにバス停のことも訊いてみた。

「ああ、あれですか。あれはお飾りですよ」

「お飾り？」

「バスなんか来ませんよ。患者さんの徘徊防止のために置いてあるんです。なにせ、家に帰りたいといって、かってに外出する方がいるんです。でも、あのバスのりばの標識のおかげで、本物のバス停だと思ってベンチに座り、大人しく待っててくれるんです」

「我が家恋しさに、待てども来ないバスを待つか、何だか切ない話ですね」

「山中を徘徊されるよりマシですよ。下手すれば、森に迷い込んで行方がわからなくなったり、最悪、山道から落ちて命をなくすことだってありますからね」

「そうですか……」

そんな話を聞いているうちに、軽い車輪の音が聞こえてきた。乳児院から施設へとつづく舗装道を、三〇歳ほどの女性スタッフが乳母車を押してやって来た。中には元気そうな赤ちゃんがいた。

佐藤が事務所から出てきて、応対をした。

「ごめんなさいね、わざわざ連れてきてもらって」

「いいえ、かまいませんとも。患者さんのためになるのなら、お安いご用です。この子の名前は福太、福ちゃんです」

佐藤は満面の笑顔で、「ようこそ、福ちゃ〜ん、元気ですか〜」と、あやすように優しく呼びかけた。

その母性溢れる表情に、赤ん坊もいっぱいの笑みを返していた。

それから、皆でキヨの部屋に向かった。


「ここからは、ご家族の方が押してくださいね」

部屋の入り口にきたところで、乳母車が賢吾に渡された。あえて否定はせず、言われた通り乳母車を押して入室し、キヨのベッド脇に進んだ。

「ほら、約束どおり、孫を連れてきましたよ」

枕元で呼びかけても眠っていたらしく、表情がぼんやりしていた。

「わたしが赤ちゃんを抱き上げて、見せてあげましょう」と、女性スタッフが申し出た。

「頼みます」

彼女が赤ちゃんを抱き上げ、その顔を見せてやると、ほどなく、キヨは満面の笑顔になった。

名前の紹介に、キヨは「そう、福ちゃん。そう、福ちゃん」と嬉しそうに繰り返していた。その痩けて枯れそうな頬を、温かそうな涙が伝っていた。

一〇

賢吾は自転車に乗って山道を下り、その後、一般道を進んでいた。

「賢じい、おばあさんに別れを告げなくてよかったの？」

「ああ。かえって、寂しい思いをさせるからな。ただ、あの調子なら、すぐに私のことも忘れるだろう。それに、これが最後ではなく、また会える機会はあるだろう」

「なら、いいか。それで、次はどこにいくんだい？」

「そうだな……」と、賢吾が行き先を考えているときだった。後方から、爆音を響かせながら、大型バイクが何台も脇を追い抜いていった。そのさい、幾つもの罵声が浴びせられていった。

「ぼく、とても恐かったよ。あれって、暴走族かな」

「姿形は確かに人間だったが、あれはどう見ても真っ黒な表皮をまとった害獣たちだ。吐き出していたのは、薄汚れた毒息だった。それに、やつらのけたたましい咆哮は、邪悪で狂気を帯びていた」

「賢じい、着てたのは革ジャンだと思うけど」

「いや、やつらは姿を人間に変え、汚物をまき散らしている凶暴な獣たちにちがいない。よし、次なる相手が見つかった」

「見つかったって、まさか……」

「そうだ！　わしが成敗してやる」

「やめとこうよ、連中は一〇人ほどいたよ」

「恐るるなかれ、ひるむなかれ。行くぞ！　遅れずについてこい」

一気に自転車の速度が上がった。

しばらく走った頃、右手に駐車場の広いコンビニが見えてきた。その建物の入り口付近に、先ほどの連中がバイクを止めて屯していた。

三人がバイクに座ってたばこを燻らせており、残りの連中は店内に入っていた。賢吾は一旦、駐車場脇に自転車を止めた。

「賢じい、これからどうするつもり？」

「ほら、ここからでも、レジの女性が見えるだろ。連中に絡まれて、困ってるみたいじゃないか」

「見て、あいつら、かってに棚から食べ物を取って、好き勝手に飲み食いしてるよ」

「このまま見過ごしたら、彼女はやつらに喰われてしまうかもしれん。早く助けてやらんとな」

「おにぎりは食べても、人は食べないと思うけど」

「まずは、入り口付近で見張りをしている、あの三人の門番たちからだ」

賢吾は良太の忠告も聞かずに、警棒を握りしめてバイクに向かった。

入り口前を陣取っている連中といったら、三台横並びの各々の大型バイクに腰掛け、雑談で盛り上がっていた。

「やっぱ、バイクは気持ちいいよな。最近は電気自動車ならぬ電気バイクも出てきたが、あんなものに乗れるかって。ＥＶマシーンとか、未来対応車とか言って宣伝してるが、走りはガソリン車じゃないとな」

「そうさ。アクセルをふかしたときのエンジンの唸りがたまらないんだ。それに、マフラーの爆音で、気分がスカッとするんだ」

「まったくだ」

そこへ賢吾が現れた。

「毒ガスで、この世を汚す輩（やから）たちよ。わしが成敗してくれる！」

突然の威嚇に、バイクの連中は呆気にとられた。

「何だ、じじい。ケンカを売ってんのか？」

「ケンカではない。正義の鉄槌だ。これでもくらえ！」

賢吾が一番手前のバイクのボディを思い切り蹴飛ばすと、その揺れから、男はバランスを崩してバイクから落ち、そのまま、となりのバイクに倒れ込んだ。それがドミノふうに連鎖していき、結局三人がコンクリートの地面に体を打ち付けていた。

「何しやがる、このじじい！」

その連中が起き上がったときには、すでに賢吾は店内に入っていた。忽ち、レジの外国人ふうの女性店員に心を奪われてしまった。そのライトブラウンのショートヘアが、若い頃夢中になっていた女性歌手のマリア・キャリーとそっくりだった。何枚ものレコードやポスターを集めた当時の記憶が、一気に蘇ってきた。

その店員といえば、男たちにからかわれており、表情は固く迷惑げだった。特に、コーヒーカップを手にした先頭のリーダーらしき男が、厭らしげに話しかけていた。

賢吾の感情が思慕から怒り、怒りから義憤へと、数秒もしないうちにめまぐるしく変化した。

先頭の男のそばに寄り、マリア似の店員に向かって声をかけた。

「心配なさるな、今助けてやる」

「何だ、おまえは？」

男の表情が一瞬で不機嫌そうに変わった。

「覚悟しろ、怒りの鉄槌を受けるんだ！」

賢吾は警棒を、コーヒーカップを持ったほうの腕に打ち下ろした。男は、それをすんでにかわした。

「おっと！　てめえ何しやがる、危ないじゃないか！」

男は腕への一撃は免れたものの、コーヒーカップを落としてしまい、黒いブーツの足元に茶色い液体が広がった。

「ふざけた野郎だ。これでもくらえ！」

怒った男は賢吾に殴りかかろうと、右ストレートを繰り出した。ところが、濡れた床に足元が滑って、腰をしこたま打ちつけてしまった。すぐに、そばにいた男の連れが掴みかかろうとしたが、転んだその男につまずき、前のめりに倒れて顔面を床に強打した。

「賢じい、表にいた連中が、早速後ろからやって来たよ。気をつけて」

「何人でもかかってこい。どいつもこいつも打ちのめしてやる」と、後ろを振り返ったとたん、店内に入ってきた連中が掴みかかってきた。が、その直前に、今度は賢吾が滑ってしまい、後ろの連中に勢いよく倒れ込んだ。よって、掴みかかってきた男も勢い余って前のめりに倒れ、その鳩尾（みぞおち）が賢吾の警棒の先端に食い込んでいた。たまらず、白目をむいて気絶してしまった。

　レジ付近は、男たちの乱闘で大混乱を起こしていた。零れたコーヒーのせいで、ことのほか床は滑りやすくなっており、倒れ込んだ連中が起き上がろうにも足を取られて、為す術がなかった。それでも、多勢に無勢、ほかの仲間が床の連中を起こしてやり、賢吾を抱え起こして殴ろうとした。

「てめえ、ふざけやがって！」

　そこへ間一髪、けたたましいサイレンの音が聞こえてきた。

「警察だ！　やばい、みんな、すぐにずらかるんだ！」

　バイク族の連中は慌てて店外に出ると、爆音と排煙を残して次々と走り去っていった。

「賢じい、だいじょうぶかい？」

「ああ、心配ない。腰を少し打っただけだ」

　そこへ、絡まれていたマリア似の店員が声をかけてきた。

「ありがとうございます。おかげで助かりました。ケガはありませんでしたか」

「何のこれしき。いつでも追っ払ってやるから、安心なされ」

　ほどなく、パトカーが到着して警官に事情を訊かれたが、店員がことの経緯を説明してくれたおかげで、お咎（とが）めなしだった。

事情聴取も終わり、賢吾が自転車のそばで休んでいると、先ほどの女性店員がコーヒーの差し入れを持ってやって来た。

「これをどうぞ」

「ありがとう、マリア」

「え？　わたしはドナです。マリアではありません」

「いや、あなたは憧れのマリア・キャリーです。その麗しい姿、優しい声、まさしく歌の女神マリアそのものです」

「あの、確かに若い頃は歌手をめざしたこともありました。実際、歌のオーディション番組に出て、ディレクターにほめられたこともあります。でも、二〇年ほど前にフィリピンからこちらに来て、日本人男性と結婚して子供も三人います。夫は病気がちなので、わたしがたくさん働かなければなりません。娘の学費も大変です。だから、昔の夢は、もう忘れました」

「賢じい、聞いてるの？　何だか、ぼうっとしてるよ。心、ここにあらずだね」

「美しい。その愁いに満ちた横顔、そのビロードのように滑らかな声も、そのままだ。全ての者を魅了する歌声、ぜひ一曲聴かせてくだされ」

「いや、だから、私はマリアじゃないと……」

賢吾は勝手に、何か聞き覚えのある昔の曲を口ずさんでいた。

「賢じい、良い具合に彼女も知ってる歌みたいだね。メロディーにあわせて、体を動かしているじゃないか。おや？　今度はリズムをとりながら、いっしょにハモりだしたよ」

「ほら、思った通りだ。この美しい歌声は、間違いなくマリアのものだ。彼女は今でも最高の歌姫だ」

「彼女、とても楽しそうに歌ってるね。体のフリも音楽にあってきたよ」

「すばらしい。こんなところで、憧れの女性と会えるなんて。この汚れた世界が、彼女の歌声で忽ち浄化されていくようだ。これで、人の心も振る舞いも、希望に満ちたものになっていくだろう」

「ああ、何だか、若い頃に戻った感じ。もう一度、歌手をめざそうかしら」

ドナと名乗った女性が、清々しい笑顔を見せていた。

「賢じい、感極まったのか、彼女、涙を浮かべながら歌ってるよ」

「その感激を次の戦いの励みとして受け取ろう。疲れが取れて、再び力が沸いてきた。さあ、次の戦いに向けて、出発だ！」

二

「賢じい、別れぎわに握手ができてよかったね」

「彼女は両手で、わしの手を優しく包んでくれた。あの柔らかな手の温もりが、未だこの手に残っておる。おかげで、元気百倍だ」

「だけど、もう一度歌手を目指すって言ってたけど、本気かな？」

「あのとろけるような美声を聴いただろう。すでに、立派な歌い手ではないか。またレコードでも出すという意味だろう。早速、買って聴かないとな」

「ところで、これからどこへ行くの？」

「そうだな、どこへでも。わしの助けを必要とする人たちは、都会だろうが田舎だろうが世界中のどこにでもいる。前に進んでいけば、じきに彼らと出くわすさ」

ペダルも軽く、賢吾は気分よく道路を快走していた。そんなふうに暫く走っていると、前方からサイレンのけたたましい音が聞こえてきた。すぐに車体が見えてきて、何台ものパトカーやら消防車、救急車までもが猛スピードで通り過ぎていった。

「やけに飛ばしていたけど、消防車が数台連なっていたところからすると、火事でもあったのかな」

「そうみたいだな」

賢吾が自転車を止め、後ろを振り返ってみると、遠くで黒煙が上がっているのが見えた。

「あの付近って、コンビニのあったところじゃない？」

「悪い予感がするな。戻ってみるか」

「うん、急いで行ってみようよ」

賢吾はUターンをすると、ギアをアップして先ほどのコンビニへ急いだ。

先ほど寄ったコンビニが近づいてくるとともに、異様な光景が見えてきた。青空だったはずの上空が、火山が噴火でも起こしたように赤黒く染まっていた。

「おい、あれを見ろ。天上に向かって真っ赤な火柱を立てながら、大量の黒煙を噴いているではないか。あれは炎の魔王プーチンチンにちがいない。戦う準備をしろ」

「何言ってるんだよ、賢じい。火事だよ、火事。さっきのコンビニが燃えてるんだよ」

「あのおどろおどろしい醜い姿が見えんのか。マリアはきっと、炎の魔王に捕らわれているにちがいない。早く、彼女を助けなければ。行くぞ！」

「むやみに突っ込んだら、火傷どころか、火だるまになっちゃうよ」

「恐るるなかれ、ひるむなかれ。この世を浄化するためなら、いつでも、この身を捧げようぞ」

「でも、勝手に行ったら、消火の邪魔になるだけだよ。駐車場には消防車が何台も止まってるじゃないか」

パトカーによる交通規制はあるものの、路上の警察官たちは通行中の車の誘導に気を取られていた。また、消防士たちは消火活動に追われ、自転車で向かってくる高齢者などには気づきもしなかった。

賢吾は右手に持った警棒を前方に掲げ、片手運転で燃え盛るコンビニへ向かっていった。

「お前の火炎など恐れるものか。悪しき炎の魔王プーチンチンめ、覚悟しろ！」

コンビニの駐車エリアには、消火用の太いホースが何本もうねうねと這っていた。その一本を自転車が踏んでしまい、賢吾はバランスを崩して倒れてしまった。そして、地面に体をしこたま打ち付けた。

「痛たたた、何のこれしき、眼下に手下の巨大毒蛇が隠れていようとは、不覚。だが、こんなもの、恐れるものか」

顔面が焼けるように熱く、頭上からは夥しい火の粉や煤が降っていた。

「炎の魔王プーチンチンめ、わしが恐くて怒り狂っておるな。のぞむところだ、勝負！」

賢吾が痛みをこらえて立ち上がったところを、

「危ない！　さがるんだ」と消防隊員から脇を抱えられ、建物から離された。

「離せ、マリアを助けるんだ！　あの魔王は、わしが倒すんだ。離せ、離すんだ」

消防隊員の腕力は万力みたいに強固で、マネキンでも運ぶように軽々と、道路脇の救急車まで連れていかれた。

救急車の後部扉が開いており、その縁に、大きめのタオルを肩に掛けたドナが、力なく座っていた。泣きはらした顔に、まだ煤のあとが残っていた。

「マリア、無事だったか」

彼女は返事をせず、避けるようにして裏手に向かった。

「いかがなされた？」と賢吾はその跡を追ったものの、立ち止まった彼女の後ろ姿が細かく震えていた。

「マリア……」

彼女は振り返ると、涙を浮かべたまま苛立たしげに言った。

「だから、私はマリアじゃないって。あんたのせいで、店が燃やされちゃったじゃない。あんたが、余計なことをするから」

「一体、どうしたというのだ？　わしが何をしたというのだ？」

「連中が仕返しに戻ってきたのよ。そして、火炎ビンを店に投げ込んだんだ。ほかのスタッフは火傷して、救急車で連れて行かれるし、もう、どうしてくれるのよ。働くところがなくなったら、どうやって娘たちを育てていくのよ」

その目は怒りに震え、言葉は罵倒に近かった。

「だから、あの魔王を退治しなければならなんだ。そうすれば、この世は、きっと平和になる」

「何をわけのわからないこと言ってんのよ。もう消えてよ。さっさと、どこかへ行って！」

弓矢のような鋭い言葉が、賢吾の心を打ち抜いていた。

「マリア……」

その名をか細く口にしたのを最後に、賢吾はその場から立ち去っていった。

「賢じい、どこへ行くの？」

「もうわからない。どこへ行くべきか、何をするべきか。だから、しばらく放っといてくれ」

「だって、自転車はどうするの？　荷物は積んだままだよ。賢じいってば！」

賢吾は呆けたように、道路脇をよろよろと歩いていた。その足取りは、一挙に加齢したかのように弱々しいものだった。先ほどの火事で火傷を負ったらしく、顔のあちこちがヒリヒリと痛んだ。と同時に、体のあちこちを打撲痛が襲っていた。

今が昼なのか、夜なのか、時間の感覚を失ってしまい、方向もわからぬまま、ただ、闇雲に歩いていた。言葉を換えれば徘徊だったのかもしれないが、いずれにせよ、その歩く力も段々と絶えようとしていた。

右足か左足かを繰り出そうとしたとき、賢吾は急なめまいを覚えて前のめりに倒れていった。と、そのとき、「兄さん、兄さん」と自分を呼ぶ聞き覚えのある声が、微かに聞こえた。

二

「ひと美おばさん、叔父さんが早く見つかってよかったよ」

「晴人(はると)、今回は無理言って悪かったね。あんたが車で兄さんを捜すのを、手伝ってくれたおかげだよ」

「ずいぶん、ご無沙汰してるから、こんなときぐらいは協力しないとね。でも、病室が空いててよかったよ。それで、叔父さんの容態はどうなの？」

「それが、かんばしくないんだよ。肋骨なんかが折れているのに、無理したらしくて。それに、顔とかの火傷もあるだろ。お医者がいうには、ここ、一日、二日が山だって」

酸素マスクと点滴、それに生体バイタルをチェックするモニターが、ベッドに横たわる賢吾の命を繋いでいた。

「起きてるみたいだけど、目はうつろだね」

「声をかけてやってよ。気づくかもしれないから」

「わかった、そうするよ」

晴人は長身の背を前屈みにして、ベッドの賢吾に話しかけた。

「賢吾おじさん、わかるかい？　甥の晴人だよ」

視線は動かず、反応はなかった。再度やっても結果は同じだった。

「だめか、わからないみたい」

「わたしも、さっき呼びかけてみたんだけど、同じく反応がなかったんだよ」

そんなふたりの会話が、賢吾にはおぼろげに聞こえてはいたが、何のことか見当がつかなかった。おまけに、自分がどこに横たわっているのかさえわからなかった。

風が運んでくるのか、誰かが「賢じい、賢じい」と自分を呼んでいるようではあった。ただ、はっきりとは認識できなかった。

賢吾が混濁の中にいるとき、救急隊員にでも搬送先を聞いたらしく、ドナが見舞いに来ていた。だが、病室には入らず、そばの長イスに座ってふたりの会話に耳をそばだてていた。そして、いよいよ反応がないと知ると病室に入り、ひと美に事情を話して見舞いを申し出た。晴人が用意してくれたイスに座り、賢吾の耳元で優しく語りかけた。

「ねえ、私の声がわかる？　私が誰だかわかる？　さっきは、きつく言い過ぎて悪かったです」

賢吾の目は薄く開いていているにしろ、相変わらず宙を虚ろに見上げるだけで、反応はなかった。ひと美と晴人が、その成り行きを固唾をのんで見守るなか、ドナは更につづけた。

「ねえ、聞こえないの？　私の声を忘れたの？　あなたが美しいと言ってくれた、この声を。おかげで、昔の夢を思い出させてくれた。若い頃に願った、歌手になるという夢を。貧しくて、辛い日々を送っていた私を支えてくれたのは、歌だった。もう、とっくの昔にあきらめたけど、少しでも思い出させてくれたおかげで、心が明るくなった。そう、明日に希望がもてたの。それは、あなたのおかげよ。ねえ、覚えてないの？　あなたは私をマリアと呼んでくれた。さあ、思い出すのよ」

だが、相変わらず、反応はなかった。

「あなたが歌ってくれたメロディを思い出すのよ。それは、こんな歌だった」

ドナは、一緒に歌った歌詞を最初はゆっくりと語るように、そして、段々メロディーをつけながら、口ずさんでいった。すると、ほどなく賢吾の目が動いて反応を見せ、ついには口が開いた。

「どこかで、聴いた歌だ。懐かしい気がする……。そうだ、思い出したぞ。これは、わしが大好きなマリアの曲だ」

賢吾ははっきりとした眼差しを、歌っている彼女に向けた。

「おお、麗しのマリアではないか。わたしのために歌ってくれているのか。そういえば、ふたりで歌ったんだ。もう休んでいる場合ではない。さあ、起こしてくれ。共に夢に向かって歌おう」

ひと美が賢吾の体を起こしてやると、

「こんなものは必要ない」と、酸素マスクや点滴さえ、自ら取り外した。

賢吾はベッドから起き出て立ち上がり、ドナと合わせるように歌いだした。

「さあ、良太もいっしょに歌うんだ」

足取りも軽やかに、虚ろだった表情にも笑顔が浮かんだ。

「思い出してくれたのね」

「もちろんだとも、麗しのマリア」

ふたりが手を取り合うようにして歌いだした姿を、ひと美たちは涙ぐみながら見守っていた。ところが、歌も終盤になって歌い上げたとき、賢吾の体がそのまま後ろに傾いでいった。それを、ドナと晴人が支えるようにして受け止めた。

「叔父さん、しっかりして!」

「マイ・ロード(わたしの大切な人)……」

そこへ、ナースと医師が駆けつけてきた。

「ベッドに寝かせて、至急、心肺蘇生の用意!」

室内に、医師の必死な声が響いた。

一三

坂本権蔵（七六歳）が、妻の通う老人ホームから電話を受けたのは、日曜日の昼過ぎだった。

「何ですって？　昼食後にもどして意識が混濁、今から市内の済生会病院に救急搬送をする？」

自宅から国道沿いにある当院までは、通常なら車で一〇分ほどである。但し、週末は途中にあるショッピング・モール付近がマイカーの買い物客で渋滞を起こしてしまう。特に、今日のような晴天に恵まれた休日ともなれば、尚さらである。

免許返納を考慮中の身とすれば、タクシーという選択のほうが懸命だったのだろうが、すぐにでも駆けつけたい身としては、空車待ちに余分な時間をかけたくはなかった。

気が急くまま、白い半袖のポロシャツとグレイのスラックスで身繕いをすませた権蔵は、結局乗り慣れた自家用車で病院へ向かうことにした。

自宅のガレージから出てほどなく、長年乗ってきた愛車のセダンは、早くも国道に入ろうとする車列につかまってしまった。この調子なら車の流れはやはり悪く、さらに先のショッピング・モール付近はかなりの渋滞が予想される。到着までは一〇分どころか、三〇分はかかるかもしれない。そう思うと、苛立ちは増すばかりだった。

さらに気分をざらつかせたのが、左目にも現れた飛蚊症だった。右目に文字通り蚊が飛んでいるような黒い斑点が現れたのが、半年ほど前。そして昨夜、左眼球内に稲光にも似た光が走ったと思ったら、翌日には、その目も飛蚊症になっていた。結局、両目とも小バエにも似た斑点が現れてしまい、それらが視界の中で眼球の動きとともに飛び回っていた。片方だけなら無視すれば紛らわせることもできていたのに、両目ともなるとそうはいかなくなった。

不安定な感情のまま、問題の交差点が近づいてきた。案の定、車の流れは悪かった。そのため、視界の乱れと渋滞の苛つきが、ただでさえ衰えがちな集中力を奪っていた。


その頃、ショッピング・モールの駐輪場では、買い物を終えた母子が帰る支度をしていた。シングルマザーの横井春香（三二歳）は、マイバッグに詰め込んだ食料品を電動アシスト自転車の前カゴに置き、五歳になる良太を後部に取り付けてあるチャイルド・シートに座らせていた。

「良太、ヘルメットのあごひもは、ちゃんと掛けましょうね」

自転車のボディカラーは鮮やかな空色。それと同色の風を切るようなスポーツ・ヘルメットは、良太のお気に入りだった。

「ママ、もう少しゆるくして」

「これくらいでいい？　あまりゆるいと、転んだとき脱げるからね」

クッションバンドが幼いあごに、ほどよく収まった。

「それくらいが、ちょうどいいよ」

「OK、じゃあ、行くよ。出発！」

「しゅっぱつ！」

自転車用の専用駐車エリアから離れるさいは、周りの状況をしっかり確認しなければならない。なにせ、買い物客の車で溢れる日曜日は、少ないチャンスの駐車空きスペースを求めて何台もの車が競うようにサーキット状態で回っており、春香は最大限の注意を払いながら構外へ出た。

そこから目の前にある最初の交差点で、横断歩道の信号待ちをしていたときである。春香が心持ち振り返るようにして、後ろの良太に話しかけた。

「夕方まで時間あるけど、帰ったら何したい？」

「けん（賢）じいと、セミとりに行くんだ」

「セミを？　だって、もうすぐ秋だから、セミなんかいないでしょう」

「でも、この前まで、変な病気がはやってて、どこにも行けなかったでしょ。だから」

「そうだね、やっとお外に出られるようになったんだものね。じゃあ、ふたりが帰ってくるまでに、おいしい晩ご飯をつくっておくからね。今日は良太の好きな、ふわとろオムライスよ」

「やったあ！」

そんな会話をしていると、歩行者用の信号が青色に変わった。春香は話に気を取られていたせいか、左右確認が若干おろそかになった。右足で最初のペダルを踏んで、次に左足を踏もうとしたときだった。

突然、側面から強い衝撃を受け、自転車ごと宙に飛ばされた。一瞬、澄んだ青空が垣間見えたとき、春香は息子の名を呼んだ。が、ほどなく固いアスファルトに叩きつけられ、意識と肉体が砕けるとともに、景色が暗転した。

その日の夕方、ニュースで自転車に乗った母子の交通事故死が流れた。ふたりに衝突したのは、七六歳の高齢ドライバー。車は自動停止装置の付いていない、中古のガソリン車だった。

＊

『賢じい、賢じい』どこかで、自分を呼ぶ声がしていた。

『賢じい、賢じい』その懐かしい響きには、どこか聞き覚えがあった。

『賢じい、賢じい』

『その声は……、良太か？』

『賢じい、賢じい、約束だよ』

『約束？』

『賢じい、早くセミとりに行こうよ』

『セミとり？　そうか、そうだったな。約束だったな』

『賢じい、賢じい、さあ、早く』

『寝てる場合じゃないな。よし、待ってろ。今起きるからな』

賢吾の意識が戻ったのは、心音が正常に戻った三日後だった。

一四

夜明け前の星の瞬きが薄くなった頃、白いワンボックスのＥＶ車が、入り組んだ海岸線の道路を走っていた。前席にふたり、その後ろには、二人乗りのゴムボートが積んであった。フルで空気が入っており、座席の空間をほぼ占拠していた。

助手席の賢吾が、運転をしている晴人に再び言った。

「遠くまですまなかったな」

「何度も礼を言わなくていいよ。叔父さんのたっての願いというから、連れてきたんだから。でも、危ないところ、本当に助かってよかったよ。だけど、心臓マッサージを初めて近くで見たよ」

「わしも初めてだった」

「あれから、もう一カ月か。無事に退院できてよかった。それはそうと、目的の島はあれなのかな？」

数キロ先の西方沖に、アヒルを寝かせたみたいな離れ小島が見えてきた。

「そうだ。あの手前で、ゴムボートを降ろせそうなところがあったら、そこで停めてくれ」

「それはいいけど、いったい何をするつもりなの？　先端のほうにあるのは、どこかの発電施設みたいだけど」

「それは仮の姿で、実際は鬼の住処なんだ。だから、ヤツらを退治しなければ、セミが捕れないんだ」

「鬼の住処？　セミが捕れない？　どういう意味だい？」

「テレビで見たんだ。あの島にはセミがたくさんいるって。だけど鬼たちがのさばっているため、まず、退治しないといけないんだ」

「ぼくには、よくわからないけど、それで気がすむのなら、別にいいけど。じゃあ、この辺で停めるよ」

　晴人は海沿いの左手の路肩に車を停めた。左前方に、緑に被われた比較的大きな島が見えていた。奥のアヒルの首にあたる部分を平らに均して、サッカーグランドの半分ほどの敷地に、立派な火力発電所が建ててあった。中央にそびえる高い煙突から、白い蒸気が立ち上っている。

「叔父さん、本気であそこまで行くのかい？」

「そのつもりだ。さあ、早く、そのボートを引っ張り出してくれ」

「はいはい、いま出しますよ。これ、結構重たいんだから。でも、無茶はしないでくださいね。まだ、体力が完全には戻ってないんでしょう。それに、面倒を起こして警察につかまっても知りませんからね」

　ブツブツ言いながらも、晴人は両手でゴムボートを車から引っ張り出し、一旦、路肩沿いの草地に置いた。それから、眼下に見える砂地奥の狭いビーチまで、引きずるようにして運んでいった。

「さあ、あとは海に浮かべるだけですよ。叔父さん、準備はいいですか」

「よし、わしが乗ったら、後ろから押してくれ」

　それからすぐ、賢吾がビーチ沿いからゴムボートに乗り込んだ。

「じゃあ、押しますよ。それにしても、本気で島まで渡るんですか。近くから、フェリーでも出てるはずですよ」

「いいから、黙って押すんだ。ヤツらは強者だから、奇襲をかけんと勝ち目はない」

「叔父さん、考え直すなら今ですよ。せっかく元気になったのに、何も無理してセミなんか捕らなくてもいいのに」

「無理なんかしてない。これは良太との約束であり、わしの使命だ」

「やれやれ、おばさんが、本人のやりたいことをやらせるのが一番のリハビリだって、言ってたから、もうほっとくか」

「晴人、何か言ったか」

「ううん、何でもないよ。さあ、少し押すから、あとはオールで漕いでくださいよ」

ゴムボートが波打ち際から浅瀬に進んだところで、賢吾は左右のオールで漕ぎ始めた。波は凪状態であり、沖へと順調に進んでいった。

「おじさ〜ん、無理しないでくださいね〜。疲れたら、すぐに戻ってくるんですよ〜。しばらく、車で待ってますからね〜。いいですか〜!」

晴人が張り上げた声が、賢吾にはくぐもって聞こえていた。いつしか、良太が後部に座っていた。

「良太、覚悟はできてるか。今度の相手は強敵だぞ」

「ぼくなら、平気だよ。どんな相手が束になってかかってきても、こてんぱんにやっつけてやる」

「その意気だ。遠慮しないで、連中の手脚でも折ってやれ」

「うん」

賢吾は島の西側に回り込むようにして、海岸沿いを漕いでいった。そして、島の先端が見えてきたところで一旦オールを置いて、警棒だけになった虫とり網を右手で高く掲げた。

「良太、もうすぐ上陸だ、準備はいいな。では、命を賭けて戦うぞ」

賢吾はボートを狭いビーチに向けると、波に乗って砂浜に寄せた。そして、第一歩を踏み出した。

前方に、人の侵入を拒むように、針葉樹の防風林がつづいていた。

「良太、ここがいかに危険な場所かわかるか」

「どうしてなの?」

「眼前だけでなく奥の方にも木々が茂っているのに、いっこうにセミの鳴き声が聞こえてこない。つまり、ここは鬼たちのせいで、セミも住まない汚れた場所になったんだ。だから、我々の力で浄化して元の自然を取り戻すんだ」

砂浜を上って防風林を抜けると、眼前に、塔の如くそびえる巨大な煙突が見えてきた。浜風も無風に近く、大量の煙がほぼまっすぐに立ち上がっている。

「良太、見ろ！　あのけがわらしい吐瀉物を。みるみるうちに、青空が灰色へと毒されていくではないか。もう、一刻の猶予も許されん。さあ、これから鬼退治だ。行くぞ！」

賢吾は警棒を右手に掲げ、しっかりとした足取りで煙突へと向かっていった。

一五

「足のかかとが、床ずれみたいになってるんですが」

車椅子に座った賢吾を、ひと美が心配そうに見ながらベテラン風の女性介護スタッフに言った。彼女は背を屈めて両素足のかかとを確認すると、

「これは、褥瘡のなりかけですね。車椅子が長くなると足のせにかかとが当たって、こういうところも床ずれみたいになるんです。ひどくなる前に、あとでお薬を塗っておきましょう。リハビリが順調にいって、早く歩けるようになるといいんですけどね」

ひと美が地元の介護施設に賢吾を連れだってきたのが、一カ月ほど前である。

当時、甥の晴人から小島に行ったときの状況を聞いたところ、心配になって急遽、連絡フェリーで島に寄ったら、火力発電所の敷地に入り込んだ賢吾が、警護スタッフに取り押さえられた直後だった。

「叔父は、セミ収集が趣味なんです。この島には珍しいセミがいるという噂をどこかで聞

いたらしく、それで頼まれて連れてきたんです。悪気はないんで、許してやってください」

そんな言い訳と、「ご迷惑をかけて、本当に申し訳ありません」と再三詫びたところで、やっと許してもらえた――

ただ、実家に戻ってきた賢吾は、捕らえられた際に足首をひねったらしく、歩行がおぼつかなくなってしまい、移動には車椅子が必要になった。と、同時に、自由に外出できないストレスからか、口数も少なくなって不機嫌そうになり、認知症によく見られる不穏が現れ始めた。それで、ひと美が施設のケアマネージャーと相談して、リハビリを兼ね、しばらく療養させることにしたのだった。

三階建て老人介護施設グリーン、その一階ホールで賢吾は他の入所者やデイサービスの利用者と一緒に昼食を済ませたあとは、二階の休憩室でテレビを見るのが日課だった。固定された大型テレビの前にはテーブルやソファが置いてあり、それらは歩行が可能なお年寄りに占領されているので、車椅子利用者はその脇のほうから見ることになる。番組は大抵はＮＨＫのニュース、もしくは昼のワイドショーが放映されている。色んな事件や事故が流れても、薄い画面を通してでは現実感が薄れるのか、無表情で視線を向けている者がほとんどだった。たとえ、それが殺人事件や子供の悲惨な事故であってもである。

賢吾も当初はそうであったが、そんな報道が徐々に記憶のどこかにインプットされていき、いつしか許容量を超えて感情が暴発しようとしていた。

入所して一カ月が経ったその日の昼も、賢吾は車椅子をロングソファの右側に付け、テレビから流れるニュース番組をぼんやりと見ていた。当初、いつもの変化のない薄い表情だったのが、ストーカーによる女性刺殺事件や飲酒運転による児童の死亡事故の話題が立て続けに流れるにつれ、それが段々と険しくなっていった。それからほどなく、視線を天井へ向け、何かを思い詰めたような強い眼差しのまま、ぼそぼそっと二言三言呟いた。

「この世は悲しみで満ちている。きっと、あの禍や不幸をもたらす化け物オソロシアンのせいだ。あいつを成敗しなければ、皆に幸せは訪れない」

賢吾は腕組みをして、目を閉じてから暫く黙考したのち、カッと目を見開いた。そして、車椅子からすくっと立ち上がると、眼光鋭くまっすぐ言い放った。

「待っておれ、わしが今から退治してやる」、と。

その日から三日後、賢吾は館内を歩き回れるほど足の筋力が回復したのを見計らい、「自宅に戻る」と職員に言って施設を出たのだった。

一六

「賢じい、久しぶりだね。こうやってふたりで歩くのも」

秋晴れの空のもと、賢吾が歩き始めてほどなく、良太が連れ添ってきた。

「セミ取り以来だな」

「それで、今回はどんな冒険なの？」

「人の幸せを喰うという巨獣・オソロシアンを探しだし、退治する」

「それって、どこに住んでいるの？　それに名前からして、とっても凶暴そうなやつだね」

「そうだ。人の何倍もある恐竜並みの化け物だ。あいつは人里離れたヒマラヤみたいな山岳地帯、断崖絶壁だらけの険しい山道を登った頂の洞穴に住んでおる」

「道は知ってるの？　ここからだと、とっても遠いところだと思うけど、途中で迷ったりしない？」

「心配しないで、付いてきなさい。磁石で引き寄せられるように、体が目的地に向かって、かってに進んでいくから大丈夫だ」

「心配だな……」

しばらく市道を歩いて行くと、秋色の田園風景が現れ、その先に見覚えのある三角山が見えてきた。

「賢じい、あれはセミ取りで登った山だね。確か、目的地はヒマラヤみたいな山岳地帯と言ってなかった？」

「そうだ。前回は、このまま山道を進んだが、今回は少し離れた左側の脇道を上っていく。かなり歩くが、その果てに険しい山々が見えてくる。氷雪をまとった凜々しい高峰だから、それはそれは神々しい眺めだ。ひと目見るだけでも、汗水流して上る価値がある。あの悪魔の化身みたいな輩が住むには、もったいないくらいだ」

麓の舗装道を北へ回り込むように進んでいくと、細い山道の両脇に奥深い竹林が現れた。天を被うほど高く伸びた竹の群生が、頭上からの日光を浴びて、あたりに柔い緑の影を落としていた。

「さあ、ここが入り口だ。足元に気をつけるんだぞ」

「うん、わかった」

竹林の清しい香りを感じながら、暫く歩いて竹林を抜けた頃、前方から変な音が響いてきた。

「あの音は……、良太、すぐに隠れるんだ」

「どうしたの？」

「いいから、道の脇に身を潜めるんだ」

賢吾は左脇の茂みに身を潜めた。ほどなくして、坂道を少し上った前方から山道を刻むような不快な音とともに、それが現れてきた。

「早くも偵察隊がやって来たな。わしらの殺気を察したのかもしれん。だとしたら、用心深いやつだ」

「賢じい、あれはトラクターだと思うけど、農作業の服装からして、運転してるのは地元の農家さんみたいだけど」

「まどわされるな。やつは、ああやって、この近辺を見張ってるんだ。ここで戦いを挑んでもいいが、本戦に向けて体力を温存しとかないとな」

ガタガタ揺れながら、その姿が離れていくと、賢吾は立ち上がって、再び山道を上りだした。

軽自動車が一台通れるほどのつづら折りの山道を進むにつれ、あたりを被う森林はジャングル並みの様相を呈していた。いっそう険しくなった道をさらに進んで、先ほどまで周りに広がっていた森林が眼下に見えるようになると、やがて最初の峠が見えてきた。

上りのピークのところで、杉の高木が三本ほど倒れて重なっており、自然のゲートを作っていた。

「おい、最初の関門が現れたぞ。巨木を重ねて道を封鎖するとは、どこまで用心深いやつだ」

「賢じい、あれは倒木みたいだけど。台風かなにかで木々が倒れたんじゃないのかな」

「いや、先端部分が反ってるのは、わざと曲げてトラップにしたものだ。触ったとたん、バネのようにはねて体が飛ばされるから、身を屈めて慎重に進むんだ。決して触れるんじゃないぞ」

体がやっと通れるほどの狭い隙間をくぐり抜けたあと、道はいったん下りになったが、すぐにまた上りになった。そして、急坂を上って第二の竹林を抜けると、道はますます狭くなって見通しも悪くなった。

「良太、いよいよ洞窟が見えてきた」

「洞窟？　山道の両脇の雑木林が強風のせいで、左右から道に倒れかかってるんだよ。それが、ずっと奥までつづいているからトンネルみたいに見えるけど、このまま進んだら体にたくさんの枝やつるが絡んじゃうから、とても危険だよ」

「この先、どこでやつが潜んでいるかもしれん。周りに気を配って慎重に進むんだ。剣を手放すんじゃないぞ」

賢吾は杖代わりの登山用スティックを、フェンシング並みに前方へ突きつけるようにして進んでいった。

足元の倒木、せり出した木々の枝や、それらに絡まって垂れ下がった何本もの蔓(つる)が、進行を邪魔していた。

「賢じい、このままだと遭難するかもしれないよ。お腹も空いてきたし、一旦引き返して出直そうよ」

「弱気になるな。あいつを生かしておいたら、ますます不幸が増えるだけだ。だから、このまま放置してはおけん。これ以上犠牲者が増え、悲しみが広がらないように、一刻の猶予もならんのだ。子供たちの笑顔のためにも、この足が折れようとも前進あるのみ。そして、あいつを一刻も早く見つけ出し、たとえ適わぬ相手であっても、この命尽きるまで戦おうぞ。それがわしの使命。それに、一太刀でも浴びせられたら、やつは恐れをなして己の所業を悔い改めるだろう」

そうこうしている間に、賢吾の言う洞窟を抜け、第二峠が見えてきた。

「今まで通り抜けてきたところは、やつの居る洞窟に至るトンネルだったたか。それとも、われらを恐れて逃げおったか。なら、逃がしてなるものか」

峠付近は、冷気が漂っていた。頭上高く伸びた梢群が日光を遮っているのもあるが、右手の頂上部から清水がわずかに流れ出しており、山道脇の窪地にできた小さな水場が涼やかさを醸し出していた。そこへ、左手の山道脇から黒い物体が突然現れ、その水場へ向かった。

「良太、ついに出おったぞ。戦闘態勢をとるんだ。しかし、どこまで用心深いやつなんだ。ふたりも護衛をつけておる」

「賢じい、あれはイノシシだよ。後ろから付いていく二匹は、まだ小さいからウリ坊じゃないかな」

「外見に惑わされるな。あの肉厚の仮面の奥には、凶暴な姿が潜んでおる。決して油断するんじゃないぞ」

「確かに、凶暴には違いないから、近づかないほうがいいよ。特に子連れだから、刺激を与えたら忽ち襲ってくるよ」

「怯むなかれ！　勝機は我にあり！　いざ戦いに行かん！」

賢吾は雄叫びをあげながら、すぐに三匹を追った。が、突然の人間の出現に驚いたのか、イノシシはそのまま山道を走り抜けると、水場脇から森の茂みへと消え去った。

「おのれ、逃げるとは卑怯なり。我と戦え、逃がすものか」

賢吾は後を追おうとして、水場脇に入ったところで足を滑らせ、尻餅をついてしまった。

「痛たたた、なんのこれしき」

「賢じい、無理しないほうがいいよ。それに、大型犬ほどの姿からして、お目当てのものじゃないよ。本命はもっと大きいやつなんだろ？　だったら本番に備えて、一旦休憩しようよ」

「それも、そうだな。本番に向けて英気を養っておくか」

休憩場所を求めて峠を下っていくと、ほどなくしてバスケットコートほどの開けた平地が現れた。あちこちに点在する同じ大きさほどの切り株からして、深い森を半分ほど伐採した跡地のようだった。

賢吾は奥まったほうに進んで、切り株のひとつに腰を下ろした。

「良太、切り口が古くなっていないところからして、最近伐採したみたいだな」

「そうだね。表面の木肌が、まだきれいだもんね」

「奥を見てみろ。切り残した木々の高さからすると、伐採したのは一〇メートルはあったかもしれんなあ」

そのまま何気に周りを見渡していると、ふと森林の奥へとつづく細い道のようなものが目に入った。

「良太、あそこを見てみろ。人が通るには細いから、獣道じゃないのか」

「だったら、またイノシシと遭遇するかもしれないね。危ないから、近寄らないでおこうよ」

「いや、あの道を辿ってみよう。木々が切られてなかったら、つい見逃してしまう道だ。森の奥深くは隠れるにはもってこいだから、敵は、あの先に潜んでいるのかもしれん」

五分ほどの休憩だけで賢吾は立ち上がり、森林の奥へとつづく獣道を進んでいった。

一七

　道は細くて上りになっていたが、あちこちで伸びた雑草や枝葉が行く手を被っており、ステッィクで避けながら地肌を確認しなければ、すぐにでも迷子になりそうだった。

　一〇〇メートルあまり進んだ頃、視界が広がり、眼前に入り口がトンネル並みの洞窟が現れた。

「良太、ついに辿り着いたぞ。ここが、あの凶暴なオソロシアンがいる住処だ。危険だから、わしの後ろから付いてくるんだ」

　良太が後ろに回るのを確認したのち、賢吾は洞窟の中へと足を踏み入れた。数メートル進んだだけで外光が陰り、周りの土肌が血のりを浴びたようになってきた。先が見通せなくなったところで、賢吾の歩みが止まった。

「良太、そこに何か白っぽい枝のようなものが落ちている」

　目をこらして少し先を見やった地面に、動物の骨らしきものが散在していた。

「やはり、ここに潜んでいるんだな。その骨は、恐らく人間のものだろう。ハイカーでも襲って食うとは、何と残忍なやつ」

「賢じい、骨の大きさからして、小動物だと思うよ。イタチとかタヌキとか……」

「何であれ、これ以上進むのは危険だな。ここで、やつを待ち伏せしてたほうがよさそうだ。しばらく様子を見るとするか」

これからの策を考えているうちに、突然、奥から得体の知れない呻り声が聞こえてきた。それが何度か響きながら、地面を踏みならすような重い音とともに近づいてきた。

「やつだ、やつが、こっちへやって来る。良太、あとはわしに任せて、早くここから逃げるんだ」

「賢じいも一緒に逃げようよ。ひとりじゃ無理だよ」

「あやつ、オソロシアンを倒すために、ここまでやって来たんだ。だから、引き返すわけにはいかん。やつを倒せば、不幸の種をなくすことができるんだ。それが、わしの使命だ。さあ、行け」

「わかった、じゃあ、誰か呼んでくる」

良太が踵を返したのを確認して、振り返ったときだった。眼前に巨大な半透明の異様な物体を捉えたとたん、車にでも突き飛ばされたような衝撃を受け、体を地面にしこたま打ち付けた。そして節々に破壊的な痛みがはしった。抵抗する力が消え万事休すと焦ったが、それは良太を追った。

何とか痛みを堪え、起き上がって視線を伸ばすと、先ほどの物体が良太に覆い被さっていた。

「良太！」

助けようとふらつきながら近寄っていったときには、すでに良太の意識はなく、その姿も朧げになっていた。

「おのれ、子供に手をかけるとは、それもわしのかわいい孫を。許せん、絶対に許せん。命を賭してでも、わしが成敗してくれる」

賢吾の殺気を感じ取ったのか、それがふいに立ち上がると、邪気に満ちた殺気を放った。

地面を捉えるスティックを斜めに構え、まずはひと太刀浴びせた。だが、当たったとたん、霧でも切ったように何の手応えもなく、スティックは相手の体を通り抜けた。

勢い余ってよろけてしまった賢吾は、姿勢を整えて再度試みた。が、結果は同じだった。

「こしゃくな、不思議な術を使う奴め。だったら、鋭い切っ先で、正面から突き刺してやる。覚悟しろ！」

スティックの尖った先端で相手の中央あたりを狙ったにもかかわらず、のれんどころか、空気抵抗さえ感じなかった。そればかりか、振り返ったところで顔面をしこたま殴られ、頬にひりひりする痛みがはしった。

「何というやつ、これではやられっぱなしで、為す術がないではないか。間合いを取って考えるんだ……。受け身には気体となり、攻撃時には固体化する。なら、確かめてみるか」

賢吾は壁側を背にして立ち、相手の攻撃を待った。そして、頭を叩かれそうになったところを直前でかわし、それが壁に当たって土ほこりを上げたところで、その腕にスティックを打ち下ろした。案の定、何の手応えもなく、金属のスティックが腕を通り抜けた。

「思ったとおりだ。なら、こやつの狂気を止めるには、どうすればいいんだ。存在をなくすには」

ふと、閃いたのが吸収だった。

「そうだ、わしが吸い込んでしまえばいいんだ。固体化する前に吸ってやれば、その存在を消しさることができる。そして、やつのいかれた存在を、わしの体内で浄化するんだ」

賢吾は何度も深呼吸しながら、相手を吸い込んでいった。勢いのある呼吸の繰り返しで頭がくらくらしていき、気が遠くなりそうになった。それでも必死に深呼吸を繰り返していくと、おのれの体に相手が満ちていくにつれ、その部分が忽ち硬化していった。上体、両腕、下肢、首、頭部が、今や銅像のように固まってしまい動けなくなった。

立っていられず、地面に倒れ込んだ。怪物か何かに内部から羽交い締めにされ、マウントでも取られたような服従感を覚えた。

「くそっ！　当初の考えとは逆ではないか。体内にとらえたところで、どうにもならん。

体は動かないし、このまま死を待つだけなのか」

そうこう逡巡しているところで、前触れもなく地面が揺れはじめた。

「地震か？」

揺れは徐々に激しくなり、突然、近くで地を裂くような凄まじい爆音が轟いた。

「火山の噴火でも起こったか」

それは山稜を破壊するのに十分だったらしく、ほどなく洞窟の天井やあちこちが崩れ落ちていき、忽ちあたりを塞いでいった。付近を地表に溢れ出た溶岩流が呑み込んでいくのか、灼熱が身を焦がしていった。吐き気を催す危険なガス臭も襲ってきた。

これには、生きとし生きるものすべてが、断末魔の叫びをあげていた。それは、この世に多大な不幸をもたらすばかりの、悪魔の化身・オソロシアンとて例外ではなかった。

「わしを征服したところで、自然の威力に適うものはない。結局、お前がやってきたことは、単に弱い者いじめだったんだ。愚かなやつ、おのれの生を無駄に使いおって」

賢吾は、不思議と痛みは感じなかった。代わりに、聞き覚えのある声が聞こえてきた。

「賢じい、賢じい」

「ん？　その声は良太か？　戻ってきたのか」

「賢じい、さあ、行こうよ」

「行くって、どこへだ？」

「さあ、セミとりに行こうよ」

「そうだったな、約束だったな。今起きるからな」

どこからか、セミの鳴き声が聞こえてきた。

「さあ、良太。セミとりに行こう」

賢吾の顔には、楽しげな笑みが浮かんでいた。


（了）

ガレキの惑星

一

見渡す限り、瓦礫（ガレキ）の大地が広がっていた。灰色は建物が砕けたもの、黒ずんだ暗灰色は外壁や建物がミサイルによって爆破されたもの、もしくは、その火力で焼け焦げたものである。建物を支えていた鉄骨や鉄筋は、ほとんどが崩れ落ちた際の衝撃で、あちこちが歪（いびつ）に折れ曲がったり、または高熱に晒されて飴（あめ）細工のように溶けて固まっていた。付近に木々でもあれば、その枝のほうが強度は勝っていただろう。

　残念ながら、そんな自然の造形物はなく、生命の温もりを感じさせない薄汚れた瓦礫だけが、累々と至るところに広がっていた。そして、そんな荒涼を湛えた無機質の風景を、どんよりと淀んだ空が覆っていた。

　ときおり、突風が、焦げ臭さを含んだ粉塵を舞いあげていく。ただ、そんな風の音さえなければ、人の営みが消えてしまって廃墟になった街は、不気味なほど静かだった。それを裂くように、瓦礫を踏む不快な足音が響いてきた。

　その音の発生源は、痩せた小柄の老人だった。今が昼間ではなく夜だったら、その風貌は、ぼろ服をまとったガイコツにしか見えなかっただろう。実際、頭蓋から髪は抜け落ちており、双眸（そうぼう）も凹（くぼ）んで頬も痩（こ）けている。身につけているものは、土ぼこりのせいか、くすんだ黒いズボンは破れがひどく、そこから痩せた脹ら脛が丸見えだし、細身の上体を被っているものは、こちらも汗染みが目立つ灰色のTシャツだった。

杖代わりの棒きれを右手でつきながら、よろよろとやって来る老人を、ジャックは積み重なった瓦礫の後ろに隠れて、こっそり見ていた。老人は歩きながら、立ち上ってくる土煙を吸ってしまうらしく、ときおり咳き込んでいた。

「何だ、あのゾンビみたいなじいさんは？　靴は破れて指が見えてるし、身なりもひどいもんだ。持っているものといったら、腰に下げたタオルとペットボトル、それに背負った凹んだバックパック、あとは何もない。あいつは、どう見たって浮浪者だな」

何か食べ物でも持っていたら、とジャックは期待したのだが、当てが外れてがっかりした。何日もまともな食べ物にはありついていないので、かつての筋肉もずいぶん落ちてしまっていた。それに、身なりも老人とたいして変わらなかった。もっとも、体格は一回り大きかったが。

「まあ、いいさ。こちとら、もう何カ月も誰ともしゃべってないし、じいさんでも、話し相手ぐらいにはなるだろう」

その老人が、まさに自分のそばを通り過ぎようとしたとき、ジャックは立ち上がって声をかけた。

「じいさん、どこへ行くんだ？」

突然の呼びかけに、老人は驚くこともなく振り向いた。その窪んだ双眸は暗く、深い悲しみが満ちていた。

「きさまは誰だ？」

「きさま？　偉そうな口をきくじゃないか。じいさん、オレにケンカを売るつもりなのか？」

ジャックはファイティング・ポーズを見せたが、相手は怯むどころか間合いを詰めてきた。そして、意外な言葉を発した。

「孫娘を捜しているんだ。知らないか？」

「孫娘？」

「ああ、歳は二〇歳だ」

「さあ、知らないな。若い女ばかりか、年寄りだって久しく見ていない」

「そうか、知らないか」

老人は気落ちした様子で、その場を立ち去ろうとした。

「待てよ、じいさん。なにか深い事情がありそうだな。もっと詳しい話をしてくれたら、内容によっては一緒に捜してやってもいいぞ」

なぜ親切がましいことを言ったのか、ジャックは自分でも良くわからなかった。ひとりで荒れ地に何年もいれば、やはり人恋しくなっていたのだろう。

日中は汗ばむほどの陽気だったにもかかわらず、日が沈む頃には涼しげな風が吹いていた。ジャックは付近で集めてきた焦げ目の残る木片で、たき火を熾していた。二本の針金にはネズミが突き刺してあり、程よく焼き上がる頃には食欲をそそる匂いが漂っていた。その両方を手に取り、一本を老人に差し出した。

「ほれ、じいさん食いな。針金が焼けてるから、気をつけるんだ」

タオルを針金の持ち手に巻いて一心に食べ始めた相手に、ジャックも頬張りながら話しかけた。

「ところで、おれはジャックって言うんだ。あんたは？」

「わしか、わしはプートン帝王だ」

「帝王？　ふざけてるのか。年上だからといって、偉ぶるんじゃないぞ。ひょっとして、いかれてるのか、それともジョークのつもりか？　だったら、笑えるのを頼むぜ」

「………」

「まあ、いいさ。それで、さっきは孫娘がどうとか言っていたが、突然いなくなったのか」

「いや、突然ではない。あの日、家族と地下シェルターに避難しているはずだった。だが、爆風が収まってから捜したんだが、そこには誰もいなくなっていたんだ。それで、娘夫婦とその孫娘を捜しているわけだ。部下たちもいなくなってしまい、仕方なく自分であちこち歩き回って、もう三年になる」

「三年か。まだ、あきらめられないんだろう。だが、オレが知る限り、まともに残った街なんかどこにもない。見渡す限りがれきだらけだし、人の姿も久しく見てないしな」

「そうか……」

「それで当てはあるのか？」

「立ち寄りそうなところは全て寄ってみたが、どこにもいなかった」

「そろそろ、あきらめたらどうだ。どこの街も破壊されて、人間なんか誰も生き残っちゃいない。すべて、あの戦争のせいだ。どっかの馬鹿が戦争を始めたせいで、このざまだ。確か、プートン何とかだったな。ん？　あんたのことか？　いやいや、そんなわけないよな。まさか、あのいかれた野郎がここにいるわけないよな。何千万人もの住民を見殺しにしたやつだから、本物は見るからに、おっかないやつだろう。よくある名だし、もう少しで、だまされるところだった。しかし、本物だったら、八つ裂きにしても足りないくらいだ。なんせ、オレの家族や兄弟、親戚や友だちまでも大勢殺した大悪党だからな。この世に悪魔がいるとしたら、まさしくあいつのことだ」

「おい、水はないのか」

食べ終わったプートンが、給仕にでも命じるように言った。

「そんなものはない。欲しけりゃ、明日まで待つんだな。日が昇ったら、物資を探して少し歩き回ってみるつもりだ」

「……………」

「それにしても、夜空は地上とちがってきれいなもんだ。上は星屑だらけで、下はがれきだらけ。えらいちがいだ……。さあ、明日に控えて、もう寝るとしよう」

ねぐらは、全壊したビルのそば。運よくビルの側面の一部が残った近くに、鉄筋やワイヤーのない比較的平らな瓦礫を並べて作ってあった。そんなノンクッション・ベッドにジャックは横になり、バックパックを枕に夜空を見上げた。

小鳥の囀(さえず)りも虫の音も消えた世界、ときおり耳障りな音を起こすのはネズミたち。醜く表情を変えてしまった地上に比べ、舞い上がった粉塵で大気が微かに曇ってはいるものの、天上は今でも以前と変わらぬ輝きを放っていた。

二

早朝の鋭い曙光が、顔面を射っていた。生暖かい空気が漂うなか、ふたりが歩き始めてすぐ、地面を踏む音が荒くなっていった。建物を成していたレンガやブロックが砕け落ちたものだが、多くはまだ塊や板状だったせいである。一部は風雨に晒されて大地に混じったものもあったにしろ、多くは歪に曲がった鉄筋やワイヤーを伴い、危険な姿を晒していた。

歩き始めて一時間あまり、遠くに凝固した血の色を含んだ赤茶けた光景が、ぼんやりと見えていた。ただ、破壊されて灰色になった多くの街並みは、全体的にはどこも大して代わり映えしなかった。

ジャックが、疲れないように亀にも似たゆっくりとした歩きだったのもあり、プートンは遅れずについてこれていた。

「じいさんよ、この辺は、元々何があった場所かわかるかい？」

「いいや、ずっと似たような光景がつづいているから、皆もく想像がつかない。ただ、何だか、がれきの量が増えたみたいだが」

「ここは、ショッピングモールがあったところだ。天井を支えていた鉄柱の名残が、その先に見えるだろ。ほら、アーチ状の鉄筋がグニャリと曲がったやつだ」

ジャックが示した指先をプートンが見やると、曲がりそうもない太い鉄筋が飴のように溶けて、それまで天井を支えていた姿が想像できないほど、大きく湾曲していた。

「まあ、大したもんは残っちゃいないだろうが、運がよけりゃ、缶詰のひとつやふたつはどっかに埋まっているだろう。さあ、今から宝探しだ」

ジャックは近場の瓦礫を取り除きながら、一メートルほどの太めの鉄筋を見つけだした。次に、それを積み重なった瓦礫の隙間に差し込みながら、テコの原理で大きめの塊をどかしていった。

プートンはというと見るからに力仕事は不慣れな様子で、両手で持った瓦礫を何度も落としそうになりながら、脇へとどかしていた。

「じいさん、ずっと前屈みになってると腰をやられるし、疲れるだけだ。あまり無理しないようにな」

人からの忠告が嫌なのか、プートンは憮然としたまま黙々とつづけていた。と、その手が止まり、足元に現れた窪みに険しい眼差しを向けた。

「どうしたんだ、じいさん、そんな恐い顔して。何か見つかったのか」

ジャックが近づいてプートンの眼差しの先を覗き込んでみると、そこには、幾つかの黒ずんだ骨片があった。

「おい、この骨は女のものか」

プートンの声が、緊迫感を帯びた。

「さあな、あんたの孫じゃないのか」

「何だと！」

凄い剣幕に、「すまん。冗談だ」と、ジャックは素直にわびて冷静に言った。

「これだけじゃな。小ぶりだから子供の骨のようだが、途中で折れてるし、おまけに焼けて黒ずんでいるから、余計わからない。ＤＮＡを調べるにしても、そんな道具もないし」

プートンは他の骨も見つけようとして、再び瓦礫をどかし始めた。それからしばらくして、再びその動きが止まった。

「おい、また何か見つかったのか？」

「ちょっと来てくれ。今度は頭だ。だが、頭頂部だけのようだ」

その小さな頭蓋片は眉あたりから額部分だけで、やはり識別は難しかった。

「手のひらに納まるくらいだから、子供のものだろう」

「そうか……」

項垂れた弾みからか、その手から頭骨が落ち、瓦礫の角に当たって砕け散った。

「じいさん、大切に扱ってやれよ。恐らくは、戦火に巻き込まれて死んだ子供のものだ。可哀想に。小さな霊でも、丁重に弔(とむら)ってやらないとな」

プートンといえば、忠告もろくに聞かず、黙々と足元の瓦礫を取り除いていた。

「チッ、思いやりのないじいさんだ。あんたが捜しているものが見つかったら、オレが割ってやろうか」

嫌みに言ったものの、返事はなかった。しばらくすると、さすがに疲れたのか、プートンは手を休めて、その場に座り込んでいた。

数時間の重労働の成果は、歪に凹んだ缶詰がふたつ。そのサーモンと桃の缶詰は、どちらも賞味期限が切れたものだった。ジャックがバックパックからアーミーナイフを取り出し、フタを円形に切り裂いて開けた。

それぞれの臭いを嗅ぎながら、

「腐っちゃいないようだ。さすがに桃はふやけてるがな。じいさん、半分こだ。水はないが、桃の汁で少しは喉が潤うだろう。いいか、半分ずつだからな、全部喰うなよ。ほら、まずは桃からだ」

ジャックが桃の缶詰を渡すと、すぐにプートンは缶を口に運び、一気に飲み込んだ。だが、すぐに咳き込んで大部分を吐き出してしまった。

「何やってんだ！　慌てて喰うからだ。あ〜あ、もったいないな。オレのぶんがなくなったじゃないか。もうあんたには、サーモンをひと切れたりともやらないからな」

ジャックはナイフでひと塊ずつ突き刺しながら口に運んだが、馬一頭でも食べられるほどの食欲があったにもかかわらず、その顔がゆがんだ。

「何てしょっぱいんだ。まるで、塩の塊を喰ってるようだ。くそっ！　さらに喉が渇いてきた。誰か、水をくれ！」

しかし、そんなものはなく、食べるほどに喉の渇きが増すばかりだった。

三

昼寝をして一時、ざらついた微かな物音で、ジャックは目覚めた。あたりを見渡しながら、近くに眠るプートンに小声で呼びかけた。

「じいさん、起きろ。人の気配がする。おい、起きろってば」

小石を拾って一向に目覚めない顔に放ると、それが額に当たった。

「何だ、痛いじゃないか」

「じいさん、静かにするんだ。誰かいるぞ」

「ん？　誰かって誰だ？」

「とにかく、じっとしてるんだ」

鈍い反応にしびれを切らしたジャックは、手元に置いた鉄筋を掴むと、中腰のまま音を立てないようにして下がっていった。そして、数メートル後方の壊れかけの壁まで行き、身を潜ませるようにして、あたりを窺った。

『じいさん以外は誰もいないようだが、気のせいか』

しかし、ほどなくすると、再び瓦礫を踏むような足音が聞こえてきた。

「何だ？」

今は無風状態である。音のほうに視線をのばすと、二〇メートルほど先の敷地内で瓦礫をあさる人影があった。

『男か？　どうやら、食料をさがしているようだな。声をかけてみるか。ただ、とんでもない悪党の可能性だってあるし、しばらく様子を見るか』

ジャックが壁に隠れて男を観察していると、やがて、プートンのほうに歩み寄ってきた。近づくほどに砂利を踏む音が大きくなってきて、さすがにプートンも男に気づいたようだった。

ふたりは二言、三言、言葉を交わして、握手をした。

『年齢はオレと同じくらいだな。体格も今は痩せているが、肩幅や骨格のつくりからして、元は軍人か何かだったのだろう。身なりもオレたちと似たようなもんだ。悪人だったら、もっといいもんを着てるはずだからな。なら、顔をだしてみるか』

念のため、ジャックは片手に持った鉄筋を背に隠すようにして、ふたりのもとに向かった。

男はジャックに気づくと、警戒するように身構えた。

「心配するな。オレは、そのじいさんの付き添いで、ジャックっていうんだ。よろしくな」

「オレはクロードだ」

ふたりは握手を交わした。

「クロードか、ところで、あんたはここに何しに来たんだ」

「息子を捜している。まだネット配信が見られた頃、住民にまじって泣きながら避難している息子が映っていたんだ。妻は砲撃によって死んだって聞かされた。だから、息子はひとりで逃げるしかなかったんだろう。その不安と心細さを思うと、たまらなく胸が締めつけられるぜ。それ以後の消息は不明だが、生きていれば八歳だ」

「やっぱり、全地域を消滅させたあの大爆発のせいか」

「そうだ。オレが抵抗勢力の連中と郊外の第一戦線で戦っている間に、街のほうが飛ばされてしまい、戻ったときには誰も生存していなかった。あったのは焼け焦げた死体や人骨ばかりだ。大人も子供もあったもんじゃねえ。これまでに見たこともない、ひでえ惨状だった」

「まったくだな。あちこち破壊しまくって、どうするっていうんだ。まったく狂気の沙汰だ」

「ところで、ジャックとかいったな。あんたも、誰かを捜しているのか?」

「オレは妻と息子だ。妻は妊娠していた」

「それは大変だったな。それで当てはあるのか」

「そんなものはない。行くところ行くところ、がれきばかりで、人の痕跡なんかどこにもない。死体が残っていたとしても、とっくの昔に野良犬が食ってしまっているだろう。その野良犬でさえ、最近は全くみかけないがな」

「恐らくは生き残った連中が、ひっ捕まえて食べたんだろう」

「クロード、あんたは、その連中をどこかで見たのか？」

「もうずいぶん昔の話で、最近では誰とも。昨日今日で久しぶりに会ったのが、あんたとそのじいさんだ」

「じゃあ、どこへ行っても手がかりは摑めそうもないな。とりあえず、ここにいれば、何か食べ物が出てくるかもしれない」

「ジャック、あんたは復讐をしなくていいのか？」

「復讐？　誰にだ？」

「あんたの家族も奪った張本人、プートン帝王だよ。おれは、家族を奪ったあいつを絶対に許せない。必ず見つけ出して、八つ裂きにしてやるんだ」

「クロード、そうはいっても、もう生きちゃいないだろう。報復にあって、自分の宮殿さえ、吹き飛んだっていうじゃないか。いくらあいつだって、不死身じゃないだろうから」

「それが、ずいぶん前なんだが、生き残って、オレたちみたいに彷徨っているらしいんだ」

「ほんとか、クロード？」

「ああ、ウソをついてもしょうがない」

「じゃあ、家族を捜しながら、敵討ち相手も見つけに行くとするか」

「ジャック、どうだ、一緒に行かないか？」

「一緒に？」

「ひとりで行動するより、三人のほうが安全だろう。じいさんだって、何かの役に立つぜ。実際、オレとすぐに打ち解けたじゃないか。最初にオレとあんただったら、どうなっていたか。後ろに隠したやつ、見えていたぜ」

「そうか、ばれていたか。互いに協力したほうがよさそうだな。じいさん、そうするか」

プートンは、大した反応は見せなかった。

「それでジャック、すぐに出発するのか？」

「いや、せめて二日分くらいは食料を持っていこう。ほかにも色々見つかるかもしれないしな」

「よし、じゃあ、今から宝探しだ」

人力での瓦礫の撤去は、今さらながら容易ではなかった。特にブロックやコンクリート片と一体になった鉄筋やワイヤー、それに様々な金属片が絡んで、素手で触るのは危険だった。

ジャックがそんなところを避けて進んでいると、少し先の瓦礫の隙間に、なにやら赤いものが見えた。近寄って見ると、それはレスキュー隊員のヘルメットだった。数カ所に何かがぶつかったキズ跡が残っているところからすると、誰かを救助しようとして、建物の崩壊に巻き込まれたのだろう。驚くことに、ヘルメットの中には、灰白色に変色した頭蓋の上半分が残っていた。

「可哀想にな。他人など気にせず、さっさと逃げれば、助かっただろうに」

ジャックがヘルメットをどかそうと手にした鉄筋の先を動かすと、残っていた頭蓋の骨が脆(もろ)くも砕け落ちた。経年劣化により、風化寸前だったのだろう。

「ちょうどいい、ヘルメットをもらっておくか」

ジャックはヘルメットを持ってほこりを手で払ってから、頭にかぶった。と、そのとき、短い悲鳴が聞こえた。それはプートンが発したものだった。

「じいさん、どうしたんだ?」

ジャックが駆け寄ってみると、プートンの右の手のひらから血が滴り落ちていた。

「ガラスの破片で切ってしまった」

「どれ、見せてみろ」

傷口は浅くなく、血が次々と溢れ出ていた。

「今、タオルで止血してやる」

ジャックがバックパックからタオルを出し、その手の平に巻くと灰色のタオルがすぐに赤黒く染まった。クロードもやって来て心配そうに言った。

「こりゃ、凄い出血だな。今は動かないほうがいいだろう」

「わしなら心配いらん。こんなのはかすり傷だ」

「じいさん、今は無理しないほうがいい。でないと、貧血を起こして動けなくなるぞ。食べ物は、オレたちで探しておくから」

「そうか、すまない」

「クロード、ガラスの破片に気をつけて、宝探し再開だ」

それから数時間を費やした成果は、宝の山を探し当てたお陰で——缶詰や飲料水を並べた棚——、賞味期限が切れていない缶詰だけではなく、缶ジュースも含めて三〇個あまりが手に入った。ペットボトル入り飲料もあったが、ほとんどが潰れてしまっていた。

とりあえず、バックパックに詰めるだけ詰めて、入りきれないものは手に持つことにした。その後、陽が昇っている間に出発して、陽が落ちるまで進んだ。

四

もうすぐ夜明けだというのに、朝の清々しさはなく、あたりはどんよりとして生暖かった。おまけに、ゆるい風が運んでくるのか、鼻腔には瓦礫のザラッとした粒子が入り込んできて、さらに血生臭さまでもが混じっていた。

「じいさんの血の臭いなのか？」

ジャックは微睡みのなかで、前方に堆く積もった瓦礫の薄暗いシルエットを薄目で見ながら、そんなことを思った。

と、突然、あたりが急に華やいだ。ジャックが驚いて寝ぼけ眼を見開くと、先ほどまで薄暗かったシルエットの頂上部が、キャンドルの炎のごとく真っ赤になっていた。

「火事か？　がれきが燃えてるぞ」

それは曙光が瓦礫の天辺を赤く染めたもので、陽が昇るにつれて上部から下部へと明るくなっていった。ほどなく、シルエットの全体像が現れてきた。

灰色の軍艦並みの大きさと広がり、幾層ものブロックの破片、その間から歪に飛び出た多くは原型を留めていない幾つもの窓枠、そして、朝日を受けて光を反射する砕け散ったガラス片。そのあちこちが、黒っぽい赤みを帯びていた。

その光景を、三人は漫然と見ていた。ほどなく、広いグランドの一角で、知らぬ間に野宿していたことにジャックが気づいた。

「ここは学校だったのか？　だとすると、あのがれきの山は、校舎が崩壊したものなのか」

その光景を想像するだけで、忽ち背中に悪寒が走った。

「では、がれきの至るところにある、あの赤黒い染みのようなものは……、恐らく三～四階はありそうなブロック建ての校舎が、授業中に崩壊してしまったのか。なら、子供たちは……」

地面を揺らしながら崩れ落ちる建物、その中から響き渡る生徒たちの悲鳴、ジャックは目を見開いたまま、まるで地獄絵図でも眺めるような面持ちでいた。

悪夢のなかを彷徨っているかのような吐き気を催す気分、そんな状態から現実へと引き戻してくれたのは、クロードの心配げな呼びかけだった。

「どうした、ジャック。気分でも悪いのか」

「いや、何でもない。早くここを出よう」

「朝飯をすませてからでもいいだろう」

「クロード、あの崩れ去ったあとを見て、何も感じないのか。至るところにある、あの赤い染みは、崩壊に巻き込まれた子供たちの血のりなんだぞ」

「もう終わったことだ。オレたちが今さら悲しんでも仕方がない。それより、これからのことを考えようぜ」

「いや、ここの生臭い空気はへどがでそうだ。気持ちだって萎(な)えてしまうし、一旦、場所を変えよう」

ジャックは戸惑うふたりを尻目に、さっさとグランドから出る仕度をした。

学校から離れてほどなく、プートンが付いてきていないことにクロードが気づいた。

「ジャック、待てよ。じいさんが、来てないぜ」

「来てない？」

ふたりが振り返って、さっきまでいたグランドのほうを見やると、プートンが瓦礫の手前で何やら埋めていた。

「戻ってみようぜ」

「そうだな」

ふたりがプートンのそばまで戻ってくると、地面に粗末な十字架が立ててあった。そこらに落ちていたアルミ製の窓枠の断片で作った、手製のものらしかった。表面のキズがひどくて、凹凸やゆがみもあった。

「じいさん、どうしたっていうんだ？」

「せめてもの鎮魂だ」

血の滲んだ包帯代わりのタオルでは、うまく組めなかったのだろう。クロスを締める針金が緩んで、横板が斜めになっていた。それをクロードが締め直しながら言った。

「じいさんの言うとおりだ。せめて、みんなで黙祷でもしようぜ」

ジャックも頷きながら賛同し、三人は直立して両手を組んだ。頭を垂れて無言で祈りを捧げながら、ジャックは消息のわからない自分の家族を思った。残された現実を目にする度に、絶望感は増すばかりである。祈るほどに晴れない気分が一層重くなり、今いる地面が緩んで穴が開き、奈落まで一気に沈んでいきそうだった。

五

見上げるほどの瓦礫の山が、両脇に延々とつづいていた。コンクリート壁の断片、レンガやブロック、そんなもので元が道だったことがわからないほど、幾重にも被われていた。平坦ではないガレ場歩きに疲労がたまってきた頃、都会だったエリアに迷い込んだらしく、半壊の巨大なビルが現れた。

元々は二〇階あまりあったらしく、その半分あたりで折れるように崩れ落ちてしまい、上部を支えていた鉄筋が触手のように露出してしまっていた。それを目にしたクロードが、思わず驚きの声をあげた。

「ジャック、あれを見てみろよ。あのビルは、まるで化けもんだぜ」

「人間の体と似たようなもんだ。中身を晒したら、見られたもんじゃない」

「どうするよ。ここらで、また宝探しをやってみるか」

「あのでかい建物からして、ここがオフィス街だったら、がれきには多くの鉄筋やらガラス片が混じってるだろう。だから、やめておこう」

「じいさんみたいに、ケガしちゃ元も子もないか」

そんなふたりの会話を気にする様子もなく、遅れて付いてきていたプートンが、その脇を通り過ぎていった。

「じいさんよ、どこに行くんだ？」

「クロード、女の匂いがしないか」

「女の匂い？　どれどれ……」

クロードは鼻を上に向けて匂いを嗅ぐ仕草をしたが、鼻腔には無機質な瓦礫の乾いた臭いしか入ってこなかった。ふたりは、何かに導かれるようにして歩を進めるプートンに、ついていった。

両脇にそびえる瓦礫の連なりを抜け出た頃、ふと、少女の後ろ姿が見えた。汚れた空色のスウェットと破れが目立つジーンズ、肩まで無造作に伸びた栗毛からしても、浮浪児に見えた。

「ジャック、あそこに女の子がいるぞ。オレが追っかけて捕まえてくる」

「優しくやれよ」

「子供の扱いは任せておけ」

クロードは駆け出すと、すぐにプートンを追い抜き、少女に迫った。ところが、腕を捕まえようとした直前でよけられ、彼女は落下物が散乱する階段を、隙間をぬいながら軽快に下りていった。

「おい、あの子が地下鉄の階段を下りていったぞ」

三人は障害物に躓きそうになり、一段一段を慎重に下りていった。

ジャックたちが地下数十メートルにあるプラットフォームに着いたとき、プートンはまだ階段の途中だった。

「じいさん、もう少し早く来れないか。女の子を見失ったじゃないか」

「クロード、無理言うな。これで精一杯なんだ。わしにかまわず、先に行ってくれ」

そうはいっても、プラットフォームも天井からの落下物で先々の見通しや足場も悪く、早足で行くには躊躇された。

「どうする、ジャック？」

「そうだな。とりあえず、ここから呼びかけてみるか」

ジャックが、その場で声を張り上げた。

「おい、誰かいるのか。オレたちは怪しいもんじゃない。ただ、この辺のことを知りたいだけだ。教えてくれたら、食べ物をわけてもいい」

言ったあとで耳を澄ませたが、何の物音もしなかった。

「オレたちは武器を持っていない。消息の知れない家族を捜し回っているだけだ。似たような境遇だったら、互いに協力しないか。そのほうが安全だろう。どうだ、聞こえてるか？」

　再度耳を澄ましたが、やはり返答はなかった。

「どうやら、怖がってるようだな。諦めて戻るとするか」

　そう言ったジャックの横を、プートンが追い抜いていった。

「じいさんよ、足場が悪いから行くのはよせ」

「ジャック、ほっといて様子を見ようぜ。あの子の匂いに、最初に気づいたのはじいさんだし、そのまま辿っていったら、居場所がわかるんじゃないのか」

「それもそうだな」

「見てみろ。言ってるうちに、じいさんが何かを見つけたようだぜ。行ってみよう」

　プラットホームを三〇メートルほど進むと、天井が落ちて見通しがきかなくなった先に、黄ばんだイスが五つ並んでいた。そこに三〇歳ほどの窶れた女が、ぐったりとして横たわっていた。息も弱々しく、化粧のない肌は荒れて顔色も蒼白かった。

　先ほど見かけた少女が、その女を守るように横顔を胸元に当て、追ってきた三人の男たちを睨みつけていた。

「君のママなのか？」

少女は顔を上げて悲しげな表情で頷いた。クロードが女のそばに寄り、呼びかけてみた。

「おい、どうした。しっかりするんだ」

反応はなかった。今度は、ジャックが女の額に手のひらをそっと置いた。

「熱があるな。こういう状態が、何日つづいているんだ？」

「三日くらい」

少女から、か細い声が返ってきた。

「とりあえず、水分をとらせよう。クロード、くだものの缶詰がまだあっただろう」

「ああ、桃の缶詰があったな。早速、与えてみよう」

「まず、頭を起こして、果汁を少し口に含ませるんだ」

「わかった」

クロードが開けた缶詰を口元に運んだものの、女は目を閉じたままで何の反応も示さなかった。そこで、片手で両頬を挟んで口を開けてやり、果汁を少し含ませた。すると、口をモゴモゴさせながら、ひと口、ふた口と飲み込んだ。ただ、目を開けることはなかった。

「この調子なら、中身は無理だな。じゃあ、残りは……」

クロードは手にした缶詰と後ろポケットから取り出したスプーンを、少女に差し出した。

「お腹が空いてるだろ。ほら、食べな」

少女は一瞬ためらったが、ほどなく、受け取ったスプーンを使って中身の桃を頬張った。

「味わいながら、ゆっくり食べるんだ。そのほうが、腹がふくれる」

クロードの忠告も空しく、よほど空腹だったらしく、桃は瞬く間にその細い体へと消えた。フルーツとシロップの甘みが食欲を思い起こさせたのか、お代わりを欲している眼差しだった。

「悪いな、食べ物はあまりないんだ。今夜のディナーまで待ってくれ」

そこへプートンが口を挟んだ。

「わしのぶんのミートボールがあっただろう。それをやってくれ」

「じいさん、いいのか?」

「ああ、わしは胃が縮んだんで小食だからな」

「わかった。じゃあ、お嬢ちゃん。とっておきのごちそうをあげるから、その前に名前を教えてくれないか。でないと、何て呼んだらいいのかわかんないからな」

缶詰で少しは元気が戻ったらしく、少女は「わたしは、コゼット」と、はっきり名乗った。

「コゼットか、いい名前だ。じゃあ、フタを開けてあげるから、今度は味わいながらゆっくりと食べるんだぞ。いいな」

食べ物の効果は絶大だったらしく、コゼットは良家のお嬢さまみたいな行儀良さで缶詰を受け取った。もっとも、濃い目の味付けの肉だんごを口に運んでからは、次々と沸いてくる食欲に抗うことはできないらしく、最後までスプーンの勢いが止まることはなかった。


「ジャック、これからどうする？」

「そうだな、ふたりを置いていくわけにもいかないし、とりあえず、今日はここで夜を過ごすとしよう。明日のことは、朝になってから決めればいいさ。なあ、それでいいだろう、じいさん」

プートンはコゼットの母親を傍らで見守っていた。

「あんたらがそれでいいなら、わしはかまわない」

ジャックとクロードはそれぞれ、崩落の恐れがなさそうな壁面下に寝床を定めた。地下十数階にあたる深さでも、ほとんど寒さは感じられなかった。さらに、明かりのない生活が長いせいか、夜目がきくようにもなっていた。

多くの市民の日常だった場所は、今や瓦礫の散乱する荒れた光景に変わってしまい、周りが夜の闇に沈んでしまうと、その不気味さを倍増させた。ときおり、どこからともなく響いてくる軋みの音が、ヒタヒタと忍び寄ってくる死に神の足音にも思えてしまう。眠りに落ちたとたん、崩落が襲ってくる。そんな恐怖に、安眠という心の避難場所さえなくなっていた。


「ジャック、ジャック、起きてくれ」

突然の呼びかけにジャックが目を覚ますと、プートンの慌てた表情がすぐそばにあった。階段のほうから爽やかな光が差し込んでいるところからすると、どうやら朝を迎えたらしかった。

「何だ、じいさんか。朝からそんな険しい顔して、いったいどうしたんだ？」

「いっしょに来てくれ。母親の様態が変なんだ」

「変？」

「ああ、さっきのぞいたら、息をしてなかった」

「息をしてない？」

「そうなんだ」

ジャックは起き上がると、プートンとともに母親のもとに急いだ。そばまで来ると、コゼットが母親に身を寄せるようにして眠っており、あどけない寝顔を見せていた。それとは対象的に、母親は蒼白の強ばった表情のまま、ピクリともしなかった。

ジャックは手のひらを彼女の鼻のすぐそばにかざしたあと、耳を寄せて呼吸を確認した。それから顔を上げて、何度か首を横に振った。

男たちの悲しげな眼差しが、おのずとコゼットに向けられた。恐らくは唯一の頼れる身内、その相手である母親を亡くすには幼すぎる年齢であり、この瓦礫の世界にひとり取り残されるのは、あまりにも不憫（ふびん）だった。

やがて、コゼットが目覚めて母親の顔をのぞいた。その表情には、明らかに戸惑いが見て取れた。少なくても昨夜まであった最愛の温もりが、もはや感じられなかったからだ。

その幼い手が、恐る恐る母親の痩せた手を握った。が、そのとたん、指先のあまりの冷たさに驚いたのか、思わず手を引っ込めた。

自分をそれまで優しく包んでいた温もりを捜すように、今度は胸に顔を埋めた。だが、そこにもかつての温もりはなかった。

コゼットは顔を起こすと、呆然としたまま、もう一度手を握ってみた。冷たさの奥にある温もりを感じられるようにと強く握ったが、やはりその手は冷たいままだった。それで、やっと母親の死を悟ったらしく、再び母親の胸に顔を預けると、今度は大声で泣き始めた。体の奥から押し寄せてくる悲しみに、もう抗えなかった。感じたこともない胸の痛みに、幼い魂が押し潰されそうだった。その痛みに耐えられず、コゼットは、ただ大声で泣きじゃくっていた。

　コゼットの泣き声で目覚めたクロードは、ジャックたちのそばにやって来ると、すぐに状況を察した。

「クロード、母親をどうしようか。埋めてやるにも、あの長い階段を上って地上に運ぶまでの体力は、とても残ってないし、かといって、ここに放置しておくわけにもいかないだろう」

　十分な食料もなく、体力が削がれていく日常では、誰もその言い分に異論はなかった。

「じゃあ、オレとじいさんで、この先に埋められる場所はないか、探しに行ってこよう」

　クロードがボランティアを申し出た。

「そうか、頼む」

「じいさん、プラットホームの先まで行ってみようぜ」

　ふたりが行って、しばらく経った頃だった。向かった地下トンネルの奥のほうから、地響きにも似た不気味な音が聞こえてきた。

『まさか、地下鉄が復旧して列車でも走ってきたのか？』

　それはジャックの大いなる勘違いだった。

　クロードが走って戻ってきながら、手を振って何やら叫んでいた。

「ジャック、すぐに逃げるんだ！　崩落だ！　崩落が迫ってくる！」

プートンも遅れながらも懸命に追従してきており、確かに、その後方から崩落の大音量とともに、大量の土埃が砂嵐みたいに迫ってきていた。

クロードが走りながら、手で何度も行け行けと、その場を離れるように訴えていた。ほどなく、ジャックのもとまで戻ってくるなり、大声で訴えた。

「コゼットを連れて、早く階段を上るんだ！　急げ！」

ジャックは母親のそばを離れようとしないコゼットを、引き剥がすようにして抱え上げた。幼い手で何度も顔を叩かれたのも構わず、そのまま階段へ急いだ。天井が崩れ落ちる音が迫ってきたものの、振り返るゆとりはなく、全力で階段を駆け上った。

入り口から飛び出てほどなく、クロードたちも息絶え絶えに駆け上ってきた。そのあとを追うように、大量の土煙が噴き上がってきた。それを手で払いながら、咳き込みながらもジャックが声をかけた。

「ふたりとも、大丈夫だったか」

「ああ、もう少しで、がれきの下敷きになるところだった」

プートンがジャックのバックパックを持ってきていた。

「ほらよ」

「すまない」

「なに、食いもんがないと、オレも困るからな」

男たちのホッとした様子と違い、コゼットは未だ煙る入り口を見つめながら、すすり泣いていた。さっきまでいた地下鉄構内が、今や母親の墓場になっていた。

『がれきの墓場か……』

ジャックたちが哀れみの眼差しをコゼットに向けたときだった。立っていたクロードが視線の先に異様なものを捉えた。

「おい、今すぐ立って、あれを見てみろ。地下鉄の天井が崩れ落ちたせいで、地表に長々と陥没のラインができている」

ジャックも立ち上がって指し示された指先に視線を向けると、地下鉄の路線が地上に現れたように、陥没の跡が延々と伸びていた。

「あのラインに沿って行けば、主要駅にだって出くわすだろう。その周りには何らかの店舗があるはずだ。コンビニでもあればラッキーだぜ。そうだろう、ジャック」

「ああ。たとえ建物が崩壊していたって、またがれきをどければいいさ。早速、お宝探しに出かけるとするか」

ぐずるコゼットに、クロードが優しく声をかけた。

「お嬢ちゃん、さあ、おいで。おいしいディナーが待ってるよ」

差し出された荒れた手を、コゼットは力なく握った。

四人が、道標となった陥没の跡に沿って歩き出して間もなく、クロードが思いついたように言った。

「なあ、みんな、このまま進むにしても、この先家族に会えるという保証はあるのかな」

「さあな、とりあえずは食料の確保が先だ。それからだな、いろいろプランを練るのは」

ジャックが諭(さと)すように言った。

「それもそうだな。腹が減っては、いい考えも浮かばないしな」

新たな目標となった道標の先には、果たして家族が待つ幸せな未来があるのだろうか。

現時点では、それはわからないにしても、少なくとも闇雲に進むよりはマシだと思われた。

六

四人が歩き始めて一時間ほどが経った頃、元は駅だったような残骸に着いた。地下へ降りていく階段の入り口は壊れて、大量の瓦礫で塞がれていた。また、周りに店舗があったような形跡はなく、鉄筋やワイヤーを含んだブロックやコンクリート片が、幾重にも重なって四方に広がっているだけだった。男たちは自分たちの考えが、いかに甘いものだったかを思い知った。

「クソ！　コンビニどころか、何もないじゃないか！」

近くの瓦礫を、クロードが忌々(いまいま)しげに蹴った。

「落ち着け、とりあえず休憩しよう。そのあとで、もうひと駅だけ行ってみよう」

「ジャック、どうせ何もないさ。歩くだけ無駄だぜ」

「そうかもしれんが……」

プートンが、そこで口を開いた。

「ここにいたって、しょうがない。それより次に期待しようじゃないか」

「よし、決まりだな。一〇分、いや、コゼットがいるから、一五分休憩にしよう」

「時計なんかないだろう、ジャック。あんたの腹時計は、まだ正確に動いてるのか。オレのは狂ったらしく、ずっと鳴りっぱなしだぜ、グーグーってな」

クロードが皮肉っぽく言った。


次の駅に着いたときには、四人とも息が絶え絶えになっていた。栄養、水分、そして、これからの展望。すべてが不足していた。唯一、希望を持たせたのは、周りのビル群がほとんど壊れているにせよ、かなり大きめの駅だったことだ。おまけに、少し視線を延ばせば、元はオフィスビルだった面影を残す建物が、何棟かあった。

「よし、今夜は、ここで野宿しよう。明日は、みんなで宝探しだ」

「ジャック、野宿するのはいいが、食いもんは、あと何日ぶん残っているんだ？」

「あと二日ぶんほどだ」

「じゃあ、本気で宝探しをしないとな。見つからなかったら、飢え死にだ。それにしても、体を洗いたいのに、川の一本も湖のひとつもないなんてひどすぎるぜ。世の中、いったいどうしちまったんだ」

「クロード、しゃべればしゃべるほど、腹が減るだけだ。じいさんを見ろよ。ひとつも無駄口をたたかず、ひたすら耐えてるだろう。少しは見習えよ」

「けっ！　見習って腹が膨れるなら、そうするさ。見てろ、明日は大物を見つけてやるからな」

「シッ、静かに」

プートンが唇に人差し指を当てた。そして、コゼットのほうに目配せすると、そこには半壊した壁に背を預け、すでに寝息をたてている幼子の姿があった。

「子供には敵わないな」

そう呟いたクロードも、さっさと大きめの壁面そばに横たわった。

翌朝、男たちが目を覚ましても、コゼットはまだ眠ったままだった。プートンがそばに寄ってみると、何だか苦しげな表情をしており、その額に手を当ててみた。

「ん？　熱があるな」

「まさか、母親の病気が移ったんじゃないだろうな」

クロードの推測どおりだとしたら、命の危険もありえた。

「コゼット、しっかりしろ。わしの言葉が聞こえるか？」

プートンの呼びかけにも、その瞼が開くことはなかった。

「誰か、病気に詳しいやつはいないのか」

誰も頷く者はいなかった。

「じゃあ、医者だ。医者を連れてきてくれ」

それも土台無理な注文だった。数日歩き回っても、病院どころか薬局さえ痕跡は残っていなかった。ただ四方に延々と広がるのは、瓦礫の累々とした連なりだけである。

「プートンは、残ってコゼットの様子をみててくれ。オレとクロードで手分けして何か役立ちそうなものを捜してくる。食料は全部置いていくから、目覚めたら何か食べさせてやってくれ」

「わかった。そうしよう」

「よし、クロード行くぞ」

「薬でも何でも、持ってきてやるさ。だから、じいさん、コゼットを頼んだぜ」

ふたりとも空元気だった。歩き回って体力を消耗しているうえに、それを回復させる栄養も足りていなかった。

一〇分も歩けば息が上がった。二〇分では、肩で息を切っていた。三〇分経てば視線が地を這いがちになり、それが限界だった。

「ジャック、ひと休みしないか。これ以上は、無理だぜ」

「そうだな、少し休むとするか」

ふたりは、近くの壁面の残骸に腰を下ろした。息が整って顔を上げられるまで、少々時間を要した。

「ジャック、最近、痩せたんじゃないか」

「そうかもな、シャツの内側では、肋骨が浮き上がっているし。そういうクロードだって、ずいぶん頬が痩けたんじゃないか」

「毎日、缶詰一個だけじゃな。たまには、気兼ねなく腹一杯食べたいもんだぜ」

「確かにな。だが、愚痴って腹が膨れるわけじゃないし、もう少ししたら出発しようじゃないか」

「それはそうと、これからどうするんだ？」

「どうするとは？」

「今日は食いもんを探すとして、ジャック、あんたは、まだ家族を捜し続けるのか？」

「もちろんだ。そのために、日々生きてるようなもんだ」

「オレはもう諦めたよ」

「諦めたって、どういう意味だ、クロード」

「だってよう、歩いても歩いても、何にも変わりゃしない。最初の数カ月は、線で印をつけて日付を確認していたさ。だけど、それも段々億劫になり、そのうち時の経過を感じなくなってしまった。誰かと話をすれば気も紛れるだろうが、誰も出会わないし、いい加減、もう無理だろう」

「オレやじいさん、それにコゼットらと出会ったじゃないか」

「それでも、手がかりになりそうな情報は、お互い何もないじゃないか」

「それはそうだが、ともかくも愚痴ってもしょうがない。食料や医薬品を手に入れるのが先決だ。共倒れにならないようにしないとな」

「都合良く、そんなもんが見つかればいいがな」

「ほら、向こうのほうに、かなり大きながれきの盛り上がりが見えている。あの広さからすれば、ショッピングモールだったところかもしれん。期待できそうだから、そろそろ、行ってみようじゃないか」

　ジャックに促され、クロードは渋々腰を上げた。

瓦礫の盛り上がりは、ちょっとした低山ほどあった。頂上部までの傾斜は緩やかにしろ、足場はガレ場と化していた。不安定な足元に何度も転びそうになりながらも、ふたりが傾斜を上って頂上部を越えると、下った先に半壊した倉庫があった。歪んでいる鉄骨と天井の一部、そして両壁面の半分ほどが残っており、辛うじて倉庫の風貌を保っていた。

「ジャック、あそこには在庫があるんじゃないのか」

「そうだな、あれがここの倉庫なら、十分期待できそうだ。早速、行ってみよう」

下りは一層足場が悪くなったが、ふたりは足早に下りていき、体育館ほどの倉庫の前に立った。運良く正面壁のほとんどが崩れ落ちているせいで施錠もなく、その堆積物を越えれば、内部に入るのは何ら造作なかった。その先に、天井の崩落で潰れてしまった物資があるにしろ、金網で仕切られた幾つものブースの中には、何やら段ボール箱みたいな重なりが見えていた。

ふたりは歓喜で飛び跳ねたい気持ちを抑え、中に急いだ。

空模様は薄曇りだとしても、天井が半分崩れ落ちているせいで、照明がなくても広い内部は見てとれた。二本ある縦の通路の左右に、大小様々なブースが設けてあり、鉄柵の扉を開ければ、フォークリフトで商品の出し入れができるようになっていた。その扉は開いたものもあれば、天井からの落下物で曲がったり壊れたものもあった。肝心の箱のほうは、無傷のものもあれば、潰れたものもあった。ただ、一見した限りでは、すべてが使い物にならないという風ではなかった。

「ジャック、ついに宝の山にぶち当たったな」

「ああ、ここは在庫品の保管場所だろうから、色々とありそうだ。ほら、左のほうを見てみろ。一―A、一―Bとか、各ブースの入り口付近にプレートが付いてるだろう。たぶん、あれは一階にある店舗の番号だ。だから、右のほうにある二―A、二―Bは、二階にある店舗という意味だ」

「ということは、店名は書いてないにしても、通常のモールの店の配置を思い浮かべれば、だいたいどこに何があるのか、見当がつくというわけだな」

「そうだ。各ブースの大きさからも、店の大きさが推測できる。たとえば、食料品は一番売り場面積も広くて普通一階にあるから、一の特に広いブースだ。ドラッグコーナーだって取り扱い商品は多いから、ブースも大きめじゃないかな。それに比べれば、ジュエリー店などは商品自体が場所をとらないから、小さめなところだろう」

「よし、まずは食いもんだ。少し腹ごしらえをしてから、薬を探そうぜ。腹が減っちゃあ、力が出ない。それにしても、盗品にあわずに、よく残っていたもんだな」

「そんなゆとりもなかったんだろう。破壊は一瞬だったからな」

「店休日じゃなかったら、恐らく、従業員も含めて買い物客全員が灰になっていたはずだ。その数は何百にもなっただろう。いや、日曜だったら、数千はいたかもな」

ふたりがそんな話をしながらも、積み上がった上段から段ボール箱の中身を確認していると、ほどなく最初の物資が現れた。

「ジャック、ビンゴだぜ。オレのはスナック菓子だ」

「こっちもビンゴだ。中身は、色んなドライフルーツだ。バナナ、マンゴー、オレンジ、ミックスだってある」

「重い物は下に置いてあるだろうから、上の軽めのものをどけて下のものを開ければ……」

クロードの表情が急に華やいだ。

「ジャック、お宝だ。ついに本物のお宝に出くわしたぞ」

「本物？　何があったんだ？」

「これはオイルサーディンの缶詰だ。こっちには貝の缶詰、オレの好きなイカだってあるぜ」

「よし、食料は任せた。オレは医薬品を探しにいってくる」

「了解」

見送るクロードの返事も明るく弾んでいた。

ジャックがドラッグコーナー用のブースを見つけるのは、さほど難しくはなかった。箱にはメーカーなり会社名の名前やイラストが印刷してあるし、ベビー用おむつなら赤ん坊の写真が大抵のっているからだ。それらを目当てに探していると、案の定、左手中ほどにそんな箱が積んである広めのブースがあった。落下物からは免れており、一般的な医薬品が一通り揃っていた。

消毒液や解熱剤、胃腸薬や痛み止め、カットバンから包帯まで品数豊富である。一番ありがたかったのは、災害時用の避難グッズが揃ったリュック型のバッグが、幾つか置いてあることだった。その中身を出して、当面必要な医薬品を詰め込んだ。中身には非常用食品として缶パンもあったので、それで腹の足しにした。のどの詰まりは、六本セットになった栄養ドリンクで流し込んだ。一気に胃腸が活気づき、血管を通ってエネルギーが体中に運ばれていく熱の流動を感じた。

ジャックは、災害時用のバッグと医薬品を詰め込んだバッグをふたつずつ両肩に掛けて、食料品のブースに戻った。すると、クロードが赤ら顔で、ひとりで宴会をひらいていた。概ねすべての箱は開けてしまったらしく、様々な食べ物がテーブル代わりの箱の上に置いてあった。ビールの空き缶も何本か転がっていた。

「ジャック、遅かったな。あんたも食ったらどうだ。冷えてはないが、ビールもあったぜ。時間がたって多少気が抜けてるが、飲めないことはない。ヒック！」

「オレなら、向こうですませた。それより、薬が手に入ったから急いで戻るとしよう」

「それより、いっそ、連れてきたほうが早いんじゃないか。そしたら、行ったり来たりしなくてもすむだろう」

「そうだが、今はコゼットを動かせないだろう。連れてくる間に悪化したらどうするんだ。ここに連れてくるのは、病状が治まってからだ。さあ、行くぞ」

「わかった、わかった。食いもんをバッグに詰めるから、先に行っててくれ」

「ちゃんと、追いかけてくるんだぞ」

「食いもんを持って逃げやしないから、安心しろ。さあ、オレにかまわず先に行けよ」

ジャックは急ぎ足で歩き始めたものの、両肩の荷物が揺れてバランスを崩しそうになった。そこで胸側と背中にわけて持ち直すと、ずいぶん歩きやすくなった。先ほど飲んだ栄養ドリンクの効果もあってか、その歩く速度は、来るときより格段に速かった。


遅い昼下がり、ジャックが戻ってみると、コゼットは相変わらず眠った状態で息を荒げていた。

「じいさん、コゼットの様子は相変わらずか」

「あんたらが出発してからも、ずっとあんな調子だ。それで、薬は見つかったのか」

「とりあえず、解熱剤やせき止めといった市販薬はあった。それから、ほら、みやげだ」

ジャックはバッグから栄養ドリンクを二本取り出すと、一本をプートンに手渡し、もう一本をコゼットのもとに持っていった。

「コゼット、起きてるか？　今から、元気になるドリンクを飲ませてやるからな」

「子供に、そんなものを飲ませて大丈夫なのか？」

　プートンが心配そうに尋ねた。

「栄養が足りてないのは確かだし、なにより水分補給にはなるだろう」

　ジャックは屈んでからコゼットの首を起こしてやり、乾いた唇にビンのふちを当てた。そして、ゆっくりと少量を流し込んでやると、咽せることなくのどを通っていった。心なしか、意識が戻ったようだった。

「次は解熱剤と、せき止めの甘いシロップだ。丸い薬をひとつ口に入れて、そのあとにシロップを一口、二口、飲ませるからな」

　声をかけながら行ったあとは、コゼットの呼吸も幾ぶん落ち着いたようだった。それから、ほどなくして、寝息も静かになった。

「何とか、うまくいったようだな。それで、クロードはどうした？」

「まもなく、食料を持って戻ってくるはずだ。ビールも途中で飲んでしまわなければ、少しは持ってくるだろう」

「ビールか、ひさしぶりだな。食べ物とともに、楽しみに待つとするか」

　赤ら顔のクロードが、重たそうな段ボール箱を肩に載せて戻ってきたのは、夕暮れも間近だった。

「遅かったじゃないか。すぐに追うからと言ってたのに、一体、何をしてたんだ」

「わるい、わるい。あれから、眠っちまってな。久しぶりのビールだから、酔いが回ったらしい。その代わり、ちゃんと食いもんもビールも持ってきてやったから。ほら、じいさんのぶんもあるぜ」

クロードは箱を開けて、ふたりに缶ビールを一本ずつ渡した。

「食いもんも三日分ぐらいはあるだろう。さあ、祝いの宴会を始めようぜ」

「またやるのか。さっきひとりで盛り上がっていたじゃないか」

ジャックの突っ込みに、

「そうだったか？　酔っ払っていたから、覚えてないな」とクロードがとぼけた。

「じゃあ、悪酔いして、それ以上記憶が途切れないように、ビールはその一本だけだ」

「ジャック、そりゃないぜ」と、クロードが今度はおどけた。

ふたりのそんなやり取りを見ながら、プートンも笑顔を見せていた。長らく忘れていた食への安心感が、男たちに笑みをもたらしていた。

七

ジャックは、半壊したブロック壁のそばで寝ていた。翌朝、その体を誰かが揺らした。

「うん？　何だ？」

目を覚ますと、眼前にコゼットの顔があった。

「どうしたんだ？　もう起きて大丈夫なのか」

「おなか空いた」

「お腹空いた？」

そういえば、戻ってからは薬と栄養ドリンク以外は何も与えていなかった。食欲は回復の兆しであり、喜ばしいことだった。

「よし、すぐに用意してやるからな」

笑みを浮かべながらジャックは起き上がると、すぐに缶詰を二、三個開けてやり、加えて非常用のパンも缶から出してやった。

「飲み物は、とりあえず、みかんの果汁でがまんしてくれ」

ほどなく、ほかの連中も起きてきて、一緒に朝食をとった。

「ところで、ジャック、いつ出発するんだ？」

クロードが、赤いパパイヤのドライフルーツを片手に尋ねた。

「そうだな、コゼットも良くなったみたいだし、昼食後に立つとするか。そのほうが、荷物も減って疲れないだろう。それでいいか、じいさん」

「わしは、かまわんよ。いつでも歩ける」

「よし、決まりだ。コゼット、お昼を食べたら、ここを立つからな」

「どこへ行くの？」

「ここに比べれば、天国さ。三食、昼寝つき。探せば着替えだってあるだろう。それに、まだまだお宝が眠っているはずだ」

「ふ〜ん」

「心配いらないぜ、コゼット。歩き疲れたら、おじちゃんがおんぶしてやるからな」

クロードが騎士ふうに申し出たにもかかわらず、「ジャックがいい」と予期せぬ不意打ちを食らい、思わず口をすぼめた。

その後、昼食を済ませたのち、四人は瓦礫のオアシスに向けて出発した。


「コゼット、着いたぞ」

結局、半分ほどの道のりをクロードがコゼットをおぶっていた。その背がよほど心地よかったのか、幼子は眠りからなかなか目覚めなかった。

「しょうがないな」

クロードは倉庫手前の、比較的凹凸のすくない瓦礫の上に、そっとコゼットを置いた。倉庫の内側を避けたのは、残りの天井や横壁が崩れ落ちる危険があったからだ。

「熱はありそうか？」

ジャックが尋ねると、クロードは右手をコゼットの額に軽く当てた。

「いや、熱はなさそうだ。久しぶりに歩いたんで、疲れたんだろう」

「そうか。じゃあ、しばらく休んだら、またお宝探しに行くとするか」

「わしも行くぞ」

「いや、じいさんはコゼットのそばにいてくれ。目を覚まして歩き回ったら、迷子になるかもしれん。そばで見守っててくれないか」

「それなら、仕方ない」

「暗くなる前には戻るつもりだが、腹が減ったら適当に何か食っててくれ。じゃあ、じいさん、たのんだぞ」

ジャックはそう言い残すと、クロードとともに倉庫そばの本館のほうに向かった。その堆く積み上がった大量の瓦礫からして、元の建物は三〜四階建ての複合施設、つまり郊外型のショッピングモールだと思われた。しかし、外観は原型を留めないほど崩れており、また鉄骨も折れたり曲がったりしていて、ひどい有様だった。その状態から推測しても、内部の商品は、恐らくかなりのダメージを負っていると思われた。

ふたりは、とりあえずは動かせそうな上部の瓦礫から、少しずつどかしていった。重そうなものは鉄筋を使い、テコの原理で動かしていった。平板型の瓦礫は放っただけで、拳型のものは転がり落ちていった。

「そっちの調子はどうだ？　何か見つかったか？」

ジャックが、一〇メートルほど離れて作業しているクロードに呼びかけた。

「いや、まだだ。思ったより、がれきの量が多いから、時間がかかりそうだ」

「こっちもだ。根気よくやるしかないな」

時間が経つにつれ、ふたりが放る瓦礫も方向が定まらなくなっていった。つまり、それを受け止めていた下部の瓦礫の層が歪になっていき、壊れたなりに微妙にバランスを保っていたものが、徐々に狂いだしていた。支え合っていた破片同士の均衡が壊れ始め、重力に引っ張られる擦過音が、あたりに響き始めていた。

「ジャック、何だか、足元が揺れてないか？」

「ああ、確かに揺れてるな。地震か？　それに何の音だ？　気をつけろ」

よろけるほどの揺れが起こったとたん、瓦礫の頂上部とその周辺が、荒々しい轟音を立てながら崩れ落ちていった。

「ワアッッー！」

ふたりは為す術もなく、粉塵が巻き上がる中を落ちていった。

遠くで、「ジャック、クロード」と繰り返し自分たちを呼ぶ声が聞こえていた。

その聞き覚えのある声に促されてジャックが目覚めると、ぼんやりとした視界の先に辛うじて人影が見えていた。どうやら、体が瓦礫の散乱するフロアに横たわっていた。起き上がろうとすると体中に痛みが走り、その痛みによって記憶が急速に戻ってきた。

「そういえば……」

揺れとともに、足場が突然抜け落ちていた。落下時間は数秒ほどあっただろうか。なら、数メートルは落ちて、フロアに背中から叩きつけられたことになる。だとすれば、最悪、背骨が折れているか、それを免れたとしても、どこかにヒビぐらいは入っているだろう。特に手足や肋骨の最低、一、二本は折れていてもおかしくない。ただ、今のところ、そんな痛みは感じないから、ひょっとすると、軍隊時代に習った受け身を咄嗟に取り、骨折を回避したのか。いやそうではなく、背中のバックパックが、クッションの役目を果たしたのだろう。ただ、全身打撲ぐらいは被っているだろうから、回復するには少し時間がかかるはずだ。だから、今はなるべく動かないほうがいい——

そんな考えを頭に過らせながら、ジャックは呼びかけに応じた。

「じいさん、ここだ。どうやら生きてはいるようだ」

声は普通に出て、発声後も肋骨あたりに痛みは感じなかった。試しに、右手で顔に積もった粉塵を払ってみた。どうやら、右手に骨折はなく普通に動いた。

「ジャック、クロードはどうした？」

「クロード？」

首を少し起こしてジャックが辺りを見回してみると、数メートルほど離れた先に、瓦礫に混じって仰向けに横たわるクロードがいた。

そこで、名前を何度か呼んでみたが返事はなく、体もピクリともしなかった。

「クロードはこの先にいるが、意識はなさそうだ。生きてるかどうかは、ここからではわからない」

「そうか、何とかして助けにいくから、もう少し待っててくれ」

「用心しろ、また崩落が起こるかもしれん。とりあえず、動けるかどうか、試してみる」

「わかった、あまり無理するな。こちらは、そこまで降りて行けるかどうか探ってみる」

「気をつけてな」

ジャックは左手をゆっくりと動かし、左脚の大腿部を触ってみた。左手も動くし、脚にも痛みがなかったばかりか、触っているという感覚もあった。右手でも同じことをやってみたが、やはり痛みはなく、どうやら両足とも骨折は免れたようだった。そこで、上体をゆっくり動かしながら起き上がると、時々、節々に打撲痛が走るものの、ひと息入れながら続けていくことで、何とか立ち上がれた。

その場で軽くストレッチをしてみても、激痛は起こらなかった。そこで、そのままクロードのほうへ向かった。

「クロード、おい、しっかりしろ」

ジャックが横たわったクロードの肩を揺らしてみても、反応はなかった。

手のひらを鼻の真下にかざしても、微かな呼気さえ感じなかった。そこで、名前を呼びながら両頬をひっ叩くと、やっと息を吹き返した。それから何度か荒い息をして、ほどなく目を開いた。

「クロード、生き返ったか」

「まだ、死んじゃいないようだ。どうやら助かったみたいだな」

「どこか痛いところはないか」

「痛みより、頭がボーッとしてるぜ。落ちたときに、頭を床に強く打ち付けたんだろう」

「じゃあ、急に動くのは危険だな。脳しんとうを起こしてるかもしれん。しばらく、じっとして様子をみるんだ。じいさんが、オレたちを助けに向かってるから、このましばらく待っていよう」

「了解」

「こっちは、何とか動けそうだから、そこらを見てくる。すぐに戻るから、動くんじゃないぞ」

「ＯＫ」

ジャックが付近を歩き回ってほどなく、壊れたエスカレーターに出くわした。ここも上部の階から落下した大量の破片で、激しい損害を受けていた。手すりのベルトは千切れ、金属のステップ部分も破損したり、内部が剥き出しになっていた。

破損箇所や瓦礫を避けながらエスカレーターを下りていくと、階下には暗い空間が広がっていた。照明のない闇に目をこらすと、贈答品コーナーがあった。数台のショーケースの一部には落下物で破損したものがあるにせよ、粉塵を被っただけの無傷のものもあった。

思わず、「ビンゴ」と言っていた。

ほぼ全壊にもかかわらず、遺体や人骨が見当たらないのは、やはり定休日だったのだろう。それでも、保安室に行けば、休日当番ぐらいはいたはずである。しかし、今さら死人を確認しても意味はなく、ジャックは食料の確保を優先した。贈答品であれば、保存のきく食品やドリンク類が多いはずで、たいていは缶詰やビン入りだろうし、少々の賞味期限や消費期限が切れていても問題はなさそうだった。

ジャックが食料や飲み物をバックパックに詰められるだけ詰めて、元のところに戻ってみると、クロードのそばにプートンばかりか、コゼットもいた。

「待つように言ったんだが、ひとりは恐いって、勝手についてきたんだ」と、プートンが珍しくバツの悪そうな表情を見せた。

「そうか、いずれにせよ、ここも危険だ。また崩落が起こる前に、早くここを出よう。クロード、動けそうか？」

「右足を痛めたようだ。肩を貸してくれ」

「じゃあ、じいさん。少々重いが、これを持ってくれないか」

ジャックは一〇キロ以上はあるバックパックをプートンに渡し、クロードに肩を貸した。

「さあ、じいさん、帰り道を案内してくれ」

「こっちだ」

プートンを先頭に、コゼット、そしてジャックたちが続いた。


四人が地上に戻った頃には太陽が西に傾いていたが、まだ日没には時間がありそうだった。まず、男たちは缶ビールで喉を潤し、コゼットはビン入りの濃厚果汁マンゴージュースを口にした。久しぶりの甘いドリンクに、子供らしい笑みが浮かんだ。

「当面は食いもんには困らないですむな、ジャック」

「当面はな。その間に、その足も治るだろう。折れてはいないんだろう？」

「痛みからして、たぶん捻挫のようだ。だから、二日も休めば治るだろうよ」

「ならいいが」

「それで、在庫はどれくらいあったんだ？」

「オレが寄れたのは、比較的散乱物の少ないところだった。奥のほうにも色々あったみたいだから、まだ探せばあるんじゃないかな。ただ、さらなる崩壊が起これば、そこも埋まるかもしれないから、そうなる前に、また明日にでも行ってみるさ」

「じゃあ、オレがコゼットの面倒を見てるから、じいさんが手伝えるだろう、なあ、じいさん」

「ああ、かまわんよ」とプートンは愛想良く応えたものの、翌朝になると、その姿が消えていた。

「用足しにでもいったのか？」

「いいや、オレのバックパックがなくなっている」

ジャックがいつも枕代わりに使うそれが、寝返りを打ったさいなのか、それとも首が寝違えて痛むところからすると、頭が落ちた隙なのか、ともかくも寝ている間になくなっていた。

「まさか、じいさんが持ち逃げしたのでは？」

「何のためだ、ジャック。食いもんなら、まだ十分あったんだろう？」

「ああ。ひょっとしたら、当面の食料は確保できたんで、これ以上は待ちきれずに、孫娘を捜しに行ったのかもしれん。やはり、諦められなかったのだろう」

「諦められないのは、オレもいっしょだ。それで、どうする？　追いかけるか」

「いや、放っておこう、クロード。追いついたところで、どうしようっていうんだ。そんな余力があるなら、できるだけ物資を確保するほうが先決だ」

言葉通り、ジャックはすぐに作業に取りかかった。午前中から始めて本館へ一〇往復、荷物は倉庫の土台わきの比較的安全なところに置いた。ついでに倉庫からも搬出を繰り返したので、三日後には、かなりの衣食住が確保できた。住とは、ブランケットや石けん、歯磨き、鍋やマッチ類である。生活をする上での必需品がある程度揃うと、精神的なゆとりができて思考力も働きだした。

「ジャック、足も治ったみたいだから、明日から出かけてみようと思うんだ」

「出かけるって、どこへ？」

「オレもそろそろ、家族を捜しに行きたくなってな。いやなに、日帰りの予定だし、長くなっても、二、三日で帰ってくるつもりだ。行きっぱなしだと、やはり食いもんが心配だからな」

「それもいいかもな。歩き回っていたら、そのうち、誰かと会えるかもしれんしな」

「ジャック、あんたはどうする？」

「行きたいのはやまやまだが、しばらくは、ここに居座るつもりだ。さっき、保安室をのぞいてみたら、落下物で機材が破損したのは仕方ないとして、なかには何とか使えそうなものもありそうなんだ。どこかでバッテリーを探してきて、できれば無線を試してみるつもりだ。この世に生き残っているのが、まさかオレたちだけっていうことはないだろうからな」

「ただ、残るとしてもコゼットが心配だな」

「なに、いろいろ手伝ってもらうさ。そのほうが気分転換になって、あの子にとってもいいだろう。ひまわりか何かの種があったから、畑作りでも手伝ってもらうつもりだ」

クロードは食料を自分のバックパックに詰め込むと、翌日の早朝から早速出かけていった。しばらくは日帰りがつづいたが、段々と、二日、三日と長くなっていった。戻ってきたときは状況を話してくれたものの、長時間歩き回ったわりには大した収穫もなく、毎回疲れ切った様子だった。

八

ガレキのオアシスと名付けたショッピングモール跡で過ごすようになり、一カ月ほどが経った。久しぶりに戻ってきたクロードの表情が、それまでとは明らかに違っていた。何も言わずに座り込み、視線を落としたままでいる。顔は憔悴しているのに目は殺気だっており、顔色は悪くて精気ないうえに、不快な臭い、恐らくは死臭をまとっていた。

最初はコゼットも笑顔で出迎えたが、子供ながら異常を感じ取ったらしく、すぐにクロードから離れた。ジャックも異変を感じ取り、心配になって声をかけた。

「どうした、何かあったのか？」

「いや……」

何かを言いたそうではあるが、喉にフタでもしたかのように、言葉がつづく様子はなかった。間をあけて出た言葉は、

「ビールは、まだあるか」だった。

「いま持ってきてやる」

ジャックが持ってきた缶ビールを渡すと、クロードは一気に半分ほどを流し込んだ。それから大きなゲップをし、それで喉のつかえが取れたのか、溢れるように話しだした。

「ここを出てから、三日目のことだった。実は途中で、プートンを偶然見かけたんだ」

「じいさんを？」

「ああ。すぐに追いかけて声をかけようと思ったが、遠目にも様子が変だったんだ」

「変？」

「なんというか、幽霊が彷徨っているというか」

「幽霊？　単に歩き疲れていただけだろう」

「オレも最初は、そう思ったさ。だが、どうも様子が変なんだ。と、突然、壊れかけのビルに入ってしまい、そこで姿を見失ってしまった。それからほどなくして見つけたんだ

が、さらに異様な雰囲気を漂わせていたんだ。だから、見つからないようにして、物陰から様子をうかがっていたんだ。すると、ますますおかしくなっていった……」

　クロードの表情が、段々ひきつっていくのがわかった。

「最初は平板のがれきを集めて、それを重ね合わせながら祭壇のようなのものを作っていた。信心深いのか、神に祈りでも捧げるのかと思いながら、しばらく様子を見ていた。そのうち、その祭壇みたいなものの前で頭を垂れ、何やら独りでブツブツ言い出したんだ。耳を澄ましていると、それは教会で行う懺悔のようなものだった」

「懺悔？」

「プートンが口にしたのは、自分のせいで世界の破壊が始まったと告白していた。そのあと、自分の家族までも亡くしてしまったと、嗚咽していた。泣き姿は初めて見たから、ウソじゃないだろう」

「ということは、やつがこの世を廃墟に変えてしまった張本人だったのか。待てよ、そういえば最初に会ったとき、じいさんは自分のことを帝王とか言っていた。そのときは冗談だと思って相手にしなかったが、じゃあ、あれは本当だったのか」

「そういうことだ。それから、やつはロープを手に持ち、足をかけて祭壇に立つと、天井に残った梁のひとつにロープを掛けたんだ。そして、ロープの輪っかを自分の首に掛けると……、もう何をするかは想像がつくだろう」

「それで助けてやったのか」

「ああ、とっさに飛び出て、ロープにぶら下がるすんでで助けてやったさ」

「しかし、なぜ自殺をはかったんだ？　今になって、自責の念にかられたっていうのか」

「やつは、死なせてくれって泣き叫んでいた。それで、何とか落ち着かせてから改めて聞くと、要は人生に絶望したとのことだった。つまり、家族を亡くして唯一残った孫娘も捜し回ったにもかかわらず、結局会えずに絶望感が広がった。ま、同じ境遇としては、やつの心情をわからんでもないがな。それはともかく、話しているうちに、やつの興奮も収まり、その夜はそのまま休んだんだ。ところが、翌朝になると、やつの姿が見えない。まさかと思い、すぐに付近を捜してみたんだ」

「それで、そのまさかだったのか」

「そのビルの裏手で見つけたんだが、やつは壁沿いにぶら下がっていて、その体はすでに冷たくなっていた」

「そうか、やはり、よほど思い詰めていたんだろうな。それで、遺体はどうしたんだ？　近くに埋めてやったのか」

「知ってるだろう、地面がどこも岩盤みたいに固いのは。それに、そんな体力もないしな。とりあえずは降ろしてやり、それから、がれきで被ってやったさ」

「そうか、それも仕方ないか」

話は終わった。だが、ジャックは、どこか違和感を感じていた。すべてを打ち明けて気分がスッキリしているはずなのに、クロードの表情には相変わらず何かが被っていた。特に目の濁りが、戻ってきたときと大して変わらないでいた。つまり、ウソというベールが両方の瞳を被ったままだったのだ。

ジャックはその夜、いつものようにコゼットを寝かせてから、横になって考えてみた。――ベールの奥にある真相は、一体どんなものなのか。最も考えられるのは、恐ろしい内容だ。つまり、この瓦礫の世界をもたらした張本人が見つかったのなら、どんな感情が芽生え、どう対応するのか。要は自分の大切な家族や友人を奪った相手であり、復讐したくなるのは当然である。だとすれば、プートンは自殺したのではなく、クロードは自分たちと出会った当初から、相手が誰かを知ったうえで復讐する機会をうかがっていたのだ。そして、ようやくそのチャンスが巡ってきた。

では、どうやって復讐を遂げたのか。銃はないだろうから、寝ている間に首を絞めたか、ナイフで首を切ったか、それとも心臓を突き刺したのか。いずれにせよ、真実を吐露した割には違和感のある表情を鑑みれば、やはり自殺ではなく、クロードが殺したのは間違いないだろう。では、このままコゼットのそばにいても、大丈夫なのだろうか。感受性の強い子供は敏感にその影響を受けるだろうし、実際、その態度からすれば、何かを感じ取っていた。かといって、真実を追求して仮にそうだったとしても、出て行ってくれと言えるものなのか。真相を知られた以上、こちらに危害が及ぶことはないのだろうか。その場合、コゼットはどうなるのか——

ジャックは考えがまとまらず、ふと夜空を見上げた。いまだ大気を浮遊する粉塵のせいで、星の瞬きはぼやけたままである。それと同じく、考えもぼんやりとして、明瞭な決断を下すまでには至らなかった。

近くで、プートンの寝息が微かに聞こえていた。ジャックは起き上がると、そばに行って、その寝顔を見下ろした。安らかな表情には、無数の人間を殺めたという罪の意識や猛省など、微塵も感じられなかった。

ジャックは無性に腹が立ってきた。自分の妻や子供たち、そして友人たち、多くの愛する人々の命を奪った張本人が、安らかに寝入っている。心底から沸き上がった怒りが理性を凌駕したとき、肩幅ほどの大きな瓦礫を両手で持ち上げていた。そして躊躇なく、プートンの頭めがけて思い切り投げつけた。

鈍い音とともに真っ赤な飛沫が飛び散った瞬間、そこで目覚めた。怒りとともに赤い残像が、はっきりと脳裏に張りついていた。

もし自分が本当にそこにいたのなら、クロードと同じことをしただろうか。やはり、衝動に駆られて、迸る怒りの感情を理性では押さえきれなかったかもしれない。だが、果たして、それで自分の気持ちは晴れただろうか。いや、晴れなくても、その行動に走っただろう。止まった時を動かして先に進むには、何らかの決着、つまり相手の存在を消し去る必要があったのかもしれない。

本来なら、捕らえて裁判にかけるのがスジだろう。が、そんなものが存在しない今、どうやってヤツの冒した罪を断罪するというのか。裁判官もいないのに、誰が適当な量刑を下すというのか。だったら、「目には目を、歯には歯を」が最も公平であり、大量虐殺を犯したプートンに下されるのは、死刑。その裁量でも、もの足らないぐらいだが、あとは誰が刑を執行するかである。それも適任者がいない以上、被害者家族なら誰でも執行者になってもいいのではないか。つまり、クロードや自分だってかまわないのである。

その考えを一旦否定して再考し直しても、結局、同じ結論になってしまう。どこかに良心の呵責を覚えつつも、どうしても憤りが勝り、それが最も適切な裁断のように思えた。

九

朝の食事をすませたあと、最近のコゼットの日課は畑づくりだった。畑といっても広さはバレーコートの片面ほどもない。先の裂けた鉄筋を鍬(くわ)代わりにして、堅い表土を少しずつ耕していく。幼く非力な少女故に、一日かけても、その耕作面積は子供の砂場程度にしかならないが、数日もつづければ畑と呼べる姿にはなっていく。ただ、慣れぬ作業故に、その小さな手には幾つかマメができ、畑仕事も限界が来ていた。

コゼットが瓦礫に座り、元気のない表情で両手のひらを見つめているときだった。通りかかったクロードが、気になって声をかけた。

「やあ、コゼット。畑がずいぶん耕せたみたいだけど、何を育ててるんだい？」

「ひまわりよ。ジャックおじさんが、たねを建物の中から見つけてきたの」

「ひまわりか。一面に咲いたら、壮観だろうな。でも、水はどうするんだい？　余分な水は余ってないだろう」

「井戸がほれないか、道具をさがしてるそうよ」

「そうか。ところで、さっきは手のひらを心配そうに見てたけど、ケガでもしたのかい？」

「マメが、つぶれそうなんだ」

「そうか。それは痛いだろうな。傷口からバイ菌でも入ったら大変だから、あまり無理するなよ」

「うん、でも早く育てて、お花をママのいるところに持っていきたいの」

「ママの？　そうか、あれから一度も戻ってないもんな」

早すぎる母親の死を一緒に目撃した者にとっても、辛く感慨深いものだった。

「じゃあ、これから手袋を探してきてあげるよ」

それは未だ癒えぬ幼心に、少しでも寄り添おうとして自然に出た言葉だった。クロードは、ジャックのいる本館へ向かった。


ジャックは地下一階のエレベーター脇の保安室にいた。先日の崩落のせいで一階フロアの壁側の一部は崩れ落ちており、そこから入り込む外光のおかげで、照明がなくても周囲は目視できた。室内の瓦礫はすでに取り除かれ、機材は直接触れられる状態にまでしてあった。ドアは開いており、クロードが入り口から声をかけた。

「ジャック、ずいぶん片づいたな」

「何だ、クロードか。おどかすなよ」

作業に集中していたらしく、背後からの声かけに驚いたふうだった。

「ところで、どうなんだ。無線は使えそうなのか」

「たぶんな。機材の表面は落下物でずいぶん凹んではいるが、中身まではやられていないようだ。今は断線がないか、内部を調べているところだ」

「何か手伝えることがあったら、いつでも言ってくれよ」

「ああ、こっちは今のところ大丈夫だ。ところで、コゼットはどうしてた？」

「そうそう、畑仕事で手にマメができて痛そうだった。だから、手袋を探してやろうと思ってきたんだが、どこにあるか知ってるか?」

「一階エスカレーターの北側に衣服売り場があったから、そこにあるんじゃないか。ただ、その近辺も落下物でやられているから、用心しないとな。そこへ行くのなら、オレのヘルメットを持ってけよ」

ジャックは自分の被っていた作業用ヘルメットを脱いで、手渡した。

「助かるぜ」

クロードはそれをかぶると、エスカレーターを歩いて上り、一階北側のアパレルコーナーに向かった。

ジャックが、再び配線のチェックを始めて間もなくだった。身体が揺れるとともに、頭上から崩落音が聞こえてきた。室内にも粉塵が降ってきたので慌てて飛び出し、天井を見上げた。新たな亀裂はなく、崩落したのが地下一階ではなかったことに安心したのも束の間、ザラッとした不吉な予感に襲われた。そして、再度天井を見上げた。

「まさか……」

ジャックはエスカレーターまで走ると、一気に駆け上がった。

一階には粉塵が立ち込めており、北側のアパレルコーナーが天井からの崩落物で被われていた。ジャックは思わず叫んだ。

「クロード、おい、聞こえるか？」

耳を澄ますと、返事の代わりに砂でも落ちているような音がしていた。粉塵の先に、背丈以上にも重なった瓦礫が垣間見えた。ジャックはそこへ近づいて、すぐ手前で再び声を投げかけた。

「クロード、どこにいるんだ。おい、聞こえるか？」

再び耳を澄ますと、今度は微かに呻き声が聞こえてきた。

「近くにいるんだな。よし、待ってろ、今助けてやるからな」

ジャックは、急いで手前の瓦礫を取り除いていった。だが、それは危険が伴う作業であり、いつ何時次の崩落が起こるかもしれなかった。

自分まで巻き込まれたら、誰がコゼットの面倒を見るんだ――。瓦礫を取り除きながらも、そんな不安が浮かんできた。

やつが殺人者だったら、これは天罰かもしれない。だったら、このまま放っておいたほうがいいのではないか――。

意識的なのか、忙しかった手の動きが段々鈍くなっていく。そのとき、瓦礫を除いた隙間からクロードの姿が見てとれた。手を伸ばせば届く距離だったにしても、体のほとんどが落下物に被われており、辛うじて片手だけが見えていた。その手に、黄色の手袋が握られていた。顔は大量の粉塵に被われており、両目も塞がっていた。ジャックが再び呼びかけると、僅かにのぞいた土気色の唇が動いた。

「こ、これを、コゼットに……」

クロードへの邪念が一瞬で消えた。

「わかったから、しっかりするんだ」

手を伸ばして手袋を受け取ると、ジーンズの後ろポケットに押し込んだ。

「待ってろ、今助けてやる」と励ましたが、返事はなかった。

急いで瓦礫をどけていき、もう少しで引っ張り出せるところで再び横揺れがして、悪いことに残りの天井部分が落ちてきた。

ジャックは脱兎（だっと）のごとく、その場を離れて間一髪、崩落に巻き込まれなくてすんだ。

が、そんな安堵感を味わうゆとりなどなかった。

「クロード！」と大声で叫んだものの、もう呻き声さえも聞こえてこなかった。

「クロード……」

ジャックは喪失感を抱きながら、度重なる崩落を避けるためにもその場を離れ、コゼットのもとに向かった。

彼女は間近で起こった崩落に表情を強ばらせ、不安そうに立ち尽くしていた。よほど恐かったのだろう、ジャックの姿を捉えると走り寄ってきて、腰あたりに両手を回して強く抱きついた。

「コゼット……、よかった、無事でよかった」

涙で揺れる幼い姿を、ジャックは強く抱きしめてやった。


翌日、ふたりは揃って畑にいた。もっぱらジャックがスコップで畑を耕し、後ろからコゼットが鍬代わりの鉄筋を持ち、先端で土塊を細かく砕いていた。その両手には、少しぶかぶかの黄色の手袋がはめてあった。

昼休憩の時間が近づいた頃、腰の痛みを覚えたジャックが、後方に反って軽いストレッチを繰り返した。と、そのとき、遠方からやって来る小さな人影を捉えた。しばらく見守っていると、それは泣きながら歩いてくる少年だった。バックパックを背負うのが嫌なのか、肩掛けを右手で握って引きずっている。否が応でも関心が向いたらしく、コゼットも手を休めて、興味深そうに見つめていた。

その少年が、いよいよ畑までやって来た。ジャックがまず声をかけた。

「どうして、ここへ？　ひとりなのかい」

一〇歳ほどの少年はしゃくり泣くばかりで、言葉が出ないでいた。

「わたしはジャック、あの子はコゼット。君の名は？」

少年が、やっと言葉を絞り出した。

「ぼくはクリス」

「そうか、クリスか。それでどうしたんだ。ここまで、ひとりで歩いて来たのか？」

「うん」

言葉はあまりつづかなかったが、安心したのか、その表情が少し和らいだ。

「両親はどうしたんだ、はぐれたのかい？」

返事の代わりに首が横に振られた。

「じゃあ……」

尋ねるより先に、また泣き顔に戻った。何かよんどころない事情があるのだろう。生き残った人間は、大抵がそうだから。この少年も同様に、はぐれた家族を捜しているのかもしれない。遠くからひとりで旅してきたのなら、そう考えるのが妥当である。であるなら、まずは客人として持てなすのが礼儀であり、それから事情を訊いても遅くはない。そう思い、ジャックは少年を食事に誘った。

「疲れただろう。そろそろランチの時間だ。一緒に食べていかないか」

ジャックはコゼットにも休憩を促した。

食事はいつもの缶詰類とドライフルーツ、ジュース、それに非常用の缶入りパン。それらを準備しながら、ジャックは子供を世話する父親にでもなった気分だった。そして、長らく忘れていた父性が甦っていた。

三人で食事を取りながら、コゼットも何だか嬉しそうだった。ジャックは久しぶりに家族の温もりを感じる思いがして、それがずっと続けばと願った。

（了）

変能力者の憂うつⅥ

われは死出虫

序

世の中には、不可思議な事件があるものだ。自殺なのか、他殺なのか、それとも、突然死を含めた病死なのか。いや、そのどれでもない、科学では解けない怪奇現象なのか。

私は信心深くはなく迷信なども信じないほうだが、一概にどれとは判断のつかない出来事、いわゆる〈不詳の死〉が起こったのは確かである。

これから述べる概要は、その実際に起こった出来事をもとにしている。言うまでもなく、警察の資料を全ては公表できないので、名前や地名は仮名にしてある。

結果的には死因は特定できなかったのだが、果たしてそうだったのか。その件を担当した者として、今でも胸に引っかかっている。

まずは自己紹介から始めるとして、私の名は風間哲夫、今年二〇二一年の春に退職した元刑事である。妻を病気で亡くして以来、子供のいない身では自宅にひとりでいると、いつしかその件を思い出している。不詳の死として処理されたものの、これではお宮入り、つまり未解決事件と同じではないか。

私にとっては最後の案件になったものを、このまま見過ごすわけにもいかず、現場や証拠物件、それに様々な資料を目にしたのもあり、できるだけ詳細を説明して、世間から広く意見や考えを訊いてみようと思った次第である。

それでは早速、この件の概要を述べるとする。

この不思議な一件が、O市の閑静な住宅街で起こったのは、今から一年ほど前の令和二年の八月、例年より増して異常な暑さが続く頃だった。

現場は、古い平屋の一軒家。敷地は一五〇坪と広く、庭も裏手も雑多な草木で足の踏み場もないほどだった。持ち主は庭の手入れには苦労していたらしく、剪定(せんてい)された多くの枝や抜かれた大量の雑草が庭木の隙間に堆く積まれており、それが至るところにあるために、ゴミ屋敷ならぬ草屋敷といった趣(おもむき)である。また、積まれた枯れ草や枝木が庭木にとっては肥料になるらしく、皮肉にも木々はよく茂っており、樹木の蜜に何匹ものセミが群がってうるさく鳴いていた。

そんな家の八畳の和室(客間)で、標本並みの真新しい白骨遺体が発見された。それも折りたたみ式のベッドの上で、乱れもなく整然とした姿である。

家の所有者は、小出俊太朗・六四歳。家族はなくひとり暮らしである。ここで先に鑑識からの報告の一部を打ち明けておくと、人骨は歯形より小出氏本人と認定された。

同氏は半年ほど前に、近くの歯科クリニックで虫歯の治療をしており、そのときに撮ったレントゲン写真と歯形や虫歯痕が一致した。

なら、ひとり暮らしによる孤独死という可能性は否定できないのだが、隣人の田中浩子が発見の二日前に、同氏が朝刊を門扉そばの郵便受けから取り出すところを、二階の寝室から、たまたま目にしていたのである。それが本当なら、その後誰かに殺害されたか、または突然死だってあり得る。しかし、だとしても、死体が一日二日で骨だけになるとは考えづらい。

遺骨には失礼ではあるが、鑑識も報告しているように各パーツの骨の表面は、どれをとっても犬がツルツルになるまで舐め回したように、肉片や組織片のひとつも付着していなかった。見た目はまるで、それこそ学校の理科室にあるような骨格標本そのものだったのだ。

その後の捜査会議で、愉快犯の犯行という意見もあがった。殺害後、死体を外へ運び出し、薬品で溶かして骨だけ返す。そこで、骨の科学鑑定も話にあがったが、それは焼却や劣化した骨ではなく、また長年地中にあった人骨が発掘されたものでもない。見るからにできたての新しい人骨であり、その件は却下された。

だいたい、家屋があるのは、軽トラックさえ入りづらい狭い路地の奥まった高台であり、こっそり人力で運び出そうにも、路地の奥は隣家もあり、出口は来た方向、つまり路地を戻るしかないのである。また、裏手は幅一メートルほどの生活排水路で隔てられており、橋もなにもない。

そもそもが、周囲には監視カメラ並みに近所の目が光っている。後に聞き込みをした限りでは、隣組という昔ながらのご近所同士のコミュニティが、残っている地域だった。不審者でもうろつこうものなら、忽ち井戸端会議の話題になるだろうし、さらに奥まった隣家では警報よりもうるさい三匹の小犬の番犬が、いつも周囲を見張っている。だから、そんな危険を冒してまでも犯行に至る動機があるのか、疑わしいものだ。

第一、同家は資産家というわけでもなく、むしろ老朽化した母屋だけをみれば、幽霊屋敷になる一歩手前ぐらいだ。ひさしだって、一昨年に襲った大型台風の影響だろうか、プラスチックの波板部分が壊れてほとんどなくなっているし、玄関のガラス戸を含め、どの窓も薄汚れたままになっている。また、外部からの侵入跡は見当たらず、後に内部状況を詳しく説明するにしても、簡略して言えば、各部屋が荒らされた様子はなく、物盗りでもなさそうだった。

疑問が浮かんでは答えが出る前に、また新たな疑問が浮かんでくる。いっそ、マジシャンが仕掛けたイリュージョンなら、すんなりと納得もできるのだが。

そんな、思考の迷路に入り込みそうな捜査の助けになったのは、紹介が遅れたが、見習いでやって来た新米刑事の姫野結衣(ゆい)だった。見習いというのは、私が退職する前に同行させ、いろいろ研修させようという同県警からの依頼があったからだ。

私が所属するO市の警察署に姫野が派遣されてきたのは、昨年の八月初旬だった。今回の件と重なったのは、全くの偶然である。

配属前の情報によると、年齢は二九歳。T大学国際学部・国際犯罪学科卒。空手二段、英語堪能。学生時代にインターン・シップを利用して、ロス市警（ロサンゼルス警察署・LAPD）で三カ月ほど研修を受けた経験あり。卒業後は警察学校を経てF県警に配属、現在に至る。

刑事課の当時の上司、山根課長とのやりとりは、こんなふうだった。

「英語堪能、若い頃から刑事に憧れていたそうです。将来は、国際犯罪を取り締まる部署で働きたいとのことです」

「だったら、こんな地方じゃなくて、もっと大きな都市、警視庁や府警なんかがよかったでしょうに」

「てっさん、そう言わないでください。今のうちに、ベテランのあなたに学んだほうが、本人のためにもなるでしょう。いずれ、警部補になる人材ですから」

五歳下の山根課長とは同署で付き合って三年目、署内で最古参になった私に気を使ってか、「てっさん」と呼んで言葉遣いも気持ち悪いほど丁寧である。キャリア組の上司だし、君呼びでもいいのに、そんな気遣いをしてくれる相手をつっけんどんにするほど、私はひねた人間ではない。こちらも、そう呼ばれるのに慣れてしまい、試験昇進組と現場組とのありがちな蟠り(わだかま)りもなく、うまくやっているほうではあった。もっとも、ひげ剃りのそり残しもない垢抜けた顔に高そうな銀縁メガネをかけ、そのうえ鍛えてなさそうな細身の体には、つい苦言を言いたくはなる。たとえば、——鍛えてなくて暴漢の相手ができますか——と。だからか、やっぱり素直に、「はい」とは言えないものだ。

「外国人の犯罪どころか、最近は凶悪事件もない街なのに、果たして本人のためになるんでしょうかね」

やっぱり、素直になれないのは、私より三〇歳あまりも若い女性のおもりなど、性に合ってないからだ。そもそも、昭和、平成、令和と、三つの時代を生きてきた叩きあげの刑事と、外国の空気を吸ってきた若い女性とでは、話が合うはずもない。一体、何を話題にすればいいんだ。Jポップか、韓国ドラマか、ティックトックなんちゃらか。全く、考えただけで頭が痛くなってくる。私の不機嫌そうな心情を察してか、上司が得意な理詰めで説得しようとしてきた。

「そうは言っても、この町には一昨年だけでも、新たに一二三名の外国人が増えたんですよ。主に、病院での看護や介護研修、ガソリンスタンド等で働く企業実習生など、既存の外国籍居住者を含めれば、全員で一〇〇名あまりにもなります。ベトナム、フィリピン、マレーシア等々、グローバリズムの波は、こんな地方の街にも押し寄せてきているんです。全く無縁というわけではないでしょう」

この男は、だてに課長をやっているのではない。犯罪を取り締まる課の長として、市井の動向を掴むための必要な基礎データは、ちゃんと把握しているようだ。こちらは歳なのか、細かい数字は脳が受け付けなくなっている。新しい情報を入れるには、頭は空っぽにしていたほうがいい——そう思って何年も過ごしていたら、その状態に脳が慣れてしまったのだろう。いつしか、空っぽという状態が当たり前になってしまい、上司の押しに思考が空洞をさまよっていた。

「署長からの、たっての頼みなんです。よろしく、頼みましたよ」

常套句(じょうとうく)、最後の決め台詞には、もう従うしかなかった。

それから一週間後、噂の彼女が紺のサマースーツ姿で署にやって来た。コロナ禍というのもあり、テレビのCMで見たような、スポーツメーカーが売り出した夏でも涼しげな白いマスクをしていた。今時はマスクもファッションの一部になっているのだろう。その表面にはシワひとつなく、絹のようななめらかさがスマートさを醸し出している。そのせいか、マスク自体が小顔にフィットして、第一印象は決して悪くなかった。私のシワシワの使い捨てマスクとはえらい違いだ。もっとも、品不足になったときの争奪戦を思えば、贅沢は言えないのだが。

それはともかく、見えている顔のパーツだけでも好印象だった。目はすでに獲物を欲する刑事の目にはなっているが、我々と違って淀んでいないせいか、年相応の迫力しかない。そのうえ、二重(ふたえ)なのでそれほど目つきがきつくはなく、眉も今ふうに、きちんと整えてある。私が同年代の頃は目つきの鋭さから銀狼と呼ばれ、その筋から恐れられたものだ。もっとも、そう呼ばれたのは、頭に若白髪が多かったからだが。今では短髪の白髪頭、そしてその表情は歳のせいか、ずいぶん柔和になってしまった。

紹介のあと、挨拶の段になって彼女がマスクを外すと、その場に集まっていた十数名の署員から、こもったため息が漏れでた。ほかのパーツも悪くはなく、むしろ上出来である。スマートな鼻筋と締まった唇は、要するに、男連中が好きそうなバランスの取れた美人顔だったのだ。さらに、女性が嫉妬しそうな知的なオーラもあった。

私は見た目で人を判断しないほうだが、ひいき目に見なくても美人だった。体つきは体育会系なのか、無駄な肉付きはなく、ローヒールにしろ一七五センチの私と肩を並べるぐらいの高身長もあってか、パンツスーツ姿が似合う中距離走タイプのスラリとした体型である。

あまり外見のことばかり言ってると、最近ではセクハラと思われるのでこの辺にして、何か付け加えるとしたら、動きが機敏そうで頭も切れそうだった。だから、若くして刑事になれたのだろう。

本人曰く、極真空手二段らしい。それでも、肩に掛かるほどの艶のある黒髪は、もったいない気もするが切ったほうがいい。犯人ともみ合いになったとき、髪をつかまれ、容易に引き倒されてしまうからだ。

紹介がすんだあとでアドバイスがてら、それとなく言ってみたら、「その前に倒します」と即答されてしまった。こちらは柔道二段、逮捕術も学んで犯人との格闘経験もある。そうはいっても、この数年は激しい捕り物もなく、体は鈍りがちだし、最近では歳のせいか肩も腰も痛くなってきた。なら、体にガタが出始めた私のボディガードになってもらおうかと軽く言ったら、「ご冗談を」と真顔で返されてしまった。

謙遜なのか、何をバカな――と思われたのか、つい考えあぐねてしまった。それからほどなくしてだった、事件現場へ急行する旨の指示があったのは。

一

最近、捜査用の覆面パトカーとして使用しているのは、若者に根強い人気のある日産スカイラインで、色は落ち着いた趣のシルバーメタリックである。個人的には乗り慣れた、もう一台のマークXでもいいのに、退職年度という配慮もあってか、新車のほうを私の専用車として使わせてもらっている。

スピード違反車を追うことはあっても、都会でありがちな激しいカーチェイスはなく、傷やへこみもない車なので、運転はできるだけ慎重にしている。よって、道を覚えるには姫野に車を運転させるのが一番だとしても、――運転には自信があるとは自分で言ってはいたが――しばらくは任せまい。

「これから向かう先は、殺人なんでしょうか？」

　助手席に乗ってすぐ、その姫野が尋ねてきた。

「まだ、確定ではないが、不審な点が多々あるそうだ。いつも殺人事件があるわけじゃないから、研修にはいい機会だといって、上司が早めに同行させてくれたんだ」

「ありがとうございます。それで、現状はどうなんでしょうか？」

　チラッと彼女のほうを窺うと、マスク上の目が鋭くなっていた。

「連絡によれば、ひとり暮らしの男性宅で、白骨遺体が見つかったそうだ。それが本人のものかどうか、先に臨場した鑑識の連中が調べているはずだ。それから、通報で事前に駆けつけた警察官からの情報では、隣人が二日前に本人を見かけていたらしい」

「二日前？　それは変ですね。殺人であれ、病死であれ、そんな短期間で死体が骨だけにはならないでしょう」

　確かに、事件性があろうがなかろうが、いくらこの猛暑であっても、そんなに早く死体が白骨化するとは考えづらい。いずれにせよ、室内には吐き気をもよおす強烈な腐敗臭が、漂っているに違いない。マスクを二重重ねしないですむように、到着時には換気が十分なされているよう祈った。

　署から現場までは国道を北に走って五キロほど、近所にある大手民間病院の駐車場のひとつに車を停め、肌が焼けそうな暑さに耐えながら現場に向かった。

軽自動車が脱輪しそうな狭くて短い坂道を上り、民家に挟まれた路地を進んで右に曲がると、肩ほどの高さのブロック塀に囲まれた平屋の民家があった。

第一報からは一時間ほどが経っており、一旦集まっていた記者や野次馬は、すでに引き上げたようだった。

現場保存は終わったらしく、すでに門扉の前には立ち入り禁止を示す黄色いテープがしてあり、その前に日焼けした若い警察官が立っていた。最高値になりがちな昼下がりの気温は優に三〇度を超しており、頭上を覆う庭木の日陰がなかったら、いくら警察帽をかぶってブルーの夏シャツであっても、忽ち熱中症で倒れていただろう。

それにしても、庭には何と植木の多いことか。コンクリートで舗装された空地を含めれば、もう一軒、家が建てられるほどの広い庭には隙間がないほど、種々雑多な木々で埋め尽くされている。よって、周りを囲むブロック塀の内壁も、周囲にある隣近所の家々も全く見通せないほどだった。

枝の剪定はされていたようだが、その処分に困ったのだろう。木々の隙間には切った枝木が、大量の雑草とともに堆く積まれていた。雑草の処理にしても、今も伸び放題になっているところからすると、草取りもかなり大変だったのだろう。まるで、廃棄した草木の処分場である。

玄関までは、鉄製の門扉から石畳を歩いて一〇歩ほど。いよいよ、玄関戸を開けるときがきた。強烈な腐敗臭は、それだけで嘔吐を催し、決して慣れるものではない。一応、姫野には忠告をしておく。白い手袋は、言われなくてもしていた。

「吐くなよ」

「はい」と、締まった緊張の目つきからは、現場で失神する心配はなさそうだ。

強烈な腐敗臭を浴びる覚悟を決め、息を止めてからガラス戸を右にスライドさせた。呼吸のリズムが荒くなる前に、少しだけ息をしてみる。

「……？」

不思議と、腐敗臭は漂ってこなかった。換気がしてあったのだろうか。

「ご苦労さまです」

私より、ひと回り年下の山本検視官が出迎えてくれた。真面目で礼儀正しく、外見もスマートなので好感が持てる男だ。

「どんな具合？」

「一応調べは終わって、鑑識も引き上げるところです。ですから、靴を脱いだらそのままどうぞ」

先ほど見た右手にあった旧母屋とちがい、こちらの棟は増築されたらしく、玄関から続く濃いブラウン系のウッドフロアも、それほど古びた感じはしなかった。

「さあ、こちらの部屋へどうぞ」

促されて上がり框(かまち)から進み、すぐ左手にある八畳ほどの和室に入った。その中央に折りたたみ式ベッドがあり、その上に完全な人骨が乱れもなく仰向けになっていた。

「これがそうか……」

それは、入浴でもして、体を洗ったようなきれいな人骨だった。まるで学校の理科室にあるガイコツの標本みたいな姿に、二の句が継げなかった。

「白骨体は何度か見ましたが、こんなに真っ新(さら)なのは初めてです。ご覧の通り、腐敗した様子は微塵も残っていません。ちなみに、室内の温度計は、発見時には二五度、湿度は六〇パーセントを示していたそうです」

真夏日がつづく室内、冷凍庫にでも保存しなければ腐敗は進んで然るべきなのに、その程度の室温で急速に白骨化するとは考えづらい。普通なら一年はかかるというのに。しかし、山本が言うとおり、そこには一片の筋肉や脂肪、さらに少しの筋繊維や神経さえも残っていなかった。もちろん、内臓から眼球、はたまた髪の毛や体毛さえもである。

「目視した限りでも、頭蓋内に脳さえ残っていないなんて……」

ベテランの検視官でさえ、初めて見た希有なケースに困惑していた。

「それで、死因はわかったのかい？」

「残念ながら、まだ特定できてません。調べた限りでは、刃物で刺されて骨が傷ついた箇所もないし、鈍器などで殴られ、ひびが入ったところも見受けられません。首の骨にも絞められた痕跡がないし、第一、血痕がどこにもないうえ、体液だってありません。凶器らしきものもないし、全く物証がない。あるのは骨だけで、もうないないづくしです。ですから、殺人かどうかは判断しかねますね。それから、先に地取り（聞き込み）した警官の報告では、二日前の早朝に、ここの住人が朝刊を門柱そばの郵便受けから出しているのを、隣人が偶然にも見かけたそうです」

「二日前？ それで、この遺骨は実際に、ここの住人なのだろうか？」

「それは鑑識のほうで、かかり付けの歯科医に問い合わせをしてもらっています。奥の自室に川本歯科の予約カードがあったらしく、口腔写真とX線写真を転送して照合してもらっているところです。ほどなく、連絡があるでしょう」

行きつけの歯科医院には、歯形やレントゲン写真などの個人情報が保管してあった。

「川本先生といったら、捜査協力をしてもらえる警察歯科医のひとりじゃないか」

「そうです。今日は予約が詰まっているらしく、先に写真で確認してみようとおっしゃって。最近は、コロナに感染する前に、虫歯を治しておこうという希望者が多いらしいんです。ホテル療養にでもなって、歯痛にでもなったら大変ですからね」

「それで、これまでのところ、どこまでわかったんだ？」

「まず、このホトケさんは、男性ですね。脳頭蓋、つまり頭頂部がなめらかに発達しているでしょう。女性なら、おでこの骨が出てるんですよ。それよりまして、一番端的なのが骨盤ですね。男性は中心がハート型、女性なら広めの楕円を横にした感じで、骨も薄めなんです」

「なるほど、それで身長は推定できたのかい？」

「大腿骨から推定して、約一七五センチですね」

「私と同じぐらいか。丈夫そうな骨の見た目からしても、体格はがっちりした感じかな」

「そうだと思われます」

「ふむ……」

そこに、鑑識の長谷川班長の携帯が鳴った。マスクをしないでキャップをかぶっていなかったら、短髪の強面(こわもて)顔の男だが、私より一〇歳以上も若いので、こちらへの態度は丁寧である。短いやりとりのあと、硬質の声で、その内容が報告された。

「白骨体の歯形が、小出氏のデータと一致したそうです」

「ということは、このホトケさんは本人にまちがいないというわけか……」

長谷川が追加情報を伝えた。それによると、指紋は三種類で、玄関とチャイム、そしてこの部屋に続く縁側にあるアルミサッシ戸。ドアノブや隣室の自宅用金庫にはあるが、同人物――恐らくは本人のものと思われる。

ただ、金庫を始め、どこにも荒らされた様子はなく、本人の自室と思われる整理タンスの上にあった財布には、二万円あまりの現金が残っていた。プリペイド式の携帯や玄関のカギも一緒にあった。また、近くにあったプラスチックの整理ボックスには長財布が入っており、その中には現金一〇万円とクレジットカード類が残っていた。机の上には真新しいノート型パソコンも置いてあり、室内は整然としていて何も盗られたような形跡はなかった。

「物盗りじゃなかったら、殺しでしょうか？」

姫野が横から長谷川に質問をした。

「サッシ戸は若干開いていたらしいから、オシコミの可能性はあるかもしれんが、だったら、ベッドやその周辺でもルミノール反応ぐらい出るはずなんだ。だが、それもない。ただ、自殺や突然死だってあり得るしな。いずれにしろ、二日ぐらいで白骨になるはずはないし……」

「それから、本当に不思議なんですが、全くというほど腐敗臭がしませんね。正面に仏壇があるせいか、少しお線香のような臭いはしますが」

「見習いにしては鋭いね。クーラーは切れていたらしいが、それほど室内は暑くなかったそうだ。カーテンが二重で閉まっていたせいで、少しは冷気が保たれていたのだろう。なら、ホトケさんは、尚さら姿を保っているはずなのにな……」

長谷川は太めの眉を寄せ、私に困惑ぎみの渋そうな表情を向けた。

「検死報告に何て書いたらいいか、頭が痛いですよ」と、山本検視官も真面目顔で困ったふうだった。

「それで、この遺骨はどうするつもりですか?」

姫野が山本に尋ねた。

「よく質問しますね、感心、感心。恐らくは、いずれ司法解剖に回すだろうから、隣町の大学病院で預かってもらいますよ。ほどなく、運搬車が来るはずだけど」

現時点では事件の臭いはしなかったが、かといって解決の糸口が全く見えないために、漠とした思いが私の胸中に広がっていた。

ほかの連中が引き上げる準備をしている間に、遺骨は搬送されていった。

皆が引き払ったあと、私は室内をじっくり見て回ることにした。その間、姫野には隣の第一目撃者への聴取と、近所への再度の地取り(聞き込み)を指示した。

まず、八畳の現場を見回してみた。入って正面に落ち着いた色の木調仏壇が、その左には書の掛け軸が掛かった床の間、南側にあたる若干の破れがある障子を挟んで縁側、四枚のアルミサッシ戸と続く。仏壇の右には半畳ほどの押し入れ、北側には障子窓、その上には新しいクーラーがついている。部屋全体は三〇年ほど前に増築されたらしく、それほど古いという印象はない。それにしても、あたりは線香臭い。

その出所だと思って、正面の仏壇の観音扉を開けてみた。が、空の湯飲みを始め、パックされた落雁(らくがん)以外は供え物はなく、最近参ったという跡はなかった。では、この臭いは部屋に染みついたものなのか。

ほどなく、それが線香ではなく、蚊取り線香だと気づいた。どうやら、右側にある押し入れから漂ってくるようだ。そこで、その引き戸を開けてみた。

案の定、中段の仕切り板には、蚊取り線香の受け皿がふたつも置いてあった。よくある石綿を敷いた金物の丸い受け皿だ。ひと巻きを途中で折って二分したらしく、その灰がそれぞれの受け皿に残っていた。何巻きも使ったのだろう、土台になる石綿が真っ黒になっていた。また、その灰やマッチの燃えかすが、そばのどんぶり茶碗に山積みになっていた。ほかにも、トイレ用の消臭剤や吸臭剤の活性炭が置いてある。元々、内壁は白かったはずなのに、あちこちが煙で燻(いぶ)されたように薄黒くなっていた。

来客用の座布団を収容するような狭い押し入れを見ながら、

『一体なぜ、こんなところで蚊取り線香をつけたのだろうか、それもふたつも』という疑問を持った。

最後に天井を見上げると、右側のベニア板には染みのようなものが広がっていた。このときは、雨漏りのあとだろうぐらいの認識しかなかったのだが、その天井にこそ、疑問を解くカギが眠っていたとは、想像だにしなかった。さらに、とんでもない相手と対峙している可能性があるとも、夢にも思わなかった。

次に、部屋を出てウッドフロアを見てみた。壁際に新しくはないアップライトの木目調ピアノがあり、幾つか写真立てが置いてあった。そのひとつに、梅の名所をバックに撮った母子らしい一枚があった。恐らくは、老いた母親と中年の小出氏だろう。観梅の時期は、まだ冷え込む日がある。灰色の分厚いコートを着ている男性は、やはり大柄でがっちりした体格にみえた。髪は頭頂部が薄いにしろ、笑みを浮かべたふくよかな顔からして神経質そうには見えず、むしろ温厚そうだった。

次に、ウッドフロアから台所へと進んで、右手の自室らしい六畳の和室に入った。こちらは旧母屋になるらしく、台所と仕切りになるガラス戸が隅々までは拭かれていないせいもあり、全体が古びて見えた。畳の所々も擦り切れている。

台所から入ってすぐ右手に、ノート型パソコンやファイル類を置いた机、次にプリンターを置いた簡易机、そして大型テレビと続く。左手対面には古い襖が並んでいる。

室内は、それなりに整えてあり、特に荒らされた様子はなかった。一応、整理ダンスや襖も開けてのぞいてはみたものの、これといって不審な点はなかった。

周辺を調べてみても、やはり犯罪の臭いがしない。殺しではないとしたら、自殺か、それとも病死か。突然死だって可能性はあるし、コロナ禍というのを考慮すれば、感染してしまい、自宅療養中に症状が悪化して亡くなったとも考えられる。

台所にある四人がけテーブルの回転イスのひとつに座り、いろいろ考えを巡らせているところに、姫野が戻ってきた。彼女を対面に座らせ、地取りの報告を聞いた。


姫野のパンツスーツは夏仕様の薄手、そして内側の白のYシャツは半袖にしろ、上着は脱いだほうが涼しいに決まっている。セクハラにならないように、当たり障りなくその旨を促してみたら、彼女はシャツの汗染みを気にしてか、ハンカチで汗を拭きながらの報告となった。こちらが上司という立場とはいえ、若い女性には逆に気をつかってしまう。

「それで、隣家の奥さんの目撃証言は取れたのか?」

「はい、一昨日の早朝六時頃、二階の寝室で目覚めて窓のカーテンを開けたとき、たまたま、小出氏が門柱そばの郵便受けから、朝刊をとっているところを目撃したそうです。お願いして、二階の寝室に上がらせてもらい確かめたところ、窓から下の様子がちゃんと見て取れました。ウソはないようです」

事実をひとつひとつ確かめ、全体の輪郭を可能なかぎり正確に描いていくのが、肝要である――と、教える必要もなさそうだ。

「また、小出氏とは近所トラブルもなく、関係はいたって良好だったそうです。性格は温厚で、挨拶もよくしていたそうです。それから、一〇年ほど前に母親を亡くしてからは、ずっとひとり暮らしだそうです。あとは、この地区は昔ながらの隣組制度が残っており、その当番のときは実に良くやってくれていたそうです。なんでも、近所の葬式が正月に重なったときでも嫌な顔をせず、親身になって手伝っていたとのことです」

「よく隣組を知ってたな」

「田舎の実家にいたときは、回覧板がよく回ってきてましたから」

そういえば、我が家ではすべて妻に任せていた。亡くなってからは仕事にかまけて、近所付き合いは、ご無沙汰したままになっていた。

「本人の人物像は、特に問題なさそうだな」

「それから、不審な人物がうつっていないか確かめたかったのですが、周りに防犯カメラを設置した家はありませんでした。あと、家族の件も訊いてみたら、お兄さんが福岡市に住んでいるそうです。今年の当番長が、緊急連絡先の書かれた会員名簿の控えを持っているというので、連絡先を控えてきました」

必要な情報は、全てものにしてきているようだ。言われなくてもやれるのは刑事としての素質が備わっているのだろうが、今後、私の助言が必要ないのなら、指導する身としては何だか寂しい気がする。

「それから――」

「まだ、何かあるのか？」

「先ほど、この家の周りを見て回ったのですが、玄関以外にも窓という窓には、この時期CMで盛んに宣伝してる蚊除けの薬剤が下げてありました。よほど、虫が嫌いだったのでしょうね」

「あちこち、嫌というほど雑草が生えているんだ。よほど、蚊が多いのだろう」

「私もさっき、首筋を刺されてしまいました」

白いハンカチでうなじの汗を拭きながら、ついでに発疹を掻いているふうだった。

「じゃあ、早速、小出氏の兄に連絡を取ってくれ。状況を話せば、何かわかるかもしれん。それに、いずれ、こちらにも寄ってもらわないとな」

彼女は自分の携帯電話から、すぐに連絡をとってみたが、コール音だけだった。

「外出してるようです。また、あとで連絡してみます」

私が、――じゃあ、そろそろ戻ろうか――という前に姫野が、

「ところで、室内のほうはどうでしたか。何か不審な点はありませんでしたか？」

若さのせいだろう。ひと仕事してきたのに、まだやる気に満ちているようだ。

「いや、特にはなかった。どこも荒らされた様子はないし、オシコミの線でもなさそうだ」

「私も見てきていいでしょうか」

仕事熱心なのは良いとして、もし重要な見落としがあったら恥というものだ。あら探し

をされるようで気分は良くないにしても、ここは先輩としてのゆとりを見せなければならない。

「もちろん」と、余裕をもって応えた。


「それで、お兄さんは何て言ってたんだ？」

署に戻る車中で、姫野が二度目の連絡をいれていた。

「今は体調が悪いんで、良くなったら来るそうです。何でも高血圧とかで、すぐに息切れがして立ち眩み（くら）がするそうなんです」

「良くなったらって、いつになるんだ。ほかには？」

「一年ほど連絡をとってないんで、小出さんの近況はよくわからないそうです。事情を話しても、あまり驚いたふうではありませんでした。離れて暮らしていると、兄弟でも関係は希薄になるんでしょうか。何だか、寂しいですね」

「そうだな……」

気の利いた言葉を返そうとしたが、別段思い浮かばなかったので、全然関係ないことを口にしていた。

「署に戻る前に、少しは土地勘がつくように市内をぐるっと回ってやるよ」

観光案内じゃないから、町の様子や地形をちゃんと見ておくように——と言う前に、彼女に先を越された。

「じゃあ、部屋にあったプリントに、先に目を通してもいいですか」

姫野は、机上に立てかけてあったファイル類の中から、カバーが黄色のエンディング・ノートを見つけ出していた。その中に、A4サイズのプリント用紙が二〇枚ほど挟んであり、それはどうやら自伝書のようなものだった。ひょっとしたら、文中に事件を解くカギがあるかもしれない。私としたことが、エビデンスを見逃してしまっていたのなら、恥というものだ。落ち度を隠すように、別の質問をしていた。もちろん、ゆとりを見せて。

「先に読んでくれ。その前に、再度確認しておくが、パソコンの中身はチェックしたんだよな」

「ええ、現場を出る前に報告したように、ロックがかかっていなかったので、ひと通りのチェックはすみました。検索記録やメールの内容は問題ありませんでしたし、USBメモリーの中身は、この内容と同じものでした」

「そうか、わかった。何か気づいた点があったら、また報告してくれ」

「はい」と短い返事のあと、彼女はプリントに目を通し始めた。その枚数からして読み終わるまでには、小一時間は必要だろう。黄昏時はまもなくにしても、景色が拝めなくなるまでは暫くかかりそうだ。ドライブがてら、まずはどこへ行こうか。そんなのんびりしたことを考えながら、軽快なエンジン音が心地よく感じ始めていた。おかげで、事件の奇っ怪さが幾分緩和されようとしていた。

　そんなとき、見習いはというと、徐々に異様な世界へと引き込まれようとしていた。

　最初は、ドライブがてらの町の案内も順調だった。大型ショッピング・モール、市役所、文化ホール、動物園、そして、安くて旨いランチの休憩所。数分おきに現れる市内の名所を、指さしながら紹介していく。当初は笑顔で応えていた彼女の表情が、段々曇ってきた。そして、署に戻る頃には笑顔もなく、病人みたいに優れない顔色になっていた。

　半地下になった署の駐車場に着いたときには、すでに夜の帳は降り、車内灯を点けない限りは文書類は読めなくなっていた。その前に読み終えたらしく、姫野は用紙を膝の上にのせ、助手席で気分が悪そうにしていた。

「おい、大丈夫か？」

「少し吐き気がします」

「車に酔ったんじゃないだろうな」

「いえ、乗り物に酔ったことはありません。ただ、これを読んでいたら、少し気持ち悪くなってしまいました。すみません、少し休んでから、上がってもいいですか」

「わかった。先に行って、課長に報告しておく。今日は初日だったから、無理して暑気あたりでもしたのかもしれん。まあ、ゆっくり休めばいいさ」

「すみません」

私は車から出て、署内につづく階段を上った。このときは、彼女の気分の悪さは炎天下のもとで聞き込みをさせた私のせいだと、少し後ろめたさを覚えないでもなかったが、実のところは文書の内容が原因だったのかもしれない。

ひと通り口頭で報告がすみ、残って日報を書いているところに、姫野がふらつきながら戻ってきた。彼女の存在を、すっかり忘れていた。

「どうだ、気分は良くなったか？」

「はい、おかげさまで。それから、遅くなって申し訳ありません。いつしか眠ってしまったようです」

「ま、いいさ。初日の疲れが出たんだろう。その感想は明日でいいから、今日は、もう帰っていいぞ。まだ最終電車には間に合うだろう。明日は半ドンというか、昼からの出署でいいからな」

「すみません。しばらくは実家に帰らず、ホテル住まいをするつもりです。市内のビジネスホテルに予約をしてますので、緊急のときは連絡してもらえれば飛んできます」

「そうか、わかった」

「それから、これを」

姫野は手にしたプリントの束を差し出した。

「私は読み終わりましたので、よかったら目を通しておいてください。でないと、明日報告しても、支離滅裂だと思われるかもしれませんので、お願いします」

「了解。ちゃんと読んどくよ」

「では、これで失礼します」

姫野は姿勢を一度正してから敬礼をし、帰っていった。重そうな足音からすると、ホテルに着くなり、すぐさまベッドに倒れ込む姿が浮かんだ。

二

翌日、私は早めに出署して、プリントの束に目を通すことにした。その前に、第一発見者のひとり、エレーナ・ブストスと朝一番で連絡をとり、参考人聴取を頼んだ。小出氏の近況を少しは知っているだろうし、何か手がかりがないか、いろいろ訊こうと思った次第である。当人はショックを引きずっているらしく、通話の声が沈んではいたものの、快く承諾してくれた。約束の一時までは、まだ五時間あまりもあり、早速、読み始めた。

ところが、文書に目を落としたとたん、頭を抱えてしまった。書面上に印字された文字数が、半端なく多いのである。

先にその数を数えてみると、Ａ４用紙に横四〇字、縦四〇行で計一六〇〇文字。つまり、一枚につき四〇〇字詰め原稿用紙が四枚分もあり、きれいに印字された文字が、びっしりと詰まっていた。それが二〇枚ほど、よって原稿用紙で八〇枚あまりにもなり、ちょっとした短編小説並みである。

最近は目が悪くなったせいか、細かい字は読みづらくなっていた。リーディンググラス（拡大鏡）は自宅に忘れてきたので、目を細めたり、下目づかいしながら何とか読み進めていくと、書かれていた内容は、ひと言でいえば自伝書というよりは告白書みたいなものだった。

読み進めるほどに最初は冗談か作り話と思ったが、至って真面目な文面からは信じざるを得なかった。姫野の気分が悪くなったのもわかるような気がした。

あとになって見つかる追加の文書を含めて言えることは、一〇〇人読めば一〇〇人がバカげた作り話だと思うその内容は、万が一にも本当だとすれば、事の顛末（てんまつ）がストンと腑（ふ）に落ちるのだ。だが、それは非科学的であり、個人的には絶対あり得ないと断言できる。

いずれにしろ、姫野と話して少しでも理解できたら、Ｋ大学病院の監察医の意見を訊いてみよう。彼は法医学教室の教授だから、調べもせずに鵜呑みにして尋ねたら、白い目で見られるのがオチである。

果たして、手記に書き残してあった内容は本当なのか。そんな奇っ怪なことが、このＡ

Iの時代に起こり得るのだろうか。恐らくＡＩでさえ、Ｎｏ、もしくは回答不能と言うにちがいない。もちろん、私もだ。それでも、これまでの物的証拠や人的証拠が、それが真実だと物語っていた。誰かほかに、理にかなった正しい答えなど、思い浮かぶものだろうか。

結局、この文書を読み終わってみれば、三時間あまりが経っていた。これを、姫野は一時間足らずで読み終わっていた。頭がいいのか、読解力に長けているのか、それとも私の能力が落ちているのだろうか。恐らく、両方だろう。そんなことを考えているところに、姫野が昨晩とは打って変わって、ハキハキとした声で挨拶をしながら出署してきた。やる気に満ちた新入社員といったふうである。どうやら、今の私の精神状態とは真逆で、元気を取り戻したようだった。

遺骨の第一発見者のひとり、エレーナ・ブストスは、約束の時間から一〇分遅れでやって来た。クーラーの効いた車で来たらしく、黒のパンツスーツと白いＴシャツ姿はほとんど汗ばんでいなかった。

尚、昨日の警察官による聴取で、おおよその個人データはわかっていた。

それによると、年齢は四六歳。フィリピン国籍のＡＬＴ（Assistant Language Teacher）、すなわち英語授業の補助教員である。在日年数は二〇年あまりで、日本人男性と結婚をし、ここＯ市に家庭を築いて娘三人の母親でもある。ちなみに、授業は隣のＹ市にある三つの小学校を受け持っている。

正面入り口から入り、左側通路を進んだ奥にある取り調べ室に案内をし、書記として姫野を同室させた。部屋はそれほど広くはなく、エレーナにはテーブルを挟んで奥側、私の斜め前に座ってもらった。

布マスクをしているので顔色は窺えないにしても、明るいブルーのアイ・シャドーが、くっきりした目鼻立ちを際立たせていた。加えて、栗色のすっきりしたショートヘアにパンツ姿が似合う体型から、全体的には垢抜けた感じの女性だった。

「目は口ほどにものを言う」のたとえのように、確かに目の表情には真の心情が表れるものだ。かといって、口の動きなしでは、表情を読み取りにくいのも確かだ。特に、相手がアイコンタクトを避けて話す場合、良くも悪くも口の微妙な動きが、心情の変化を読みとるのに役立つのも確かである。

「口は禍の門」でもあるのだ。

よって、挨拶がすんだあとに、マスクから表情がよく見えるフェイス・シールドに替えてもらった。その替える際に息を吸ったらしく、顔、正確には鼻あたりがゆがんだ。そうだった。この取り調べ室には刑事の汗や唾が、そして、容疑者の冷や汗や悔いの涙が混じり合い、無辜にとっては嫌な部屋臭となって漂っているのだ。

「まずは、いろいろお聞きする前に、日本での生活が長いということで、質疑応答、つまり受け答えは日本語でも大丈夫なんですよね。朝方、電話で話したときも日本語で大丈夫だったように、通訳は必要ないですよね」

「ええ。正直言えば、一番得意なのは、やはり母国語であるタガログ語なんです。でも、学校の授業は小学校から大学までずっと英語だったので、英語でもかまいませんし、この町に住んでもう二〇年になりますので、難しい単語以外なら日本語でも問題ありません」

「わかりました。それほど日本語を流暢に喋れるなら、問題はないでしょう。では、最初に、小出さんとは、どういうご関係だったのですか？　確か、英会話の個人レッスンの生徒さんだったとか」

「そうです。もともとは地元の英会話サークル・フレンドで知り合いました。そちらは四年ほど前に知人から頼まれ、月に二度ほど市民交流センターで英語を教えるようになりました。小出さんは、そのサークルのメンバーでした」

「それで、個人的にも習いたいと？」

「そうです。たいていは週末にファミリー・レストランで会って、一回につき二時間ほどでした。もう三年になります」

「それで、昨日の約束は、いつ決めたのですか？」

「最近はコロナの影響で会う回数も減っていたので、前回の約束は、確か二週間ほど前でした」

「そうですか……」

第一通報者である小出氏の隣人・田中浩子四九歳とは、姫野が訪問したさいに聴取がすんでいた。それによると、当人が自宅で昼食後にくつろいでいるところに突然、東南アジア系の見知らぬ女性が訪ねてきた。浅黒い顔を引きつらせ、小出氏の身にただならぬことが起こっていると、地元訛（なまり）のまじった日本語で訴えていた。

何でも、小出氏が約束した英会話の個人レッスンの時間になっても現れず、電話をしてもコールのみで反応がない。緊急時には必ずあったメールでの連絡もないし、そもそも、これまで一度たりともレッスンを休んだことはない。そこで、心配になって車で家に寄ってみたところ、玄関には鍵がかかっており、呼んでも返答がない。まさか、部屋で倒れているのではと思い、隣人宅に助けを求めたという次第だった。

ふたりの話に齟齬（そご）はなかった。

「それで、田中さんと一緒に行ってもらったのですね」

「ええ、田中さんも玄関を開けようとしましたがダメだったので、チャイムを押されました。でも、やはり反応はありませんでした」

その続きの展開は次の通りである。

玄関のガラス戸を叩いても、大声で呼んでも返事がない。玄関左手の網戸前には自転車が置いてあり、どこかへ出かけた形跡もない。ひょっとしたら、約束を忘れてジョギングにでも行った可能性があり、暫く待ってみようかと話し合っているときだった。

エレーナが、網戸とアルミサッシのガラス戸が数センチほど開いているのに気づいた。ふたりは両方をさらに開けて、二重のカーテンを手で押し開け、奥を覗き込んだ。

縁側には籐製のイスとテーブルのセットが置いてあり、その先にある障子戸も数センチほど開いていた。ふたりは首を伸ばすようにして、その先にある薄暗い和室を覗き込んだ。

八畳ほどの客間らしい中央に、通販で売っているような簡易ベッドが置いてあり、その上に何か白っぽい人形のようなものが垣間見えた。

天井から下がった丸い蛍光灯の常夜灯は点いているにせよ、最初はふたりとも、白っぽいそれが何だかわからなかった。ふつう、誰もそんなところに人骨があるとは思わない。ただ、人形にしては大人並みの大きさがあるし、そんな大きなものがベッドの上に置いてあるはずもなく、置いてあるとしたら尚さら不可解である。頭は混乱するばかりだ。

ふたりは爪先立って前のめりになりながら、さらに奥を覗き込むと、今度はそれが何かを認識できた。ほぼ同時にふたりは目を見開き、互いの耳をつんざくほど悲鳴を上げていた。

「それが人の骨だとわかったときは、大変驚かれたでしょうね」

「それはもう、初めての経験でしたから。目を閉じると、まだ、その光景がハッキリと浮かんできます」

彼女は辛そうな表情を浮かべ、視線を落とした。

「さぞかし、ショックだったでしょうね……。それはそうと、小出さんは、どういう方でしたか？」

「どうというと？」

「何かに悩んでいるとか、交友関係で何かトラブルを抱えているとか、最近、または前回会われたときに、どこか変わった様子はありませんでしたか？」

「いいえ、トラブルなんか聞いたことはありません。どちらかというと、冗談が好きなおもしろい人でした。英語の勉強も熱心で、覚えた単語やイディオムを積極的に使って、会話に活かそうとしてました」

「そうですか……」

エレーナに質問をつづけても、解決の糸口は掴めそうになかった。どうしたものか考えあぐねていると、彼女から口を開いた。

「そういえば、トラブルといえば……」

「何か思い出しましたか？」

私のみならず、姫野も彼女を一瞥していた。

「確か以前、屋根裏でネコか何かが死んだって話していました。臭いがして大変だって困ったふうでした」

確かに、和室にあった狭い押し入れの天井には、それらしき染みみたいな跡があった。その天井裏までは調べなかったにしろ、時間が経ったせいか、臭いまでは気づかなかった。それが、今回の件とどうつながるというのか。この時点では全くわからなかったのもあり、故人には失礼ではあるが、ずばり訊いてみた。

「小出さんは、普通の人でしたか？」

「普通というか、数年前までは、どこかの塾で中学生を相手に英語を教えていたらしく、私の授業のやり方にも、いろいろアドバイスをくれました。勉強熱心で、最新のトピックなんかも積極的にトライしていました」

「というと、事件や事故、さらにさまざまな社会問題まで？　何かに憤っていたりしませんでした？」

「そうですね、子供のいじめやＤＶなどは共通の関心事として、話題になったりはしましたが」

「政治的なことは、どうでしたか。政権批判などはありましたか？」

「一般的なことは話すにしても、あまり深くはどうだったでしょうか。彼は自分をリベラルだって言ってはいましたけど、詳細になると単語も難しくなりますから、特別、込み入った話はなかったと思います」

「じゃあ、人から恨みを買うような人ではないと？」

「うらみを買う？」

「つまり、他人から恨まれることはありませんでしたか？」

「なかったと思います。サークルでも、よく冗談をいう人でしたから、そんなことはなかったと思います」

故人を偲んでいるのだろう、いつしか彼女の二重の目には、なぜか清らかに見える薄い涙が浮かんでいた。目は心の窓……、返事に嘘はないようだ。つられて、こちらもしんみりしていると、彼女がズバリ訊いてきた。

「あのう、小出さんは殺されたのでしょうか？」

ズバリ確信を訊くことはあっても訊かれることはないため、こちらが動揺してしまった。

「いえ、まだはっきりとは……」と、しどろもどろになっているのが自分でもわかった。

「では、何があったのでしょうか。網戸やサッシ戸が少し開いていたので、誰かが侵入したのではないかとか想像したり、それに、自殺をするような人でもないし……」

「正直いって、いまは何とも言いかねます」

仕事柄、彼女が先ほど言った「殺された」というワードが、胸に刺さったままだった。

それは、訊きあぐねていた次の質問を誘発した。

「あのう、失礼なことをうかがうのですが、小出さんとは深い関係ではありませんでしたか？」

もし、ふたりが不貞行為を働いていたのなら、彼女が夫にばれるのを恐れて、殺人を犯したとも考えられなくもない。また、保険金がらみの線だってあり得るし、つまり、彼女が小出氏の生命保険金の受取人になっていたのなら、多額の受取金のために単独、もしくは誰かと仕組んだとも考えられる。殺人の動機など、いくらでもあるのだ。

姫野が、こちらに心配そうな視線を向けていた。参考人に、そこまで立ち入った質問をしていいのか、とでも言いたげだった。

「深い関係？」

質問に対する彼女の反応が、日本語の意味がわからないのか、それとも質問の意味がわからないのか、私には判断がつかなかった。おかげで、こちらがまた狼狽えてしまった。

「つまり、とても親しい関係だったのか、え〜と、不倫をしていたとか……」

「ふりん？」

その意味が理解できないのだろうと思い、説明しようとしたとたん、彼女が怒りを露わにした。

「ふりんなんかしてません！　私たちは、そんな関係ではありません！」

「ええ、まあ、そうでしょうけど……」

フェイス・シールド越しの表情は険しく、眼のにらみがヤクザ相手より恐かった。

「私はクリスチャンであり、神に仕える身です。夫や子供がいるのに、そんなことをすれば、私のファザー(神)への裏切になります。ですから、ふりんなど絶対にありません！」

彼女のアイシャドーが悔し涙で滲んでいた。職業がら、全てを疑ってかかるのが身に染みついているのを、揺るぎない信仰からの断言が打ち砕いていた。それでも、疑義を正すのが性(さが)なのだろう。彼女が落ち着くのを待って、さらに質問をつづけた。

「エレーナさんが、そんな人ではないのは、よくわかりました。では小出さんはどうでしたか？　デートに誘われたり、口説かれそうになった経験はありませんでしたか？」

「いいえ、ありません。私の立場をよく理解してくれてましたから」

「たとえば、外国の人って、よくハグなんかするじゃないですか。慣れていない日本の男性がされると、気があるのかと勘違いするんじゃないかと思ったりしまして」

「三密をさけて、最近は肘を軽く合わせるエルボー・バンプでしたが、以前は別れ際に握手ぐらいはしましたよ。そういえば、ハグは忘年会の別れ際でしたか、一度だけありましたけど、でも、そんなんで何も起こるわけがありません」

そんな挨拶代わりのことで、日本の男性は下心を持つのか――、そんな侮蔑するような眼差しが、こちらに向けられていた。目も口も、物を言うのだ。

姫野もきっと、「このオヤジは何を言ってるんだ」とあきれているに違いない。

そこで、これ以上の聴取をやめた。

「わかりました。では、これで終わります。今後何か思い出したら、連絡をください。本日はありがとうございました」

エレーナは剥ぎ取るようにフェイス・シールドを外して、脇に置いていたマスクに付け替えると、足早に退室して署をあとにした。


参考人聴取が終わったあと、市内パトロールの名目で姫野と車で外回りに出かけた。小出氏が残した文面について話し合うためであり、その方が、彼女も気兼ねなくしゃべれるだろうと思ったからだ。

署から国道に出ると、まだ昼下がりというのもあり、バスを始め、ほかの車両もスムーズに流れていた。

「目撃者と面談した限りは、不審な点はありませんでしたね」

「そうだな。話した感じではウソはなさそうだし、相変わらず、事件の臭いがしないんだよな」

「じゃあ、やはり、突然死でしょうか。でも、サッシ戸が開いていたところからすると、外部からの侵入、つまり殺しも捨てきれないんでしょ？」

「それは、そうなんだが。鑑識班の報告では、指紋や足跡といった形跡が、第一発見者の彼女たち以外は全くないそうなんだ」

「じゃあ、このまま捜査が打ち切りになるんですか？」

「一応、司法解剖を、明日の午前中にするようにはなっている。週末が重なったんで、少し遅れたがな。ただ、検視官の見立て以外のものが出るかどうか、あやしいもんだ」

「そうですか……。ところで、例の手記は読まれましたか？」

「今朝、読んだよ」

「で、どうでした？」

姫野が、こちらの心情を覗き込むかのように尋ねてきた。

「どうもこうも、あれは、とてもまともな内容じゃないな。彼はホラー小説でも書きたかったんじゃないのか」

「はあ……」

期待した返事ではなかったのか、彼女は気落ちした様子だった。車内は、忽ち重い雰囲気に包まれた。

「それで、そっちはどう思ったんだ。どう考えても、変だろう」

こちらが期待したのは同意だったが、違っていた。

「でも、ウソはなさそうでした。たった一日ですが、これまで調べた限りでは、誠実で前向な人のようです。信じられない気持ちは理解できますが、このコロナ禍だからこそ、真実をちゃんと伝えたかったのだと思います」

文書の書き出しは二月の初め、新型コロナの感染が国内でも広がりだした頃である。重症化して死亡者が出ていたのもあり、もしものときに遺言書やエンディング・ノートを残しておこうと、ワイドショーなんかで言われ始めていた。よって、小出氏が遺書代わりに手記を書いたのは理解できるとして、問題は、その中身である。姫野とは違って、それが本当だとは私には到底思えないのだ。むしろ虚偽、一パーセントだって、あり得ないと断言できる。

はっきり言って、小説家が書いたとしか思えない物語ふうの内容に、唖然とするしかないのだ。だが……、そのあり得ないことを追っていくほうが、この不可思議な事件の答えに辿り着くような気もする。そして、彼女が言うように、これまでのところ、全くといっていいほど変な人物像が浮かんでこないのも確かだった。

「じゃあ、百歩ゆずって仮に本当だったとして、姫野は小出氏が持っていたとする、あの特異体質を信じるのか？　本人は変な能力、変能力と呼んでいたみたいだが」

「全くのでたらめではないと思います」

「なぜそう思うんだ？」

「実は以前、似たような事件があったんです」

「似たような事件？」

「ええ……」

その事件を理解するには、まずは手記にあった本人が抱えていたという変わった体質を知っておく必要がある。信じる信じないは別として、本人にとっては重大事だった肉体的な異常、いや、変異と言ったほうが正しいだろうか、いずれにしろ、それを知ることが本件の謎を解くカギになるだろう。

それは、こんな出だしで始まっていた。尚、要約ですました箇所は、途中で注釈（以下、注）として載せている。

三

まさか、こんなにも早く遺書代わりの手記を書くとは、想像だにしなかった。それも、これが本当の遺書になるかもしれないのだ。

それは、そもそもが新型コロナの流行により、死を身近に考えるようになったからである。つまり、肯定はしかねるのだけど、社会的区分からすれば高齢者に近づいた自分の年齢からして、感染すれば重症化の可能性が高く、最悪死んでしまう可能性だってある。さらに、独り身だから想像はしたくないにしても、自宅療養中に急に悪化して、ポックリいくことだってあり得るのだ。

ある日突然、自分の意図しない日に何の準備もなく、人知れず死んでしまう。そんな最悪の最後は、絶対に避けたい。だが、万が一そうなってしまったら、あとの者が困るだろうから、せめて近況だけは書き残しておくことにした。それが、この手記を書き始めた一番の理由である。

もうひとつの理由、実はあることが原因で過去のトラウマが蘇ってしまい、近々不測の事態が起こりそうな予感がしたのである。それはひと言でいえば、ミクロの怪物、それも手に負えない恐ろしい怪物の発生を目にしてしまい、さらに、それが何億、何十億と増殖して世界へ広がっていく、いわゆるパンデミックの恐れがあるのだ。

少しまわりくどくなったのは、それが未知のウイルスだと警告したところで、医師でも学者でもない私の訴えなど、誰も相手にはしてくれないだろうし、単なる戯れごととして一笑にふされるのがオチだからだ。よって、少しは信じてもらうためには棺桶まで持っていくつもりだった私の秘密を、包み隠さず打ち明けるしかないだろう。それも、なかなか信じてはもらえないことだが。

実は、私には母親以外、父親や兄弟、親戚を始め、友だちや付き合っていた彼女にも話していない秘密がある。その秘密を、ここで正直に告白する。

それは生まれつきだろうか、私には普通にはあり得ない変な能力がある。全てではないにしても、病原体、中でもウイルスだけが、なぜか巨大化して見えるのである。平均すれば一〇年前後のスパンで不定期ではあるにしろ、何かの拍子に電子顕微鏡でしかとらえられない超ミクロの姿が、何万倍、ときに何十万倍といった大きさで眼前に出現するのである。とはいっても、もともとが一万分の一ミリほどの微小なサイズというのもあり、拡大してもせいぜい爪先ほどの大きさではあるが。それでも子供だったせいか、最初に現れたそれは、手のひらサイズの奇っ怪な宇宙生物にも見えたものだ。

思い出すのもおぞましいが、今から五〇余年ほど前、小学三年生だった私は自宅から徒歩一〇分ほどのS小学校へ通っていた。どこにでもある普通の小学校だったのに、新学期が始まってすぐ、学校給食が原因で集団食中毒が発生してしまった。さらに最悪なのは、重大疾病のひとつ赤痢が流行ったのだ。

感染者は全校生徒と教職員を含めた、数百名。患者の多さから市内の病院だけでは対応できず、小学校自体が簡易病院となり、そこへ多くが入院する羽目になった。

ずいぶん昔のこと故、記憶は曖昧になってはいるものの、確か、家の近くまでマイクロバスが迎えに来て、私も連れて行かれたのを覚えている。そして、学校では各教室の板張りに持参した布団を敷き、ほかの患者二〇人あまりと三週間ほどを過ごした。中には先生や他学年の生徒も混じっていたと思う。

両親は共稼ぎだったので頻繁には来てもらえず、代わりに祖母が何度も見舞いに来てくれた。差し入れのプラモデルをつくったり、漫画を読んだりしながら、しばらくは自分が感染者という意識も自覚症状もなく、何かのお泊まり会みたいな感覚で楽しかったのだろう。元気に廊下を走り回っていた記憶がある。だからか、汗だくで受けた午後の検温は少し高くなってしまい、そのせいなのか、なかなか退院できずにいた。そんなとき、周りで囁かれる悪い噂を耳にした。

病状が回復せず、ほかの病院（M医院）に転院でもしたら、もう生きては帰れない――と。それが本当かどうかは知るよしもなかったが、誰とはなしに、噂はまことしやかに語られていた。今から思えば、都市伝説の類いだったにしても、当時はそんな言葉も疑いもなく、子供たちを震え上がらせるには十分だった。

それまで楽しかった学校でのお泊まり生活が、それからというもの一変してしまった。もう、廊下を走り回ることもなく、布団という隠れ蓑（みの）のなかで、びくびくしながら日々を過ごすようになった。そして、トイレに行ったとき、ミクロの異形たちが突然、目の前に現れるのである。

当時のことを思い巡らしていると、忘れてしまっていた小学校のトイレの情景がずいぶん蘇ってきた。恐らくはトイレなどとは言わず、大小便をするところだから便所と呼んでいたと思う。それはともかく、校舎から短い渡り廊下を進んで西端の別棟に、薄暗く寂しげなトイレがあった。手前が男子用、奥が女子用になっており、男子は左手に小便器、右手に五つほどの大便用の個室が連なっていた。

用を足すときは、トイレ用の木製サンダルに履き替えたような記憶がある。それから、印象的だったのは、何といっても鼻をつく白濁した消毒液。トイレのコンクリートの床や壁のあちこちに白い溜まりができるほど消毒液がまかれ、いつ行っても慣れない独特の薬品臭に、顔をゆがめて鼻をつまんだものだ。

その頃は、洋式の水洗ではなく和便器だったので、糞尿の貯蔵タンクから逆流してきた臭いが、トイレ内に漂っていた。消毒液はウジの発生を防ぐためだけではなく、その臭いを打ち消す役割もあったのだろう。また、ここは記憶がはっきりしないのだが、糞便は肥だめふうに和便器の下に溜まっていたような気がする。

便槽には、産み捨てられた赤ん坊の骨が浮かんでいる――。当時、そんな噂に怯えていたのもあり、用を足す前には便器の下を怖々のぞいた記憶もある。それが単なる噂だったかどうかはさておき、トイレに行くのは、あまり気持ちのいいものではなかった。よって、その日の午後もひとりというのもあり、私はビクビク怯えながらトイレに行った。

小用を足して戻ろうとしたときだった。どこからか、何かが言っているような変な物音がしてきた。カサカサと、決して心地よい音ではなく、肌寒さを覚えながら耳を澄ましていると、音の出先は後ろにある個室のひとつからだった。

どれも未使用らしく木製の扉は薄く開いており、音のするほうを恐る恐る覗き込んでみた。すると、手のひらサイズの不気味な何かが動き回っていた。色は灰色っぽく、クモみたいな複数の足で動き、細い胴体と角張った鐘みたいな頭をしている。それが何匹も、ちょこまかと狭い個室の中を動き回っていた。中には鉛筆並みの細い胴体に、やはりクモの足をつけたような短足・胴長のものもいた。

そんな、子供には火星生物にも思えた一匹が、ひょいと扉から這い出ようとした。私は身の危険を感じ、思わず悲鳴をあげながら、脱兎のごとくその場から走り去った。そして、教室に着くなり、自分の布団に潜り込み、ガタガタと震えていた。それでも、その日の午後の検温は、若干高めだった。

自分が見たものの正体がわからず、それからというもの、ひとりでトイレに行くのが恐くなった。特に大便のほうは大変だった。我慢してパンツでも汚したら、周りから一生笑われてしまう。もう、戦々恐々だった。

トイレに行くと個室を隅々までなめるように調べ、怖々と便器のなかも覗き込み、やつらが居ないのを確認して、さっと用を足す。それ以来、早便が特技になった。それは別として、先生に話したくても到底信じてはくれないだろうし、騒ぎを起こして悪童と見なされれば、死が待つ噂の病院へ移されてしまい、二度と帰ってはこられないだろう。だから、誰にも打ち明けられずにいた。そして、悶々としている間に、運良く退院が決まった。

消毒液が効いていたのか、結局、入院中に一度しか見なかったその正体が、大腸菌に取り付くバクテリア・ファージ（細菌を食べる）T—4と、赤痢をもたらすバクテリア・ファージH—19Bだとわかったのは、ずっとあとのことである。さらに、私に微小のウイルスが拡大されて可視化できる能力があると気づいたのも、ずっとあとの大人になってからだった。

（注）一般的に、手記は自分の生い立ちから書き始めるものだと思う。だとしたら、小出氏の年齢からして五〇年以上も前の記憶など、あやふやになっているだろうし、子供だったからこそ、想像力が膨らんで異様なものを創りだしたのだろう。だが、それを単に子供の想像が生んだ産物だと片づけのは、まだ早かった。その続きがあった。

今でこそ認識できるようになった変能力の二度目の発生は、二〇代の後半だった。

当時、私はある大手信販会社に就職して五年目で、二度の転勤を経て大分支店で働いていた。

新人の頃は上司に肩を揉まされたり、今だったらパワハラまがいなこともされながら、同期より出世は若干遅れたものの、そのときには係長になっており、中間管理職としてまじめに職責を果たしていた。ただ、日曜出勤や残業ばかりの毎日に、疲労やストレスがたまりにたまっていたのも確かだ。肉体的にも精神的にも限界を通り越し、子供時代の恐ろしい体験を思い出すゆとりもなかった。

仕事の息抜きは、たまの連休に車で実家へ帰ること。バブルの真っ只中というのもあってか、会社の業績はよく、給料やボーナスも右肩上がりだった。おかげで、トヨタの人気車ソアラ２５００ＧＴを現金で買い、勝ち組気分で乗り回していた。

実家へは仕事がはけてから夜の一〇時頃、西の有明海側にあるＯ市に向けて大分を発つ。少々カゼ気味でも帰省した。熱があっても、母親の手料理を食べ、ゆっくり休養すれば治りも早いというものだ。

大分、熊本の両県をまたぐ久住（くじゅう）連山の険しい山道をひたすら走り、通常なら到着までは四時間あまり。だが、一〇月の中頃、その日はカゼ気味だったうえに、予期せぬ事故が起こってしまった。

ただでさえ、夜の山道は恐ろしい。山渓険しく森深ければ、尚さらである。山道の片側は多くが崖か急斜面だし、森には――その存在を信じなくても――、ものの怪や妖霊の類いが夜な夜な彷徨っていそうでもある。さらに、山道を進んで幾つものカーブを曲がるたびに、ヘッドライトに何かが現れそうだし、バックミラーにも不気味な人影が映りそうでもある。

実際、飛び出してきたタヌキを轢いたのは二カ月ほど前の、やはりこの山道の途中だった。轢かないまでも、タヌキ以外にも道路を横切るイノシシや瓜坊を見かけるのは、決して珍しくはない。昼間でも驚くのに、夜中なら不審物への認識が遅くなり、恐怖が先に立つものである。暗闇から何かが飛び出てきそうで、緊張から背筋が薄ら寒くなって凝り固まってしまう。

もっとも、冷静に考えれば、高度が上がるほどに気温は下がるものだから、標高一〇〇〇メートル近くの真夜中の山道を走れば、寒く感じるのは当たり前ではあるが。

それはさておき、対向車も少ない人里離れた夜道をひとり走る恐怖から、体の筋肉が硬直していたのだろう。ハンドルを潰さんばかりに握りしめ、さらに足の筋肉にも力が入っていたせいで、ついアクセルを踏み込みすぎていた。そのときは、気づかぬ間に車内への送風も冷たくなっていた。そのせいだろう、カーブに差し掛かったところで、ついクシャミをしてしまった。そのとき、ほこりを丸めたような灰色のものが、幾つも宙を舞った。

最初はそれが何だかわからず、それでも自分の体内から出てきた薄汚れた異物に、困惑が広がった。それがカゼのウイルスだとわかったのは、もっとあとのことだ。

体内から吐き出された異物に気を取られているところに、今度は黒猫らしき動物が急に飛び出してきた。とっさに避けようと、急ブレーキを踏んだのがまずかった。ハンドルを持って行かれ、車のコントロールを失ってしまった。

悪いことは重なるもので、それまであった左手のガードレールが、カーブ手前から途絶えてしまっていた。手抜き工事だと怒ったところで、どうなるものでもなかった。スピードは、体感的には六〇キロ以上は出ていただろう。車は左に大きくぶれ、崖から宙に飛んで、闇の中を落ちていった。

車はそのまま樹林に突っ込んで、大破。シートベルトをしていなかったら、即死、もしくは大ケガを負っていただろう。

さすがに、ぶつかった瞬間は目を閉じており、目を開けたときには、体が若干前のめりになっていた。樹木の太い幹元に、フロントバンパーから突っ込んでいた。

途方に暮れていると、ふと、クシャミとともに吐き出した異物を思い出した。が、そのときはもう、それらは跡形もなく消えさっていた。そういえば、車を購入して以来、ほとんど室内の掃除はやったことがない。恐らくは、ダッシュボードあたりに溜まった埃が、クシャミとともに舞い上がったのだろうと、気が動転していたのもあり、そんな安易な理由で納得した。

ドアは開いたので外に出て、落ちた崖を見上げてみた。高さは五メートルは優にあり、急に足がすくんだ。ただ、ほぼ満月だったのが幸いした。

湿気った程度の崖を何とか登り切り、近くをうろついていると、周りの風景に何だか見覚えがあった。気づいたときには、体に思わず悪寒が走った。そこは以前、タヌキを轢いた場所だったのだ。その同じところで事故を起こすとは、タヌキの祟りなのか、と思わないでもなかった。

恐怖でパニックになりそうなのを堪えながら付近を歩いていると、五〇メートルほど行ったところに、運良く車の修理工場があった。

深夜ながらも玄関ドアをノックして助けを求めると、四〇歳くらいのオーナーが出てきた。事情を話すと深夜のひとり相撲に同情をしてくれ、親切にもレッカー車で車を引き上げてくれた。

再び道路に戻った愛車は、見るも無惨な姿になっていた。まるで、フランケンシュタインの怪物である。それでも、厚いバンパーとフロントの長い鼻先のお陰で、エンジンまでは破損を免れており、どうにか、そのまま運転して戻ることができた。

大分に着く頃には空も白み始めており、すれちがうドライバーからの奇異な眼差しに、恥ずかしいやら情けないやら、まさに穴があったら入りたいという気分だった。そのせいだろう、クシャミとともに飛び出たものが何だったかは、事故の嫌な思い出を封印したかったのもあり、いつしか心の奥底に仕舞い込んでいた。

(注) 大人になっての告白、それも社会人になっての告白は、いくらなんでも、そのまま鵜呑みにはできなかった。小出氏は作り話が好きなのか、それとも妄想癖でもあったの

か。実際の人物像を知るためにも、幾ぶん不審がりながらも読み進めていった。

このあとは、交際相手のことや、会社を辞めてアメリカへ留学するに至った経緯や理由が書いてあったが、本件を推察するには不可欠ではないと思われ、かなりの部分を割愛した。ただ、本人の目標達成への努力、たとえば少ない自由時間をやりくりして英会話教室に通ったり、たとえば眠る時間を削って履修分野を独学で予習していたことなどは、本人のまじめな性格の一端を窺い知ることができた。

世間での社会的地位や生活には困らない年収、そして右肩上がりの会社での将来性。続ければ支店長や所長、課長や部長といった出世の可能性もあったなかで、年齢が三〇歳になろうとしていたのもあり、安定軌道に乗ってきた日々と決別するのは大いに悩んだらしい。加えて、付き合いの長い恋人の存在も、決心を鈍らせたと吐露してあった。

そのような逡巡は、渡航費用の支払い期日の締め切り間近まで続いていたようだ。後の不可解な出来事が、本人のいう変わった能力と関係があるのかどうかは判断がつかないにしても、不思議な運命に導かれていたというのは確かなようである。ここで、それを要約して紹介しておく。

二年間の留学費用は、いかほど必要なのだろうか。本人はステップアップのためにアメリカの大学で修士課程を受けたかったらしく、何とか一五〇〇万円は貯めたようだ。それでも、まだ片言でしかなかった語学力を鑑みれば、滞在は三年に及ぶかもしれず、そうなったら、追加分の支出を考えると心許ない金額ではある。そこで、車を処分して費用の足しにしようと考えたのは、至極もっともであった。

鼻先が潰れた車は、車両保険を利用して元の姿に戻っており、人気車ゆえに最低一五〇万円の値がつくはずだった。

それでも本人は、なかなか車を手放す踏ん切りがつかず、マリッジブルーみたいな感情が芽生えたのか、急に車を売るのをためらったらしい。そして、支払い期限が迫った週末、ぐずぐずしている間に、不運にも台風がやって来てしまった。そのときになって、やっと決心を固め、「必ず行くから、外れてくれ」と無神教ながらも心底祈ったらしい。が、願いも空しく、台風は大分を直撃して万事休す。ところが、土曜日は暴風雨だったにもかかわらず、日曜日は奇跡的に快晴となった。なんと、運良く地域一帯が、台風の目に入ってくれたのだ。おかげで、中古車販売店は閉店にはならず、無事に車を売却できたとのことだった。

事故車だったので期待したほどの値はつかなかったにしろ、それでも一〇〇万円にはなり、期日までには渡航費の支払いを終えることができたのである。

さて、本件を理解するには、本人の言う変能力が単なる妄想ではなく、本当は何なのかを知る必要がある。本人が、それに気づいた切っ掛けが実は渡米してからだったので、次にその部分の手記を幾つか紹介しておく。

四

変能力の三度目が起こったのは、日本を飛び立ち、カリフォルニア州のサンフランシスコ国際空港に着いたときだった。その一週間ほど前、一帯はマグニチュード七・一の大地震に襲われており、空港施設の所々にひび割れが散見され、被災の生々しい傷跡が通路沿いの壁にも残っていた。

国際線から国内線へ乗り換えるため、私は長い通路を進んで待合所に移動し（確か、動く歩道にのったような気がする）、横並びのイスのひとつに座っていた。対面にはふくよかな白人の中年女性が座っており、その彼女が突然、周りに響き渡るような大きなクシャミをした。すぐに近くの誰かが、「ブレス　ユー（お大事に）」と声をかけた。

場所をはばかることなく爆音並みのクシャミをするのも驚きだが、それは一回では終わらなかった。ハンカチや手のひらで口元を覆うでもなく爆音が再び繰り返され、大量の唾があたりに飛び散った。そのとき、彼女の口からは同時に、薄汚れた繭(まゆ)のようなものが何十個とあたりに舞い飛んだのが見えた。どんよりした色の外面は糸くずみたいなもので覆われており、ざわざわと蠢(うごめ)いているのがわかるほどである。

それらは冷気にでも覆われているのか、ドライアイスみたいに浮遊していき、周りの客の鼻孔や口に吸い込まれていった。こちらにも漂ってきたので、慌てて手で払いのけた。

このとき、日本の山道で起こした自動車事故の様子が、フラッシュバックした。あのとき、クシャミとともに飛び出た丸っぽい埃のような異物は、形はちがっても両方ともクシャミを伴っているところからして、実はカゼのウイルスではなかったのか。だとしたら、なぜ、そんなものが見えるのか。今回の大きさは小さめの繭か、ピーナツの殻くらいだ。本当にウイルスなら、なぜそんな微小なものが拡大されて見えるのだろうか。

初めての外国、見知らぬ土地と見知らぬ人々のなかで、ただでさえ神経過敏になっているのに、私はひとり戸惑い混乱するばかりだった。そのうえ、心の奥底に眠っていた子供の頃の記憶も蘇っていた。

小学校のトイレで見たあの奇っ怪なもの、あれもウイルスの一種ではなかったのか。そうであるなら、そんな微小なものを見るのは今回で三度目になる。それはもう、単なる偶然ではなく、己が持つ特殊能力ではないのか。そんな意識が、このとき初めて芽生えたのだった。

実際、それを証明するように、ホストファミリー宅に滞在して一週間後に、ひどいカゼのような症状が現れ、寝込んでしまった。空港の待合所で感染しないようにと確かに手で払ったものの、少しはウイルスを吸い込んでしまったのだろう。体内での潜伏期間を鑑みれば、一週間は発症までの妥当な時間だったのかもしれない。

その症状は、発熱、咳、倦怠感とカゼとは似ているにしても、加えて幻覚を見ているような、まるでリング上でボクサーと戦っているような夢心地で、やはり日本のカゼとは異なる感覚があった。

新生活が始まってまもなく、かなり気を張っていたのだろう。日本男子はアメリカのカゼなんかに負けはしない――という意固地な思いから、もう朧（ろう）とする意識のなかで咳とともに再び現れた繭（まゆ）状のウイルス相手に、ロッキー（ボクサー）にでもなった気分でエアパンチを繰り出していた。

その後、ホストマザーが勧めた蜜のように甘い子供用のシロップ（飲み薬）のおかげで、医者にかかることもなく、三日ほどで回復できた。

ただ、あとでわかったのだが、ウイルスが見えるという能力は自分の意志によって起こるものではなく、突然、予兆もなく現れるものだった。それに、見えるというだけで、何の役にも立たないのである。

それでも、気づいた当初は有効利用しようと、少しは努力をした。その結果として後に判明したのは、女性のクシャミとともに出てきたそれは、アメリカで俗にいうフルー、正式にはA型インフルエンザのウイルスそのものだった。
（注）その後は、ホストファミリーとの思い出や、語学力アップをかねて、ネブラスカ州

の小学校で日本語教師として授業を受け持ったことなどが書いてあった。ここも割愛するとして、子供たちとのふれ合いがよほど楽しかったのだろう、教育を通して人を育てるという喜びに日々目覚めていったようだ。そして、長年の夢だった大学での生活。ここでも、様々な国の留学生との交流を通して視野が一層広がり、日本を俯瞰(ふかん)して見られるようになったと、外国生活でのメリットを述べている。

予定外だったのは、自分の持つ変わった能力に気づいてからは、ウイルスへの関心が一気に高まり、その方面の勉強にも時間を費やしていく。何でも、籍を置く大学にはその手の科目がなく、近くの州立大学まで聴講生として通ったとのこと。単位は取得できないにしても、そのぶん授業料は半額ですむという利点もあり、バイオロジーやウイルス学を中心に、幾つかの関連科目を夏期講座にも参加して学んだらしい。突然現れる異様なものが、実際のウイルスと同じものかどうかを確かめるのが目的だったとあった。

その結果、資料にあった電子顕微鏡で撮られた写真と自分が見たものとは、ほぼ同じなのがわかった。だが、専門用語の難しさもあり、ウイルスの種類を覚えるので手一杯だったらしい。

それから、プランにはなかった健康診断。自分の特殊な能力がなぜ起こるのか、まずは基礎的な検査をしてみれば何らかの手がかりが掴めると思ったらしく、加えて眼球・眼底検査も受けてみた。単に幻覚が現れているだけなのか、もし、そうであるなら原因は何かを知りたかったとも記している。加えて、生まれつきなら遺伝子検査も受けようとまで考えたが、衆知の通り、アメリカの医療費は高額であり、それはさすがに諦めた。

しかし、それは健康診断でも同じだった。一回で数百ドルという費用となり、請求書を受け取ったときは、目が飛び出るほど驚いたと正直な感想が述べてあった。

聴講費や健康診断など、そんな予定外の出費も重なったせいで、手持ち資金が底をついてしまった。そこで泣く泣く帰国するはめになったと、残念な思いが認められていた。

その予定外の出費に関して、興味深いエピソードが幾つかあったので、ここで要約をまじえて紹介をしておく。それらは一見バラバラの出来事ではあるにしても、通して読むと不思議と必然的な結果へとつながっていく。

まずは、順調だったホストファミリーとの生活が、ある事件をきっかけに崩れ去ってしまうくだりからである。

小出氏が滞在していたのは、白人の四〇代夫婦と三人の子供がいる、当時では典型的なアメリカの中流家庭だった。典型的というのは、都市の郊外に一軒家を持ち、自動車を二台保有が一般的だったからである。それから、この国では珍しくはないのだが、家族間でも互いをファーストネーム（名前）で呼んだりする。兄弟（姉妹）間は言うまでもなく、親子間でもそうである。

それは端的にいえば、神のもとでは人間は平等であり、親子間であっても上下関係はないという宗教上の理由かららしい。それは子供の躾にも通じるところがあって、たとえば兄弟ゲンカをしたときなどは、とことん互いの正当性を主張させ、どちらの言い分が正しいかは親がジャッジする。弟の言い分が通れば、兄でも審判に従わなければならない。それは、力や暴力には頼らない賢い解決法だと思われる。

また、親子間でも、それぞれの生活を尊重するという考えが根底にあり、週末は夫婦の日に、そして日曜は家族の日にあてる。よって、週末は小出氏が子供たちのベビーシッター役として、度々家に残った。

以上のような記載は、次に起こる出来事への理解を容易にしてくれる。それは、週末に夫婦が映画に出かけた夜に起こるのである。

初夏の夕方、残った全員で母親が作り置きしていた夕食（チキンソテーだったと記憶する）をすませ、二階のファミリールームで内容までは忘れたが、確かディズニーのアニメーションを見ていた。

九時になり、長男がベッドにいく時間だと、弟たちに諭し始めた。甘えたい盛りの三男は、まだ見足らないらしくて、ひとりぐずっていた。そのとき、一匹の蚊が室内に入ってきた。家の中ではめったに蚊を見ることもなかったので、私はそちらに気を取られていた。

三男といえば、願いが聞き入れられずに機嫌を損ねたらしく、手にしたポップコーンをあたりにまき散らし、仕舞いには喚き始めた。長男と二男はお手上げといったふうだった。

タイミング悪く、ちょうど蚊が三男の頭にとまった。するとほどなく、そのストレートの金髪の隙間から、丸い粒々のものが数珠つなぎで現れてきた。それがウイルスだという確信はなかったにしろ、それまで見たものと単体の形状は似ており、疑いは濃厚だった。

蚊に刺されて、何かの病気になったら大変である。それで、私はとっさに手が出て、三男の頭をはたいていた。

それを三男は叱られたと勘違いしたのか、それとも突然の平手に驚いたのか、大声で泣き始めてしまった。まるで、『自分には落ち度がない』とでも自己主張をするように、激しく。

ほかのふたりは、『これはまずい』とでも言いたげな表情をしており、いつしか、はたいたは、叩(たた)いたに拡大解釈されていた。それは夫婦が戻ってきてから、ちゃんと子供たちから報告され、三男の泣きはらした顔からして、はたいたは更にレベルアップして、児童虐待並みにまでなってしまった。

（注）まだ十分ではない会話力では真意も通じず、小出氏の行為を子供への暴力ととった

両親は、とうてい許容ができなかった。何せ、最初に述べたように、子供同士のゲンカでさえ話し合いで解決を計る教育方針である。

結局、この件が原因で、小出氏は家を出るはめになった。ちなみに、小出氏が後日のニュース報道によって知ったところによると、頭から出たものは、やはり蚊が媒体するウイルスのようだった。それも後に、テキサスで二八〇名あまりの死者を出した西ナイル・ウイルスの姿形と、かなり類似していたと述べてあった。それが当たっていたのなら、子供の命を救ったことになり、もっと早くにわかっていたなら、ホームステイもつづけられていただろう。そして、一度のつまずきは、階段落ちにも似て途中では止まらずに、さらに二段、三段と落ちていくのである。

さて、一年足らずで最初の滞在先を離れた小出氏は、次に通い始めた大学の教授宅に住むようになる。その経過は長くなるので簡略化するとして、地理学が専門の教授は妻とは離婚、息子はすでに独立しており、ひとり暮らしが長くて寂しかったのだろう。学生の下宿人を探していたところに、たまたま小出氏がヒットしたのである。

当初は、ふたりでの生活もうまくいっていたらしい。大学への送り迎え、一緒の食事など、教授は家庭での団らんが恋しかったらしく、いつもファミリーのような蜜な関係を求めてきた。それは小出氏にとっては少々重たく、徐々に避けるようになると、教授は寂しくなったのか、今度は同大学のマシュマロマン似の女子大生と半同棲を始めてしまった。

小さな大学というのもあって、噂はすぐに広まり、クラスでは単位ほしさという話が真しやかに飛び交っていた。が、その真意はわからなかった。

ふたりの関係は一カ月足らずで破局を迎え、彼女が家を出ていくと、教授は今度は子犬を飼い始めた。小型犬ながら、ディノ（恐竜の意）という勇ましい名に負けないくらい、よく吠える犬だった。次はこの子犬が事件を起こす。


私は早めに夕食をとり、半地下にある自室で備え付けの白黒テレビを見ながら、ベッドの上でくつろいでいた。使い古した感じのこの部屋は、玄関周りの芝生より若干高い位置に窓があり、そこから陽光は入ってくるので、室内はそれほど暗くはなかった。ついでに説明を付け加えておくと、これと似たような部屋や地下室は、頻発するトルネード（竜巻）の避難場所（シェルター）として、この一帯では珍しくなかった。

上の階のリビングからは教授の耳でも遠くなったのか、テレビの大音量が鳴り響いていた。音を下げてもらおうと部屋を出て、階段を上ろうとしたときだった。上の踊り場に、突然ディノが現れ、私の顔を見るなり、狂ったように吠え始めた。それまで懐いていたのに凄まじい形相で、歯は剥き出しである。さらに敵意もありありの姿に、手を差し出して近づいていく勇気はなかった。

階下で躊躇っていると、ディノの口から唾とともに、何百発もの弾丸のようなものが飛び出してきた。まるで、ギャングがぶっ放すマシンガンである。

身の危険を感じて、急いでその場を逃れ自室に戻った。そのときは気が動転していたのもあり、ディノは単にテレビの音に興奮して吠えたのだろうと、自らを納得させた。

翌朝になると、なぜかその姿がなかった。教授いわく、「可愛い子犬故に、誰かが誘拐したのだろう」とのことだった。

果たして、ディノが吐き出したものとは何だったのか。その答えがわかったのは、これもウイルス学の聴講生になってからである。

その特徴ある弾丸みたいな形状は、発症すれば致死率一〇〇パーセントの恐ろしい狂犬病のウイルスだった。もし、罹患していれば、私もディノみたいに唾を飛ばしながら、荒々しく吠えまくっていたかもしれない。

確認すればよかったのだが、恐らくは教授がその予防接種を怠っていたのだろう。ついでに言っておくと、子犬の誘拐説には私は懐疑的だった。というのも、翌日の早朝、教授は車でどこかへ出かけており、恐らくは狂った愛犬を近くの森にでも厄介払いしたのだろう。

その件が起こってからほどなくして、私は教授宅を出て、大学近くのアパートに移った。尚、教授がディノに噛まれたかどうかは定かではない。

（注）小出氏の説明によると、二階建てが多い付近のアパートは、間取りが日本のようにひとり人暮らし用の１Ｋではなく、家族連れや複数人でシェアを前提とした２ＬＫや３ＬＫの間取りが多かったらしい。家賃が六万〜八万（円）にしても学生同士でシェアすれば、ひとりあたりの負担はたかが知れている。

同氏も、そう思って借りたものの、すぐにはシェアする相手が見つからなく、出費がかさんでいく。そして、また騒動が起こるのである。その展開も、この件と関係があると思われ、そのまま手記から紹介しておく。

ルームメイトが見つかるより早く、対面にある空き部屋に引っ越してきたのは、同大学の男性ふたりだった。フィリピン人のフィリップと黒人のマイケルである。私の通う大学は小さな大学であり、フィリップとは話したことはないが顔は知っていた。なにせ、ほかの彼の仲間とちがい、色白でモデルふうの外見から、女性にはモテるだろうという印象を持っていた。

マイケルのほうは会ったことがなく、部屋をシェアするには珍しい組み合わせだと気にはなっていた。それ以上は詮索せずにいたら、三カ月ほどが経った頃、突然、ドア越しに怒鳴り合う声が響き渡った。大ゲンカの始まりである。

ドタン、バタンと取っ組み合いのケンカだとわかるくらい、物音がひどかった。同大学の生徒でアパートのお隣さんとはいえ、訪問して仲裁に入るのは躊躇いがあった。というのも、この州では銃の購入や保持がそれほど難しくはなく、そのせいか、先々月も近郊にある他校の大学寮で、発砲事件があったばかりだからだ。

　そういう訳で、ドア越しに聞き耳を立てていると、その間に誰かが通報したのだろう。ほどなくして、パトカーと救急車がやって来た。救急車とは大事であり、様子を見に表に出てみたら、ナイフで尻を刺されたフィリップが、担架で運ばれていくところだった。驚いたことに、そのとき、口周りに小さな顆粒状のものがくっ付いているのが垣間見えた。続いて、泣きじゃくって興奮ぎみのマイケルが後ろ手に手錠をかけられたまま、警官に連れられパトカーで連行されていった。

　後日、大学のカフェテリアに寄った際にフィリップの仲間内から聞いた話によると、ふたりはゲイカップルであり、マイケルが浮気をしたフィリップに逆上して、ナイフで彼の尻を刺したらしかった（彼は、女性というより男性に人気があったようだ）。緊急時の連絡９１１は、フィリップ自らが電話したとのことだった。

　ところで、私が目撃した顆粒状のものは、やはりウイルスだった。それがわかったのはたまたま履修していた社会学に、その病気を扱ったチャプターがあったからだ。それは当時、社会問題にもなっていたエイズ感染だった。感染経路として、同性愛者のアナルセックスや麻薬の静脈注射、さらに母子感染が紹介してあった。

その項目の参考写真でわかったのだが、フィリップの口周りについていた粒々は、またもや拡大されて現れた人免疫不全ウイルス（ＨＩＶ）だった。

事件のあと、アパートの部屋は空室になり、その後もふたりを同大学内で見かけることはなかった。この病気は感染して発症するまで数年余りかかるため、フィリップの免疫細胞の一種であるＴ細胞がウイルスのせいで破壊されて機能しなくなり、何らかの重篤な感染症、所謂エイズになったかどうかは不明である。

余談になるが、このとき小学生の記憶が蘇ってしまった。確か、あれは学校でのギョウ虫検査だったか、幼い尻に細長いガラス棒を突っ込まれたことがあった。ボールペンほどの太さで、腸を突き上げるような痛さに二度とゴメンだった。それよりも大きな一物を挿入するとは、考えただけでも脂汗がでる。他人の愛情表現に興味はないが、そんな痛い思いをするのなら、今後も普通に女性を愛していたいものだ。感染して失命する恐れがあるのに、そこまでして快楽（愛情？）を求めるとは、多様性を理解するのは何と難しいことか。

（注）この一件で、小出氏は、アメリカの多様性の複雑さを垣間見た感想を述べている。また、これらの経験から、ひとつの結論を得る。ウイルスが見えるのは、主に不安を抱えたり、ショックを受けたときであり、そして、それはやはり突然であって、自分の意志で

はコントロールできないものだと。

以上が、小出氏のアメリカ滞在を、掻い摘んで紹介したものである。同氏のいう特殊能力を信じる信じないは別として、当人にとっては誇れるというより、かなり切実な問題だったのは間違いないようだ。

なるべく詳細を紹介したのは、繰り返すが、同氏の人間性を知ってもらいたかったからである。これで少しは、彼が異常者や不審者の類いではないと理解できたと思う。

あとで後半だけを読めば、そう誤解されても致し方ないにしろ、奇をてらった人物ではないのを事前にわかっていてほしかったのだ。正直言えば、姫野の意見を聞くまでは、ウイルスが見えるなんて半信半疑、いや懐疑的だった。だから、三カ月にしろ、滞米経験のある彼女に、記述について不審な点がないかを聞きたかったのだ。

本人曰く、小出氏とは全く異なる体験――ロス市警での短期研修――だったにしても、やはり似たような典型的なアメリカン・ファミリーと暮らしており、小出氏の話に特段不自然さはないとの感想だった。そして、このときに話してくれた研修中の出来事が、私には驚愕ものだった。

先に進む前に、その内容を次に紹介しておく。そうすれば、まだ小出氏に不審な感情を抱いたままの人にも、同氏の変わった体質への疑いがずいぶん晴れるだろう。もっとも、その手の話を初めて聞く人には私同様、頭痛と混乱をもたらすだけかもしれないが。

五

「確か、姫野はアメリカの警察で働いた経験があるんだよな」

「働くというか、大学三年のときにインターンシップ制度を利用して、ＬＡＰＤ、つまりロス市警の殺人課で、三カ月ほど研修を受けてきました」

「英語はどうしたんだ？　少しはしゃべれたのか？」

「ええ、小学校から授業でやってましたし、習い事でも英会話スクールに通っていたので、少しは。でも、実際のネイティブの喋るスピードは、とても速くて、最初はなかなか聞き取れませんでした」

　そうだった、今は小学生でも学校で英語を習っているんだった。子供がいなかった身としては、教育への関心が、すっかり薄れてしまっていた。ましてや、海外生活の経験がない身としては、それに関連するような語彙も頭になかった。

「ネイティブって何だ？」

「その国で生まれ育った人のことです」

「そうか。でも、そもそも何で興味をもったんだ、われわれ警察の仕事に？」

「ここだけの話ですが、中学生のときに女性刑事が活躍するテレビドラマを見て、カッコイイなって憧れたんです」

「そういう理由なのか。それで、どうだったんだ、あっちのやり口は。少しはためになったのか？」

「もちろんです。最初にブリーフィング、つまり、事前説明を受けてから、早速ふたりひと組のパトロールに同行させてもらいました。夏だったので、半袖の制服を揃えてもらい、制帽もかぶって気分は完全に警察官（コップ）でした。でも、防弾チョッキも着せられ、緊張感がハンパなかったです。そして、スタンガンの使用方法まで習ってから、いよいよ出動です。パトカーの後ろの席に座ったのですが、いきなり運転席と助手席の間に、ショットガンが立て掛けられてあったので、銃の本場は凄いなって、思わず息をのんだのを覚えています。いっぺんに、学生気分がふっとんでしまいました」

　当時を思い出したのだろう、その目に緊張感が浮かんだようだった。

「車内には、次々と無線が入ってきて、全部はキャッチできませんでしたが、それでも、ケンカ、麻薬がらみ、殺人、事故まで、ひっきりなしでした」

「本職でも新米なら怖じ気づくだろうに、学生でいきなりとは、さすがに恐かっただろうな」

「ええ、でも、憧れの女性刑事を励みに、必死についていきました。一度、若い黒人同士のケンカがあったのですが、その仲裁を手伝ったことで、周りが私を仲間とみなしてくれるようになりました。もっとも、逃げようとした若者を止めようとして、体当たりをしたまではよかったのですが、逆に飛ばされてしまいました。でも、ナイス　トライとほめてくれました」

初めての体験は今では些細なことでも、本人にとっては大切な思い出なのだろう。マスク越しでも、姫野の顔がゆるんだふうだった。

「それで、殺人現場なんかにも行ったのか？」

刑事としては、あちらのやり方には、やはり興味がわいた。

「はい。ダウンタウンでギャング同士の抗争があり、三人が射殺される事件がありました。その事件現場に行ったまでは良かったのですが、血の臭いを嗅いで急に吐き気に襲われ、まったく研修になりませんでした。周りに迷惑がかからないように、車内で休ませてもらいました。やっぱり、現実はドラマとはちがいますね。自分ながら、情けなかったです」

「そりゃそうだろう。生身の人間が殺されるんだ。出血は色だけではなく臭いも伴うし、テレビなら番組が終われば死人は起きあがるが、実際は本当におだぶつだからな」

元気づけようと冗談のつもりで言ったが、あまり受けなかったのだろう。その表情は、何だか戸惑っているふうだった。

「おだぶつ？」

若者には、もう死語なのか？　世代間ギャップを感じた。

「死ぬことだよ」

「そうですか」と姫野は話をつづけた。

「周りと打ち解けていくと、そのうち、ミーティングにも参加させてもらえるようになったんです。おかげで、各事件の概略も聞けるようになりました。今では電子ボードを使うところもあるようですが、当時はまだ、ホワイトボードに色々書いたり顔写真を貼ったりしてました。実はそのなかに、奇妙な事件があったんです。日本では馴染みがないうえに、あちらでも複雑すぎる内容だったらしいのですが。いずれにしろ、その件に関する知識が乏しかったのもあり、難解すぎて理解するまでが大変でした」

俄然、私は興味を引かれた。

「それは、どんな事件だったんだ？」

「その件があったからこそ、小出さんの一件がどうにか理解できたのです」

「何だって？　彼と似たような事件が、あっちでもあったのか？」

「もちろん内容は違いますが、類似点がありました」

私はかなり興奮ぎみになり、もう、運転どころではなかった。ちょうど、市内の一番広い公園にさしかかったので、駐車場に車を停めた。周囲を一望したところ、あたりに車が数台あるのみである。クーラーの送風音が静かに響くなか、じきに、姫野が過去を思い出すように話し始めた。

「あれは……」

その口から語られた驚くべき事件とは、およそ次のようなものだった。


六〇代の男性カップルと同じく六〇代の女性カップルの計四人が、同時期に各々の自宅で焼死体となって発見された。いずれも一軒家の自宅が全焼しており、逃げ遅れたためと思われた。だが、司法解剖により、四人とも銃で撃たれた痕跡があった。

早速、チームが組まれ、殺人事件として捜査が開始された。しかし、自宅全焼のために物的証拠が皆無であり、そのうえ、遺体損傷がひどくて、身元確認も遅々として進まなかった。また、それぞれの住まいはロス市内とはいえ、数キロも離れており、当初は関連性もつかめなかった。

その後、歯型により、それぞれの身元がわかり、近所での聞き込み等から、両方ともゲイカップルと判明した。

それぞれは成人した子供を有しており、男性のほうにはひとり息子が、女性のほうにはひとり娘がいた。事件後、暫くは両者とも行方が知れなかったが、その後、娘のほうがロス市署に保護を求めてきた。彼女によると、主犯は生殖ビジネス企業のゲイビー社であり、同社斡旋の医者を利用して行った遺伝子操作による出産の失敗を隠すために、同社から家族ぐるみで抹殺されたとのことだった……。

「ちょっ、ちょっと待ってくれ」

話について行けなくなった私は、思わず中断を願いでた。

「話がよくわからないな。まず女性カップルが、ゲイカップルとはどういうことだ。ゲイだから男じゃないのか。それに、男性同士、女性同士で、どうして子供がいるんだ？　養子なのか、それとも異性との間にもうけた連れ子だったのか？　だいたい生殖ビジネスって何なんだ？」

世間でLGBTが話題になっていることぐらい、あまり関心のない私だって知っている。それにしても、何のことやら、さっぱりだった。

「一般的に、向こうでは同性愛者を男女区別なくゲイって呼ぶんです。区別が必要なときは、ゲイ、レズビアンと呼びますが。それから、子供については女性カップル、つまりレズビアンなら、ふつうは精子バンクから精子を買って、自分で妊娠させるんです。友人や知人からゆずってもらったり、買ったりする場合もあります。男性カップルの場合は、卵子を買って自分の精子と体外授精をさせ、代理母に産んでもらいます。それで――」

「ちょっと、待ってくれ。また、ついていけなくなった。そんなんで子供がつくれるのか。卵子を買うって誰から買うんだ？　第一、子供っていうのは、男女が好きな相手と、あれして授かるもんだろうが。その元になるものを売ったり買ったりして、まるで品物と同じじゃないか。それに、生まれてくる子供はどうなるんだ。両親はパパふたり、もしくはママふたりということだろ？　それじゃあ、学校でいじめられるだろうし、それに大きくなって自分の出生を知ったら、ショックじゃないのか？」

私にはわからないことばかりで、一挙に質問が溢れでた。

「混乱するのは、もっともです。私も最初はわからなくて、社会学で使われたレポートなんかを読んで理解しました。精子バンクはたくさんあって、女性カップル、もしくはシングルでも子供が欲しい人たちが購入するそうです。値段は一本一〇〇〇ドル前後でしょうか。学歴や肌、目の色など、オプションしだいで値段が違ってきます。男性の場合は、多くは女子大生が卵子の提供者になります」

「女子大生？」

「そうです。大学の授業料が高くて、その支払いにあてるそうです。有名私立などは奨学金の返済だけで、一〇〇〇万（円）もの借金を抱えるのも珍しくないそうですから」

「それで、提供したら幾らもらえるんだ？」

「確か、一万ドルあまりだったでしょうか。やはり、容姿なんかでも値段が変わるそうですよ」

「そうなのか……」

「それから、代理母のほうですが、そちらへの報酬は二万〜三万ドルでしょうか。これも、人種によって値段が違ってくるようでした」

「……」

「このいわゆるゲイカップルが、こうやって子供をもうけるのはアメリカでは決して珍しくはないのですが、なかにはひどい事件もあって、聞いたところによると、独り身の男性が臓器売買のために子供を作ったこともあったそうです。もちろん、通常は身元や犯罪履歴の確認がされるんですが、銃の売買と似たところがあって、いい加減なチェックや確認漏れがあったりするそうなんです」

私の頭は脳内疲労を起こして、思考停止に陥ろうとしていた。回路がショートしそうになったら、原点に立ち返るのが一番だ。

「それで、事件のほうはどうなったんだ？」

「それが、娘が告白したように、やっぱり生殖ビジネスのゲイビー社が絡んでいたらしいんです」

「どういうことなんだ？」

「この辺になると語彙も難しくなったので、わかった範囲でいうと、妊娠した娘の胚の細胞に遺伝子編集をして、いわゆるデザイナー・ベイビーを創り出そうとしていたようなんです」

「デザイナー・ベイビー？」

「いわゆる、ゲノム、つまり遺伝子を改変して、スポーツに長けた子や知能が高い子を創ったりするあれです」

「何がなんだか」

　無茶苦茶じゃないか、という言葉さえ言うのが面倒になっていた。

「今は食品医薬局ＦＤＡの法律に触れるようなんですが、当時は取り締まる法律もなかったので、将来を見越して、どうも他社に抜け駆けしたかったらしいんです。何でも、着床前診断、つまり着床前に遺伝子のスクリーニングをしたところ、遺伝性疾患が見つかったらしいのですが。確か、嚢胞性（のうほうせい）線維症とか言ってました」

「嚢胞性……？」

「親から変異した遺伝子を引き継いで起こる疾患で、粘り気のある分泌液が出て、肺やほかの臓器に悪影響を与えるそうです。肺炎や膵炎(すいえん)、肝硬変にもなりやすくて、白人に多いそうです」

「で、どうなったんだ？」

「女性のゲノムを編集するために、体外受精で妊娠するまでスクリーニングが繰り返されることになりました。そうすると医療費が数万ドルとかさみ、とても払えません。そこで、ゲイビー社が彼女に取引を申し出たんです」

「取引？」

「ゲノムの改変です」

「つまり、どういうことだ？」

「つまり、赤ちゃんが大きくなったら、背が高くて筋肉質な男性になるような改変です」

「それって、スーパーマンみたいなってことか？」

「だと思います。テレビや映画、コミックの影響で、そんな超人に憧れる人は多いですからね。もっとも、アメリカに限ったわけではありませんが」

「で、どうなったんだ？」

「実は、そこから管轄がＦＢＩに移ってしまい、それ以降のことは立ち入れなくなりました。ただ、署内で耳にしたのは、結局、遺伝子の編集に重大な瑕疵（かし）があり、異常なベイビーが産まれるかもしれないとのことでした。それを隠蔽（いんぺい）するために、親子代々、昔から取引のあった関係者たちが消されたんじゃないかと。火事は証拠を残さないためだったのでしょう」

「じゃあ、ひとり息子の彼氏も？」

「行方不明になったあと、どうなったかは、研修が時間切れになったのでわかりません。その後、赤ちゃんが無事に生まれたかどうかも不明です。ただ、署を離れるさいに教えてもらったのは、ひとり息子のほうには測定不能なほどの視力があったそうです」

「測定不能？　どういう意味だ？」

「つまり、視力検査の一番下、その一〇〇分の一以下まで見えたそうです。さらに、ダニや花粉まで見えたというデータまであったそうです」

「花粉までも？　では、その彼も遺伝子を改変されて生まれたのか？」

「それはどうでしょうか。一九九〇年には、精子や卵子の売買で生まれた赤ちゃんも珍しくはなかったにしても、クローン羊のドリーが生まれる前のことですから、その当時は、そんな技術はなかったと思います」

　そこで私は閃いた。

「いずれにしろ、それが事実なら、小出氏のウイルスが見えたというのも、本当だったかもしれないということか」

「可能性はすてきれません」

「じゃあ、小出氏もデザイナー・ベイビーだったのか？」

「それはどうでしょうか。年齢からして、その当時に遺伝子操作が行われたとは考えづらいし、私にはなんとも……」

　気づけば、いつしか黄昏時になっていた。お互いスーツ姿とはいえ、長居しすぎて不審者と思われ、通報でもされたら面倒である。話が一段落したところで、私たちは署に戻ることにした。

六

翌日の午前九時、私は司法解剖に立ち会うため、鑑識班のスタッフ、そして姫野とK大学へ向かった。

県道から高速にのって車で三〇分あまり、大学の北門を入って法医学棟の駐車場に車を停めた。解剖室は一階にあり、同更衣室で支度して入ると、鈍い光沢を放つステンレスの台には青いシートが敷かれ、その上に、小出氏の遺骨が骨格標本でも置いたように整然とのっていた。

全員がマスクとフェイスシールド、佐野教授と三名の助手は、それに加えて緑色の簡易防護衣もつけていた。

全員による短い黙祷のあと、佐野教授のもと剖検が行われた。教授は頭蓋骨から首回り、肋骨あたりと丁寧に観察していき、各箇所で所見を述べていった。それを助手が書き取っていき、その随所〳〵でカメラ撮影が行われていった。

頭蓋損傷なし、喉の圧迫痕なし、肋骨、及び周辺に損傷なしといった具合である。それから一〇分後、全てをチェックし終わり、教授が少し間を置いて断言ぎみに言った。

「骨の欠損もなく、また殺傷や撲殺の痕跡もなし」

「では、殺しではないと？」

私は思わず、そう尋ねていた。

「毒物による骨の変色も見当たらないし、正常な歯牙を始め、劣化した骨でもない。よって、自然死、もしくは突然死だろう」

「でも、生前の姿を目撃されてから遺骨で発見されるまで、二日ほどしか経っていないんですよ」

「そう言われても……」

教授の太い眉が、不自然な八の字に寄った。

「じゃあ、死因は何なんですか？」

「不明だ。つまり、現時点では不詳の死ということになる」

「不詳の死……」

こちらが、そう言われても――だった。自然死だろうが突然死だろうが、腐敗臭も残さず遺骨になるはずがない。もっと食い下がろうとしたとき、私の横にいた姫野が口を開いた。

「では、科捜研のほうで調べてもらえないでしょうか」

それだ、それを私も言おうとしていたのだ。

「それは必要ないだろう。これ以上調べても何も出てこない。時間の無駄だ。それに、検視官の見立てでも、事件性は薄いとのことだったじゃないか」

教授は自分の見立てで十分という口ぶりだった。教授はため息替わりに荒い鼻息をひとつ吐き、面倒げに言った。

「この時期、ただでさえ、剖検の依頼が多いんだ。コロナかどうかわからない孤独死が多いせいでな。まあ、考えてはみるが」

骨の目視による司法解剖が終わったのは、まだ一一時前だった。結局、死因もわからず、漠とした気分を抱えたまま大学をあとにした。


署に戻って課長に報告をすませたあと、また姫野と市内パトロールに出た。お互い口数も少なく、おまけに事件や事故の無線もなく、車内は静かだった。しぜんと小出氏のことを考えていた。

姫野の話を聞いてからは、単なる他人の体験ではなく、それが現実として自分の肌に染み込んでくるような感覚があった。

同氏が、アメリカで過ごした二年あまりの経験は、やはり貴重な体験だったのだろう。ただ、手記にあった理由で予定外の出費がかさんでしまい、結局、マスター（修士課程）習得前に帰国するはめになった。それにより、強い挫折感を味わったようだ。

ここで、帰国後のことも要約しておくと、実家に戻ってからは進学塾の英語講師として働き、熱心に子供たちの指導にあたっていた。

その後は、仕事に加えて認知症になった母親の介護と忙しい日々がつづき、その間は変能力は起こらず、考えるゆとりもないまま、一〇年の時が流れていった。

また、結婚の願望はあったにしろ、日々の慌ただしさから婚活もできず、独り身がながくなったと吐露してあった。

同氏の人となりや性格、信条などは繰り返しになるが、渡米から最近の介護までを丹念に読めば、決して変人や突飛な行動をとるような人物ではなく、むしろ実直で我慢強い人物というのが推察できる。それに、塾で働く間に再び預金をして、二度目の渡米計画を練っていたらしく、かなりの意志の強さもうかがえる。ただ、どうしても介護に時間をとられ、親を看れる喜びはあったにしても、自分の計画がなかなか実行できないもどかしさを、ときに嘆いている。そういう面は同情を覚えないでもないが、近況になると手記の内容がガラッと様変わりするのである。それは、私の頭から常識や理解力を消滅させ、戸惑うほど混乱させてしまうのだ。

さて、母親が亡くなってからは、喪失感と十分な親孝行ができなかったという悔恨から、立ち直れるまで三年あまりかかったと書いてあった。

それまで、ほとんど行かなかった墓参りも、母親の月命日は花を買って必ず行くようになった。お盆の行事も関心がなかったのに、先祖の霊が帰ってくるという言い伝えも信じたくもなった。それで母の霊が戻ってくるのなら、それで一緒に過ごせるのなら、それにこしたことはない――と、述べてあった。

そうやって少しずつ、母親の死から立ち直っていったのだろう。そして、いつしか悲しみに浸っているよりは、自分の目標を達成して幸せになるほうが母親の願いでもあるだろうし、弔（とむら）いにもなると自分に言い聞かせ、前に踏み出していったようだ。その一歩が、まずは英語サークルへの参加だった。

そこで数年過ごすことになり、この期間も含めて例の変能力は、六四歳になった昨年の春まで起こることはなかった。それが再び起こったのは、新型コロナの流行が少なからず影響していたようだ。

次の手記は、その一連の出来事が述べてあり、つづきは一昨年の夏から始まる。尚、そこからが、いよいよ本題に入っていき、途中から一気に不可解な内容になっていく。

実は、その部分は姫野が再度、同氏のパソコンから見つけ出したものであり、その経過はあとで述べるとする。

「小出さんのお兄さんて、どんな人なんでしょうね」

「さあな、遺骨の引き取りの件で連絡を取った署員の話によると、滑舌が悪くて声が聞き取りにくかったそうだ。以前、高血圧って言ってたから、体調が良くないんだろう」

「そうですか……」

その日、私と姫野は再び小出氏の自宅へ向かっていた。同氏の唯一の血縁者である実兄への事件の経過説明と家屋内の確認、そして引き渡しである。玄関のカギも保管室から預かっていた。実は二日前に、死体検案書が署にファックスで送られてきていた。死亡の原因は、やはり［⑫不詳の死］となっていた。つまり、それ以上の検査は打ち止めという、その旨の電話連絡が上司宛てに入っていた。結果、事件性がないという理由から、捜査も打ち切りとの決定が下った。

研修先での初めての事件だった姫野も、そして、在職中最後の事件になるかもしれない私にとっても、煮えきらない思いが残った。よって、車内でのふたりの会話は途切れがちだった。

現場には約束の三〇分前、一時半に着いた。玄関のカギを開け、なかで待つことにした。

室内はカーテンがしてあるのと、内外の気温差もあり、肌には涼しく感じるほどだった。相変わらず、線香、いや不快な蚊取り線香臭さが漂っていた。

「空気の入れ換えをしましょうか」

「そうだな」

姫野がカーテンとサッシ戸、それに北側の窓を開け、天井から下がった丸い蛍光灯をつけた。

「電気は止まっていませんね。口座が、まだ閉鎖されていないみたいです」

そういえば、捜査中だったのもあり、小出氏の名前は公表されていなかった。通常、新聞の死亡欄に名前がのれば、その人物の口座は閉じられてしまう。それがなされていない場合、口座に残金がある限り、請求があれば引き落としにはなっていくだろう。その件も、小出氏の兄への説明に付け加えておこう。

ほどなく、私の携帯に署から連絡が入った。何でも、その兄が、もよりのＪＲ駅に着いたとたん、立ち眩みがしたために一時間ほど遅れるとのことだった。

その旨を姫野に伝えると、何を思ったか、彼女は小出氏の自室へ行った。

「どうしたんだ、姫野？」

「パソコンが動くのなら、もう一度中身をチェックしてみます」

「初動のとき、目を通したんじゃなかったのか」

「そうですが、打ち出してあったプリントばかりに気をとられ、ほかのフォルダの照合が不十分だったと思います。もう一度、見てみます」

「そうか。わかった」

姫野は机上のノートパソコンを開き、画面を呼び出していった。本人確認用の指紋認証や顔認証などの設定はされてなく、文書用のフォルダには、すぐにアクセスができたようだった。静かな室内に、キーボードのタップ音が小気味よく響いていた。

暫くして捜し物がみつかったのか、音が止まった。姫野が画面を食い入るように見つめていた。

「ありました。手記の続きがありました。プリントアウトします」

パソコン脇にある黒い複合機型プリンターのスイッチが入れられ、やがて、プリントアウトが始まった。その数A４版で十数枚。それを姫野は、「どうぞ」と私に手渡した。礼儀として先に読ませてくれる心遣いはわかるのだけど、文字がぎっしり詰まっており、拡大メガネがあっても眼精疲労を起こしそうだった。

「いや、先に読んでくれ」

私はプリントを彼女に戻した。

「では、お先に失礼します」

彼女は再び机の回転イスに腰を下ろすと、プリントに目を通し始めた。私は台所のダイニングチェアに座り、読み終わるのを待った。

ときどき、様子をうかがうと、姫野の顔が横顔でも険しくなっていくのがわかった。途中、ため息なのか深呼吸なのか、何度か苦しそうに大きな息を吐いた。マスク越しにでも、明らかに顔色が悪くなっていた。

読み終わるまで一〇分あまり、最後には病人のようにぐったりとなっていた。思わず、声をかけた。

「おい、大丈夫か？」

「ええ、なんとか」

「で、どうなんだ？　何か真相がわかったのか？」

「それが……」

いつもは物事をはっきり言うその口が、珍しく言い淀んでいた。

「それが、どうしたんだ？」

「内容が、とても信じられないんです」

「信じられないとは、どういう意味だ？」

「だから、こんなことが現実に起こるなんて、ありえないんです。ですが……」

「ですが、何だ？」

「それが本当なら、全てが納得できるんです。でも……、ありえない」

冷静沈着、そんな彼女のイメージが一転して、狼狽に変わっていた。もう、ここは眼精疲労を覚悟で、目を酷使するしかない。

「こっちに貸してみろ。おれが読んでみる」

プリントをまとめて受け取り、もとのチェアに座って読み始めた。私は異様な話に忽ち吸い込まれていった。そして、あまりにも信じがたい奇妙な内容に、いつしか目の辛さを忘れてしまっていた。

途中、驚愕のあまりに、何度ツバを飲み込んだだろう。気がつけば最後には、やはり姫野と同じようにぐったりなっていた。

その内容については、ふたりで真偽を話し合ったが、ここでは、それよりも実際に何が書いてあったかを、そのままお見せすることにする。そのほうが、一〇万の語彙を使って説明するよりも、読み手にはより正しく伝わるだろう。

七

きっと、ノラ猫でも歩き回っているのだろう。天井が「ミシ、ミシ」と軋んで、ときおり、「パラパラ」と天井板に砂らしきものが落ちてくる。もしくは、古くなった漆喰(しっくい)の壁が、ついに耐久性をなくして崩れ落ちているのだろう。

築六〇年、何かの小動物が屋根裏を動き回るたびに、六畳間の古い天井板が抜け落ちないか、心配になる。人でも潜んでいるのではと不安にもなるが、その重みで薄い板が抜け落ちないところからすると、人並みの大きな動物ではないだろう。また、鳴き声はしないので、ネコではなくイタチかもしれない。

ときたま、ネズミでも追っかけているのか、小走りする足音が聞こえたりもする。だから、やっぱりその正体はネコなんだろう。というのも、我が家の敷地内をノラ猫がうろつく姿を、何度も目にしているからだ。特に、雑草の生い茂った裏庭には生ゴミを捨てるせいか、たまにこちらを待ち構えていたりもする。毛が荒く、人を恐れぬ太々しい態度は、ノラ猫というより目つきの悪いドラ猫といった風貌だ。

ほかにも証拠はある。近所の手前、それにカラスの飛来を防ぐためにも、生ゴミから悪臭が立ち上がらないように上から土をかぶせているにもかかわらず、やつらは掘り返して食い散らかしているのが珍しくない。また、食べかすを入れた三角コーナーのネットが掘り返され、無残な姿を晒していることも度々ある。希に、モグラが地表直下にトンネルを作ることはあっても、盛り土を掘り返すまでのパワーはないだろう。だが、予想に反して、犯人はノラ猫ではなかった。

これは、実際にあった出来事である。それは信じがたく実に奇妙な、そして恐ろしい体験だった。最初に言っておくが、私は無神論者であり、迷信や超常現象など、非科学的な現象や出来事は信じないほうだ。ただ、今回経験したことは――まだ続いているのかもしれないが――、いくら理性的に考えても理解しがたく、それは単なる偶然なのか、それとも何かの意図、一般的には祟りというものなのか、私には全くわからない。これからそれを、なるべくありのままに書き残すつもりだ。残された時間は多くはないかもしれないので、早速話を進めることにする。

それは自宅で起こったことであり、まずはわかりやすいように家の状況を述べておく。自宅は古い平屋であり、東側半分が旧母屋で、西側半分が三〇年ほど前に増築した部分、客間やウッドフロア、トイレや玄関がそうである。旧母屋は一部壁が崩れかけた部屋もあり、もはや居住には適していない。

その中で、唯一・自室として使っている六畳間だけが何とか住居の様相を留めており、小動物が天井裏でうろついているのも、その部屋である。

この崩れかかった旧母屋とはちがって、増築部分はそれほど古くなった感はなく、まだ快適な住まいといった趣がある。それから、忘れてはならないのが、雑多な庭木が鬱陶しい庭地である。南側の前庭と北側の裏庭が同じほどの広さがあり、独り身というのもあって両方とも手入れが行き届いてはおらず、手つかずの庭木や雑多な草花が伸び放題で、足の踏み場もないほどだ。

最初、事件はこの裏庭で起こった。今になって類推すれば、それが全ての始まりだった。

残暑がまだ厳しい、昨年（二〇一九年）の八月下旬の昼下がりだった。食事は自炊というのもあり、野菜の切れ端やバナナの皮といった生ゴミは、裏庭に掘った穴――そのときは棺桶ほどの大きさ――に捨てていた。

家の西側にある狭い通路を歩いて勝手口を過ぎると、朽ちた梅の木を境に、夏草がブッシュ並みに茂る裏庭に至る。立ち止まれば、一瞬で蚊に刺される危険地帯であり、草木がもたらすムッとする蒸し暑さが漂う、湿地帯でもある。よって、生ゴミを捨てるときは、夏でも長袖シャツとズボン、そしてわざわざはいた靴下にジョギングシューズ、それに頭をタオルで覆って顔周りを保護する必要がある。

その梅の木に至る通路までもが夏草に覆われており、それらを避けながら、梅の根元付近に左足を踏み入れたときだった。

まるで水風船でも踏んだかのように、ブニョンとした感触が足裏にあった。そのまま全体重を乗せれば、それが破裂しそうな感じがして、とっさに左足の力を抜いて空中浮遊でもするように、右足で着地した。

私の体重は八〇キロあまり。それでも潰れなかったその正体が気になり、すぐに振り返って草場の隙間をのぞいてみた。すると、そこには黒っぽい愛らしい小動物がいた。最近、テレビやYou・Tubeで目にするカワウソである。それが文句でも言いたげな表情で、こちらをにらんでいた。

つい、『わるい、わるい。でも、わざとじゃないから、そう怒るなよ』と心中で謝ったものの、それは相変わらず憮然としたままだった。

その年は、情報番組なんかでカワウソが高額で密取引されると度々やっていたのもあり、恐らく、どこからか逃げ出したペットのカワウソが、暑さを避けて草場の陰で涼んでいたのだろう。

生ゴミを捨てて台所に戻ると、ほどなくそのカワウソが哀れに思えてきた。そこで、元気づけに、ちょっとしたおやつと水をもって様子を見に戻ることにした。

小さめの平皿にそれぞれ、朝食に食べ残したクレープひと切れと水を入れ、さっきのところに戻った。すると、それは元気なく横たわっていた。どうにか生きてはいたので、持参した小皿を顔のそばに置き、口にするよう促した。こちらを警戒しているのか、それはじっとしているだけである。

しばらく様子を見ていたが、動く様子もなく、耳元で蚊の音がしたのもあり、家の中に急いで引き返した。

翌日の昼過ぎ、カワウソの様子が気になり、また梅の木まで行ってみた。すると、それは苦悶の表情を浮かべたまま、仰け反るようにして死んでいた。踏んだ際に、やはり内臓破裂でも起こしていたのだろう。よほど苦しかったのか、上下とも歯を剥き出しにして、傍目にわかるほど目を硬く閉じていた。何かを口にした様子もなく、食べ物は手つかずのまま残っていた。

何だか罪悪感を覚えた私は、そのカワウソを裏庭に埋めてやることにした。すでに死後硬直を起こしており、シャベルで掬っても体は板状にピンと伸びたままである。

北側の軒下に、洗面器ほどの穴を掘って埋めた。それから一カ月後である、ハエの大群に襲われたのは。

あれは昔見た、何かのホラー映画だったろうか。神父が悪魔に取り憑かれたベッドの少女に悪魔払いをしていると、突然、彼女の口から、大量のハエが飛び出してくるというショッキングなシーンがあった。信じられないことに、それと似たような出来事が我が身にもふりかかったのである。

客間続きの縁側にあるアルミサッシのガラス戸には、白いレース地のカーテンと遮光用の緑の厚いカーテンが二枚重ねで掛かっている。それを体内時計をリセットするためにも、朝起きたら必ず開けるようにしていた。

前日、天気予報では翌日は快晴といっていたので、爽やかな朝の陽射しを期待して、まず厚いほうのカーテンを一気に開けた。すると、数十匹のハエが甲高い羽音を立てながら、いっせいに飛び出してきた。ハエはそれだけではなく、レース地のカーテン奥のガラス戸にもびっしりと張りついており、カーテンを開けたことで刺激してしまったらしく、活発に動き始めてしまった。

私は何が起こったのかすぐには理解できず、ハエの大群という異常な出来事にパニック寸前だった。そのとき、ふと玄関の靴入れの上に、殺虫スプレーを置いていたのを思い出した。朝刊を門扉そばの郵便受けまで取りに行くとき、蚊除けのために使うものだ。それを急いで取ってきて一気に振りかけると、ほどなくハエはボロボロと縁側の板張りに落ちていった。

大量のハエを殺虫スプレーで一掃できたにしても、希有な体験に薄気味悪さが残った。このようなハエの発生理由がわかったのは、それから数日経ってからである。

客間の仏壇脇にある半畳ほどの押し入れには、予備の布団やシーツ類がしまってある。空気の入れ換えをしようと押し入れの引き戸を開いたとき、そこには数十匹のハエ、恐らくは金バエらしい小バエの死骸があった。

すぐに押し入れの中身を一端出して小バエを片付けたが、そのとき、嫌な臭いが漂っているのに気づいた。ふだんは嗅ぐことのない不快な臭い。生ゴミの腐ったような酸味臭さではなく、糞尿の馴染みの臭いでもない、生理的に受け付けない嫌悪の臭い。その正体を消去法で消していくと、最後には死臭が残った。思わず、体に緊張が走った。

気持ちを落ち着かせてから、臭いの出所を探るために、恐る恐る押し入れを見渡してみた。内部は三つ折りの布団幅ほどしかなく、すぐに天井へ視線が向かった。すると、その右側の板張りに染みのようなものが広がっていた。

そこは北側の外壁の内側だったのもあり、臭いは雨漏りのせいで天井板でも腐ったのだろうと勝手に納得した。が、それは安易な考えだった。そう思い込みたくても、それは板が腐った植物由来の臭さではなく、否定をしたくても、明らかに死体が腐ったときの吐き気を催す不浄の臭いだったのだ。

一生涯で何度も嗅ぐ臭いではないが、死の臭いというのは生身の人間からすれば、本能的にも生理的にも受け付けられないものなんだろう。

肉が腐った腐肉臭——という結論に、気力が忽ち萎えてしまった。家事以外に、その日やれた作業といったら、中にあった布団類を別の押し入れに、ただ移し替えただけだった。

数日経って再び押し入れを開けてみると、不快だった異臭が一層ひどくなっていた。鼻が曲がるほどとは、このことだ。

天井を見上げれば、染みだった部分に白いカビがふいていた。それもネコみたいな形である。それで確信した、天井裏でノラ猫が死んでいると。

早速、駆除を頼もうと専門業者をネットで調べて電話をしたところ、消毒やら侵入経路の調査および封鎖のための工事やらで、最低でも三〇万円はかかるという。三〇万は大金だし、先方の話しぶりからして、更に上乗せされそうだった。変な業者にひっかかり、と安易に決めてしまったのが、異常事態の始まりだった。
五〇万、一〇〇万とぼったくられたら、たまったもんじゃない。なら、自分で取り除こう

安易な決心は、揺らぐのも早かった。臭うのは肉体が腐っているわけで、当然いろんなバイ菌や細菌、はたまたウイルスまでもが発生しているはずである。であるなら、全て朽ちて骨と皮になるまで待っていようと、除去ではなく放置することにした。

これから冬になって気温も下がれば、悪い虫もわかないだろうし、病原菌が発生していたとしても増殖は抑えられ、危険度は下がるかもしれない。だから、死体の除去は年が変わった二月か、遅くても三月の暖かくなる前と決めた。要は、面倒を先延ばしにしただけである。ところが、年末に予期せぬことが起こってしまう。

果たして、誰が新型コロナウイルスの発生など、予想できただろうか。情報統制の国、中国で起こったことであり、日本に漏れ伝わってきたときには、もはや完全な阻止は手遅れになっていた。そして、未曾有のできごとに動揺したショックからか、私の変能力が久々に蘇ってしまった。

切っ掛けは、テレビニュースの一画像。肺胞そばに点在する薄気味悪い赤黒くて丸っぽいウイルスの写真を目にしたとき、突然、瞳孔が震え、動悸が激しくなった。視覚が一挙に暗転し、その後久しくなかった変能力が、立て続けに起こってしまった。いつも予告な

く始まるのは、本当に困ったものだ。

食事は自炊をしており、その頃はカボチャの味噌汁にハマっていた。包丁で薄くスライスしたカボチャを煮て、味噌を溶かすだけのお手軽な一品である。

その日も昼食用に、カボチャをまな板の上でカットしていると、厚い皮の表面から丸っぽいウイルスが浮き上がってきた。十数年ぶり故に驚きはしたものの、とっさに脳内のデータベースにアクセスしてウイルスの分類を計りながら、すぐにファイリングしていった。すると、一〇秒足らずで相手にヒットした。

アブラムシが媒介して、さまざまな植物に取り付くキュウリモザイク・ウイルスである。それは人間に病態をもたらすものではないため、さほど危険というものではなかった。ただ、次の輸入オレンジに取り付いていたのは、顔をしかめるくらい気持ち悪いものだった。

ネーブルや皮の硬いオレンジは、四つにカットしてからかぶりつき、果汁だけを搾り取るのが私の食べ方である。ジョギングのあと、そうやって喉の渇きを癒やそうとしたとき、表皮から細長いミミズみたいなクネクネしたものが現れてきた。そいつらは微小なのに、恐竜みたいな名のカンキツ・トリステザウルスである。皮の上で何十匹もが絡みながらのたうち回るさまは、嘔吐ものだった。

少しは自分の変能力に慣れたとはいえ、微小なものが単に拡大して見えるというだけで、これといって何の役にも立たない能力である。

それはともかく、ウイルスを立て続けに見えたのがトリガーとなり、いろんな不安が浮かび上がってきた。

たとえば、天井にある死体が原因となって、何か悪い疾病が近所へ広がりはしないか。というのも、この家には小さな所謂家ネズミがたむろしており、ときたま、ゴキブリ・ホイホイに捕獲されていることがあるからだ。つまり、ネズミといえばペストである。万が一、そんな危険な疫病が発生でもしたら、ご近所迷惑どころか、地域一帯が大パニックに陥ってしまう。さらに、蚊の季節になれば何らかの伝染病になり、感染が広域にどんどん流行っていくかもしれない。そんな不安が頭にこびりついて離れなくなった。

それでも、まだ一月は自分が新型コロナに感染するという意識は低く、そのウイルスが忍び寄ってくる危険には鈍感だった。ところが、二月、三月と感染者数が増加傾向になり、三月七日には世界での感染者が一〇万人を超して、同一一日にＷＨＯ（世界保健機関）が、ようやくパンデミック（世界的流行）を認定すると、ずいぶんと危機意識が増してきた。

日本では四月に、特に東京での感染者が一気に増え、国民の間に不安と恐怖が膨らむばかりだった。

四月七日には、首都圏・七都府県を対象に緊急事態宣言が出され、それから一〇日も経たない同月一六日に、同宣言は早くも全国へ拡大された。その後、全域解除される五月二五日まで、自宅軟禁状態のステイ・ホームがつづくのである。

その間、私も外出を控えるようになり、自宅に閉じこもっていると、いろいろ考えるところがあった。やはり、まずは自分の能力についてである。もし、いつでもコロナウイルスを見ることができるのなら、鼻の穴に綿棒を突っ込むみたいな不快な、そして時間もかかるPCR検査などしなくても、簡単にウイルスの有無が判定できるのだ。三密を恐れる必要もないし、入院中の家族にだって、気兼ねしないで見舞いにも行ける。

そういえば、余命幾ばくか知れぬ母親が近所の病院に療養入院したとき、毎日欠かさず見舞いにいったものだ。毎回一時間ほどの面会ではあったが、短時間でも会えるのが至高の喜びだったのを思えば、一時さえ面会が許されない現状は、家族にとっていかに辛いことか。だから、ささやかな社会貢献ではあるが、いつでもウイルス・ウォッチャーとして出動できる心の準備はしてある。が、いくら念じても、残念ながら意のままにはならないのだ。そのたびに、せっかくの能力なのに、悔しい思いに駆られる。

それからである、否応なしに天井裏にある死体の除去を考えるようになったのは。それでも、ものの怪の存在など信じないにしても、死体に触れれば何だか祟られそうな気がして、なかなか決心がつかなかった。その昔、タヌキを轢いたところで事故を起こした件があるので、祟りというものが全くないと言えるほどの自信はなくなっていた。

お化けは信じないが、お化けには会いたくない――、それと似たような心境だろうか。人間が死や闇を恐れるのは、理屈ではなく本能なのだろう。

そんなことを考えていると、今度は、死骸との対峙をついに決心させる第二の事件が起こるのである。それは存在さえ知らなかった、ある昆虫の大量出現だった。

八

何ら手を打たないまま五月に入り、周囲の木々でさえ新緑が一層鮮やかになった。気温は確実に高くなっており、これ以上は延期できなくなった。

とりあえずは、天井の白カビを何とかしようと、ホームセンターでカビ取りの煙剤を買ってきた。六畳用だから、一畳にも満たない狭い空間には大量すぎるほどの煙だ。

その効果があったのか、煙剤を焚いてから数時間後に扉を開けてみると、何やら米粒大の黒っぽい虫が、あちこちに転がっていた。その数、一〇〇匹以上。すぐにホウキとちりとりでかき集めて捨てたが、その中の一匹を取っておいて拡大鏡で調べてみた。

黒っぽい体は扁平で、小さめの頭部に短い触覚がついている。背面は全体的に堅そうで、甲虫のようだった。早速、ネット検索で調べてみたら、その正体に即ヒットした。

昆虫の名は、死出虫。動物の死体を食べる――との解説があり、また、死体を食べて土に帰すところから、埋葬虫ともいうらしい。

死体にウジやハエがわくのは知っていたが、それを食う虫がいるとは驚きだった。なら、それが死体を完食するのを待てばいいかといえば、それがあるのは地面ではなく天井である。土のないところで、死体をどこに帰すというのだ。おまけに、これから暖かくなっていくおり、今度はその死出虫とやらが蚊みたいに、何らかの感染源になるかもしれない。やはり、除去するしかない。それも一刻の猶予もない。そこで、ついに決心を固めたのだが、問題はどうやって実行するかだ。

暫く問題の天井を眺めていると、駆除業者が言っていたことを思い出した。

天井裏を調べられるように、押し入れの天井がどこか開くようになっている――まさか、こんな狭い押し入れの天井が開けるわけはないと思いつつ、試しにモップの持ち手のほうで天井板を突いてみた。すると、死体が横たわっているだろう染みのある右半分は固定がしてあるものの、左半分が難なく持ち上がった。こんな狭い押し入れにも、そんな工夫がしてあるとは想像だにしなかった。それで気をよくし、早速、死体の存在を確かめてみようと思い立ったのである。

準備は防御から。顔を守るのは埃避けにマスクとゴーグル、装いは長袖シャツとジャージ、手には懐中電灯、最後にキャップ（野球帽）で防護をかためる。

まず、ピアノ用のイスを使って中段の仕切り板に中腰で乗った。そのとたん、板がメリッと軋んだ。

足元の板が割れないようにゆっくり立ち上がると、途中で頭が天井板につっかえた。その付近には腐肉臭が溜まっており、あまりの悪臭にすぐさま息を止めた。

左手で天井板の左半分を押し上げ、懐中電灯であたりを照らした。すると、眼前に鼻先の尖った頭蓋骨が現れた。一瞬だったものの、逆立った荒い体毛と長めの尻尾が垣間見えた。

予想に反し、ネコとはちがった頭蓋の形状に思わず悲鳴をあげ、急いで押し入れから飛び出た。得体の知れない死骸は、恐怖が増して尚さら気持ち悪いものだ。

動悸が治まるのを待ってから、何の骨か考えてみた。顔の形状からして、どうみてもネコではなく、イタチか何かである。そのときふと、カワウソの姿が浮かんだ。そこで、自室に行って再びネット検索をしたところ、やはりカワウソの骨格とよく似ていた。つい、恐ろしい考えが浮かんだ。

私に踏まれて死んだカワウソが、その恨みを晴らすために埋葬地から這い出して、この天井裏に潜んだのかもしれない。それが証拠に、天井裏南側の仕切り板には、その鋭い歯で嚙(かじ)って空けたような直径二〇センチほどの進入口らしきものがあった。

気が動転した私は、すぐに裏庭にいき、埋めたところをシャベルで掘り返してみた。すると、そこに骨はなかった。首筋から背中にかけて薄ら寒くなるのを感じながら、できるだけ冷静に考えようとした。

埋めてからは半年ほどが経っており、体や骨はすでに土に帰っているのだろう。なら、天井裏にいるのは別の一匹なのか。ひょっとしたら、つがいの一匹、もしくは一緒に逃げてきた仲間だったのかもしれない。そんな想像を働かせていたが、すぐに現実に戻った。それが何であれ、そこに動物の腐乱死体がある以上、一刻も早く取り除かなければならないのだ。

その日のうちに天井裏の害虫を殺そうと、押し入れで殺虫用の煙剤を焚いた。うまい具合に左の天井板がずれており、煙が奥に行き渡るほどの隙間があった。


翌日、前日の防備体制に軍手を加え、燃えるゴミ用のビニール袋（大）と古いタオルやキッチンタオルを持ち込み、再び死骸撤去という難作業に挑んだ。

押し入れに入ると左側の天井板を手で押し上げて大きくずらし、頭と右手が入るくらいの隙間を確保した。あたりには毒ガス並みの耐え難い臭気が充満しており、息を止めての作業となった。

まず頭蓋と頸骨あたりにタオルをかぶせ、それを左手で掴んで持ち上げた。すると、体毛と骨格がバリバリと尻尾まで剥がれていき、それをすかさず、右手に持ったビニール袋に入れた。左手には軽い死骸の感触が残っていた。つまり、体の腐肉の大部分は、天井裏に張りついたままである。

　間を置かず、次のタオルを上からかぶせ、あとに残った腐肉を取り除くことにした。恐らくは内臓が腐って溶け、放置している間に少しずつ固くなっていったのだろう。固まりかけのボンド（接着剤）を、むしり取るといった感じだ。

　手のひらに腐肉の嫌な弾力を感じながらも何とか剥ぎ取ったとき、突然、腐肉臭の衝撃波に襲われた。頭上で溜まっていた濃密な臭いがまとまって壁状になり、一気に崩落してきたような衝撃である。弾みで、つい息をしてしまった。きっと、体内には圧縮された腐臭が溜まっていて、骨格を抜き取ったせいで一度に放出したのだろう。それは本能が拒絶する臭い、命の危険を感じさせる凄まじい悪臭だった。

　もし、この世に地獄門があるとしたら、まさにそこから死臭が溢れ出てきた感じだ。地獄で嘖（さいな）まれる人間の溜まりに溜まった大量の死臭が、門を開けるとともにどっと噴き出してくる。苦痛、苦悶、悔恨、そんなものが一緒くたになって噴き出た非情の臭いである。

　この世のものとは思えぬ、あまりのひどい臭いに思わず仰け反り、その場にしゃがみ込んでしまった。

　意識が朦朧とするなか、ふと天井を見上げると、薄暗い空間に何やら赤黒いものが蠢いていた。毒々しい泡状のものがブクブクと、まるで生命を宿したかのように天井板の隙間から溢れ出ようとしていた。泡状の周りでは、数十もの突起状のものが陽炎みたいに揺らいでいた。ウイルスだ。私はとっさに頭のなかのファイルをスクロールしていった。だが、それはデータにはない新種のウイルスだった。これまで色が鮮明なものはなかったのに、赤黒い色つきの外観は初めてである。

恐らくは強毒素をもった危険な集合体、たとえば目覚めたウイルス群が、獲物（宿主）を求めて活動を開始したかのような動きだ。ここに留まっていたら、体内に侵入されるのは時間の問題である。そんな恐怖に襲われ、すぐさま、その場から飛び出し、急いで扉を閉めた。

自分が目にしたものの正体がわからず、頭は混乱していた。気持ちを落ち着かせるのに、かなり時間を要した。目撃したあれは何だったのか。確かめるために深呼吸を一度してから、ゆっくりと扉を開いた。

慎重に覗き込んだ先には、期待に反して何もいなかった。それとも、変能力が切れただけで、実際はそこにまだいるのかもしれない。そもそもが、カワウソは野生動物であり、近年ありがちな人との接触により、動物由来の感染症が発生したとしても何ら不思議ではない。もしくは、蚊やほかの昆虫を媒体とした疾病だって考えられる。

いずれにしろ、取り除いた死骸を早く処分しなければならなく、気分の悪さを我慢して裏庭に急いだ。

生ゴミを捨てる棺桶サイズの左側は、まだ十分なスペースがあった。そこにビニール袋から中身だけを捨てて、上から土で覆い葬った。それから、近くに咲いていた花を摘んで、形だけでも献花した。弔うというより、そこから二度と出現しないように。

その後も数は減ったものの、死出虫は何度も散見された。恐らくは腐肉の一部が、まだ天井裏に残っているせいだろう。その片付けが終わらない限り、作業も継続される。かといって、あの死臭漂う地獄門みたいな所に、また戻る勇気はなかった。死骸がもたらす、あの衝撃を受けるほどの腐臭を浴びるのは、もう二度とごめんだった。

海水一ミリリットル（一立方センチメートル）には、ウイルスが一〇〇〇万個もいるそうだが、あの屋根裏には、その何百倍ものウイルスがいるのかもしれない。それも単体ではなく、何種類ものウイルスが。

押し入れの仕切り板には害虫対策として蚊取り線香を置き、消臭剤や吸臭剤の活性炭も置いた。ときおり、殺虫やカビ取りのための煙剤を焚いたり、動物とはいえ、死体を損壊した罪滅ぼしもあり、線香を供えたりもした。

毎年、梅雨が明けた夏場には、クーラーのあるこの客間にベッドを移すようにしており、今年もその時期が近づいてきた。よって、不快な臭いや害虫は、できるだけ取り除いておきたかった。

九

七月二〇日を過ぎて梅雨明けすると、さらに日中の気温が上がり、夜も一段と寝苦しくなってきた。蒸し暑くなって就寝時のクーラーなしでは辛くなり、月末、ついに自室からベッドを八畳の客間に移動した。

夏はクーラーのある和室で、頭を縁側、つまり南枕で寝る。クーラーは北側に向いた足元の右上、だから冷風は体の右上を流れていく。室温は二八度、もしくは二八・五度のクールビズを守っている。

八月に入って三〇度以上の熱帯夜がつづくも、暫くは快適な就寝が保たれていた。昼間に行う押し入れの換気と消臭も、蚊取り線香のおかげで効果がでていた。ところが、お盆が近づいてきた頃に、信じられないほど恐ろしい夢を見た。思い出すのも悍(おぞ)ましいが、何かあったときのために、その内容を書き残しておく。正夢にはならないにしても、得てして嫌な予感というのは希に当たることもあるし、違う形で体現することだってあり得る。だから、万が一にも現実になったら、この手記を参考にしてほしい。もっとも、まともには信じられないだろう。これを書いている本人もそうなのだから。

だが、一連の出来事、そして、そもそもが、私の変能力が何か関連しているのだろうか。果たして、その夢は単に悪夢なのか、それとも何か意味のある、たとえば予知夢みたいなものなのか。いや、私が死なせたカワウソの祟りかもしれない。もし、そうであれば、その怨念が果たされることになる。いやいや、そんな迷信みたいな話は信じたくもない。

いずれにしても、ウイルスが広まっていく可能性はあるだろうから、それを食い止めるための最善の努力はしなければならない。それで人の命が助かるのなら、たとえ大変な苦痛を伴うことであっても、敢えて耐えるしかないだろう。

夢を見る当日の朝、洗面台で顔を洗っているときだった。寝ぼけ眼で、手のひらを左頬に当てると、瘤（こぶ）のような膨らみがあった。そのまま、ゆっくり押さえてみたら、瘤の奥に鈍痛もある。

洗面台の鏡に顔を寄せてじっくり見たところ、左顎が不自然に腫れており、すっかり人相が変わっていた。

まさか、おたふく風邪？　しかし、それなら子供の頃に罹った記憶があり、免疫があるはずだ。不思議に思い、なおも触っていると瘤のまわりが赤みを帯びていき、波打っていった。次の瞬間、瘤から赤い泡のようなものが湧き出してきた。それは押し入れで見た、あのウイルスと同様のものだった。慌てて、そばにあったフェイスタオルで拭き取った。

　ほどなくして、恐る恐る再び鏡を覗き込んでみたら、ウイルスは跡形もなくなっていた。すぐに体温計で熱を計ったが、三七・四度の微熱だった。

　病院へ行くべきか迷ったものの、自分が抱えた未知のウイルスを人に感染させるかもしれないし、第一コロナ禍でもあり、その病気に自分が感染するかもしれない。どうしても、外出は慎重にならざるをえない。病院は以前のように、気軽に行けるところではないのだ。もっとも、そもそもが少々のカゼなら市販薬でも飲んで自力で治していたので、かかりつけの医者や病院もなかったが。とりあえずは応急処置として、化膿止めのクロロマイセチン軟膏をぬっておいた。

　午前中は暑さを我慢してクーラー代を節約したせいか、午後になっても体には気怠さが残っていた。夜は、三時間ほどのタイマーを入れて就寝した。そして、とびきりの恐ろしい夢を見た。それも二夜続けて。

＊

　私は、春の山道を歩いて上っていた。空は晴れ渡り、山景は新緑で輝いている。若葉が瑞々しく茂り、そのわずかな隙間をぬって差す木漏れ日も清々しい。

もう数時間は歩いてきただろうか、汗ばんだ体にそよ風が心地よかった。気分も晴れやかに歩を進めていくと、S字カーブに差し掛かったところで、ちょうど展望が開けた。

何気なく麓のほうを見下ろすと、ちょうど、あとを追ってくるハイキングの集団が見えた。多くが子供たちで、どうやら小学校の遠足のようだ。頂上は、まだまだ先であり、自ずと、『がんばれよ』と心の内でエールを送った。

途中で軽く休憩をとったあと、私は再び歩き出した。上るほどに山道の傾斜はきびしくなり、それまでとはうって変わって歩みがのろくなった。懸命に歩を進めるが、周りの梢が邪魔してまだ頂上は見えない。そのうちに、段々暗くなってきた。

山間の日暮れは早い。陽が稜線から消えるとともに、夜は早足でやって来る。あたりが暗くなって足場さえ見えなくなると、どこをどう彷徨っているのかわからなくなった。急坂になるほど視線が落ちていき、もはや山道なのかさえもわからない。ただ、ますます坂は険しくなっていく。

気がつくと、私は一本の木を、しゃくるようにして上っていた。何の木かはわからないが、茂った平たい葉からすると広葉樹のようだ。

途中、途中で、その新緑の葉をたらふく食べながら、さらに上へ上へと登っていった。昼間より夜になってからのほうが、いっそう体の動きが活発になっていた。どうしたことだ？

一旦、立ち止まり、自分の体をじっくりと見た。いつの間にか、体が小指ほどに縮んでおり、全身が針のような長短の毛に覆われている。細長い胴体には赤や青のドット柄が並んでおり、どうやら、私は毛虫とやらに変容してしまったようだ。不思議と違和感はなく、ひたすら、しゃくるようにして木を上っていた。

途中疲れないのは、やわらかくて美味しい新緑の葉っぱが食べ放題だからだ。新鮮な葉汁が口に溢れ、食欲は増すばかりだ。お陰で、体がますます太っていくが、そんなことより、早く木のてっぺんに辿り着きたい。そして、黄昏前の輝かしい陽の光を浴びながら、ひらひらと大空を舞いたいのだ。金色の鱗粉を降らせながら、蝶よりも幽雅に舞うのが夢だから。頭のどこかに、茜の空を舞うマイマイガの妖艶な姿が思い浮かんでいた。

日の出前に、いつしか眠り込んでいたようだ。気づいたときには、木のてっぺんに来ていた。体は親指くらいに丸まる太っており、それでも落ちないのは、口から吐いた糸状のもので上体を固定しているからだ。ただ、その記憶はなく、誰かに操られていたような気がする。

頭上には遮るものもなく、強い陽光が容赦なく背を差していた。今すぐにでも飛び立って葉っぱの裏に隠れたいのに、まだ毛虫のままだ。とにかく背中が熱い。あまりの暑さで体が溶けそうだ。

ほどなく、背中の皮が熱でふやけてしまい、ぱっかりと裂けてしまった。血液なのか、白濁した体液が滴り落ちていった。それは樹皮を黒く染めながら、尚も滴っていった。その跡から、何かの塊が幾つも弾け飛んだ。ウイルスだ。ごつごつした球状のウイルスが何かは急に思い出せないが、とても危険なやつだ。

ふと、視線を落とした先には、いつしか毛虫に変わった子供たちが、私のいる同じ幹をしゃくるようにして上ってきていた。

自分の体はというと大きくなったぶん、体液はまだたっぷりと蓄えてあり、それが裂けたところから滝のように溢れだしていた。

あんなに太っていた体が、体液が抜け落ちるとともに細長くなっていき、一気に黒化していた。いまさらながら、やっと気づいた。私はウイルスに脳を乗っ取られ、やつらの都合のいいように操られていたのだと。くそったれ！　怒りをぶつけたいのに、意に反して意識が徐々に遠のいていく。

このままでは夥しいウイルスが放出され、それを浴びた幼虫たちも感染して、いずれ私と同じ運命をたどるだろう。防がなくては。でも、どうすれば感染をくい止められるんだ。それに、空を舞うという夢はどうなってしまうんだ。それより、一刻も早く子供たちに知らせなければ。

「早く、早く逃げるんだ。そうしないと、こうなってしまう。だから、今すぐ逃げるんだ！」

最後の力を振り絞って叫んだ。が、風が払ったのか声は響かず、残りの体液が絞り出されただけだった——。

翌朝の六時頃、目がさめた。こんなにも夢見が悪かったのは、久しぶりだ。頭が重かったにもかかわらず、内容はしっかりと記憶に残っている。

ハイカーが毛虫になり、木のてっぺんで息絶える。なぜ、そんな変な夢を見たのだろうか。ハイキングが趣味だからハイカーになるのはわかるとして、途中から毛虫になってウイルスに脳を乗っ取られ、コントロールされながら、最後はウイルスをたっぷり含んだ体液を垂らしながら死んでいく。なぜだ、なぜなんだ？ この夢に、どんな意味があるのか。

最初に思い浮かんだ犯人は、マイマイガの幼虫を宿主とするバキュロウイルスだった。別名、ゾンビウイルス。これに感染すると脳をコントロールされ、まさに夢で見たような現象が起こる。これは私の脳と体がすでに、あの天井裏のウイルスに乗っ取られているせいなのだろうか。しかし、樹木を上りながら頭に浮かんだのは、成虫のマイマイガになり大空を飛ぶシーンだった。ひらひらと舞うように、茜の空を飛んでいく夢。

昆虫もアドレナリンを分泌するのだろうか。空中飛行を思い浮かべるだけでも、愉悦に似た高揚感があった。だからこそ、鼻先にぶら下げたニンジンを追う馬のように、最後は太った体を引きずりながらも、高い樹木を懸命に上ったのだ。それさえも全て仕込まれたことで、それがこのウイルスの戦略だったのか。生物の肉体ばかりか、その頭脳や夢までも操るとしたら、何と恐ろしいやつだ。

憂鬱(ゆううつ)な気分を引きずったまま、一日が悶々と過ぎていった。そして、その夜、再び恐ろしい夢を見た。心臓が潰れるほどの、とびきり恐ろしい夢を。

＊

まだ暗い時間、目覚めると変な違和感があった。私は天井から、ベッドに横たわるもうひとりの自分を俯瞰(ふかん)していた。

そのベッドの自分は、よほど寝苦しかったのか、いつもの寝姿であるランニングシャツや薄手の短パンを脱ぎ捨てており、全くの裸である。タオルケットも脇へ払いのけている。その自分の体が段々赤みを帯びていき、肌が波打っていった。すると、体のあちこちから幾つもの瘤が現れてきて、その先端から血色の泡が湧き出してきた。泡はすぐに弾け、赤い胞子状のものが空中に漂っていった。ここで変能力が働いたらしく、突然、それらが拡大された。

現れたウイルスは、まるで赤いひっつき虫だ。子供の頃に投げ合って遊んだトゲトゲのおなもみの実。楕円の姿は数多くのスパイクで被われ、その先端は鉤針になっていて、一度でも肌に触れれば、くっついて離れない。何千、何万というそれが鼻や口からだけではなく、どうやら、肌を剔(えぐ)りながら細胞の中へと入り込んでいた。

　体が徐々に赤みを帯びているのは、感染が体内に広まっていくせいなのか。いずれにしろ、それは苦痛を伴っているらしく、ベッドの自分が呻きながらもがき苦しんでいた。

　瘤は体内にも多数できているらしく、きつそうな咳とともにトゲトゲのウイルスが多数空中に舞った。そのつど、気管や喉の粘膜が傷つけられているのだろう、空中のどれもが真っ赤に染まっていた。

　そんな状況がつづいたあと、苦しみから逃れたかったのか、ベッドの私は両手で己の喉を絞めながら、白目をむいていった。仕舞いには呼吸が止まり、ついには息絶えていた。

　その様子を天井から眺めながら、私は冷静に死体の処理を考えていた。このまま放置していたら、いずれ腐敗して異臭が室内に満ちるだろう。その臭いは隣近所まで漂っていき、不快な思いをさせてしまう。それよりも最悪なのは、じきに誰かに発見され、その際に赤い未知のウイルスが漏れ出てしまい、得体の知れない病気が広まっていくことだ。人に感染させて死なせてしまうなんて、そんな人様に迷惑をかけ、さらに恨みを買うような死に方だけは絶対に避けなければならない。

　そんなことを思案していると、ふいに腹の虫がグーッと鳴った。急に空腹感を覚え、食べ物を求めて天井から下りていった。

体が大きいせいか、壁伝いに下りていくと緑の漆喰がボロボロと剥がれ落ちていった。畳にのってからは、腹が擦れてガサガサと音を立てている。

部屋の片隅に、母親が使っていた古い三面鏡が置いてあった。その前に来たとき、巨大な黒い甲虫の姿が映っていた。小ぶりの頭には大きな複眼と短い触覚。どうりで、天井に張り付いていても下の様子が見えたわけだ。口は切れ味鋭い鎌口になっており、頑丈そうな顎は骨まで砕きそうだ。体は扁平、つまり死出虫と姿形が同じだった。ちがうのは、体の大きさ。本物は米粒ほどだったのに、こちらは人のサイズほどもあり、それを支えるために手脚は鋼鉄のごとく頑丈で、半分から先が弓状に湾曲している。それが全部で六本。さらに、背の前後には翅があるようだ。飛べるかどうか、早速試してみよう。

翅を広げると身長より大きく、二、三度振っただけで、体がふわりと浮いた。そのとき、「グル、グルッ」とまた腹が鳴った。空腹のあまり力が出なくなり、へなへなと畳に着地した。

どうしたものか。ふと横を見ると、おいしそうな死体が横たわっていた。肉厚で脂ものっており、肉汁もたっぷりとありそうだ。盛んに腹がグルグルと鳴っては、よだれが鎌口にそって滴り落ちた。たまらず、右太ももあたりに口を寄せ、大口で喰らいついた。よだれが潤滑油となり、切れ味よろしく鎌口が太ももの引き締まった肉を、サクッと切り裂いた。

サクッ、サクッ、弓状の前肢がしなりながら、切り取った肉片をだんご状に幾つも丸めていく。滲み出す肉汁やら体液も、筋肉を覆っている伸縮性のある膜——筋膜を使い、一滴漏らさず器用に包含していく。

うまそうな小籠包(しょうろんぽう)状のものが幾つかできたところで、一個ずつ頬張った。あまりの美味しさに食欲は増すばかりで、手が止まらない。

それを繰り返していき、じきに死体の下半身が骨だけになった。自分は食べ上手なのだろう。骨面には舐め尽くしたように、一片の欠片、一本の筋肉繊維さえ残っていない。空洞だった体内が、たっぷりの栄養で満たされていくようだ。それでも、まだ満腹感はなかった。

己を食らう罪悪感もなく、むしろ一刻も早く遺体を片づけたかった。それは本能からなのか、一服してから遺体処理のスピードがいっそう増した。もちろん、この体に取り付いたウイルスが市中へ拡散するのを防ぎたい、という意識も少しは残っていたが、食欲が勝っていた。次は右肩付近に鎌口をあてた。

サクサクサク、サクサクサク、切り取った肉片を器用に丸めていく。それから、できあがった肉だんごを頬張っていく。体に、ますます力が満ちていく。

サクサクサク、サクサクサク。脂肪だろうが、内臓だろうが、サクサクサク、サクサクサク。口、鼻、目玉さえも、サクサクサク、サクサクサク。最後に脳をサックリと、サクサクサク。

全ての作業が終了するのに、大して時間を要しなかった。満ち足りた食欲、己の仕事を果たした達成感。それでも、ずいぶんと腹が張っており、やはり食べ過ぎたようだ。ベッドの下で少し休むことにした。

体を動かし畳に下りたとたん、膨れた腹が重みで圧迫され、苦しみを覚えるまもなく一挙に破裂した。忽ち、体が米粒サイズに細かく散って、何千、何万というその欠片が、それぞれ小さな死出虫になっていた——。

＊

目覚めたときは、大抵が汗びっしょりになっているはずなのに、真逆で、全身が氷漬けにでもなったような異常な冷たさだった。体を温めようと、思わず、両手を組んだり合わせたりした。すると、この冷たさには覚えがあった。

母親の通夜の日、葬儀場の家族用控え室で最後の夜を過ごしたときだった。初めての喪主はひとりでは心もとなかったのもあり、傍らの布団に横たわる母に向かって、「式を一緒にやり遂げよう」と呟き、その手をとった。部屋には暖房が入っているというのに、その手のあまりの冷たさに驚いた。もはや、一滴の血のぬくもりも失った手に触れたとき、母との永遠の別れを感じた。その冷たさと同じだった。

それにしても、恐ろしい夢を見たものだ。目覚めたときには夢の記憶は忘れ去っているというけれど、それどころか、内容ははっきりと覚えていた。心なしか、動悸が激しくなっている。単なる夢と片づけるには、おどろおどろすぎた。まさか、今日、明日中に死ぬことはないだろうが、コロナのように急変しないとも限らない。

また、自分が巨大な死出虫となり、己の死体を食らうという悍ましいことはあり得ないにしても、すでに何らかの病原体に感染してしまい、脳、つまり思考が、すでに蝕まれている恐れはある。昨日見た夢のように、取り付いた宿主の行動を変化させて操るウイルスだっている。マイマイガの幼虫の例がそうだし、哺乳類に取り付くボルナ病ウイルスでは、感染したラットが凶暴になったという実験データがあった。確か、日本もそのウイルスの分布地域に含まれていたはずだ。

これらの例のように、私の脳もコントロールされていて、その影響から悪夢を見た可能性が捨てきれない。今もいろいろ考えているところからすると、まだ完全には脳は支配されていないのだろう。それは、免疫システムの最後の抵抗のおかげかもしれない。ただ、本当はコントロールされていて、結局は突然死でもすれば、第一発見者から知らず知らずにウイルスが感染していき、いずれ余所にも病気が広がっていくのだろう。それが、このウイルスの戦略なら、まさに悪魔の所業である。もう、これは人生のチェックメイトだ。いよいよ、覚悟を決めるときが来たのかもしれない。

いずれにせよ、無様な死に方だけはしたくないし、無様な姿も残したくはない。最後ぐらい、きれいさっぱり、終わりたいものだ。だから万が一のために、せめて状況だけは書き残しおく。

今日は平熱、咳はない。体調はまずまずだし、食欲もある。


ひと晩寝れば、ずいぶん落ち着きが戻っていた。そして、別の考えが浮かんでいた。つまり、母の葬儀を思い出したとともに、介護の記憶も蘇っていた。母はアルツハイマー型の認知症だった。当初は認知症の知識も乏しく、いろいろと調べたものだ。その中で得た知識として、原因のひとつにレビー小体型認知症というものがあったのを思い出した。

症状としては物忘れのほかに、見えるはずのない人や動物が見える、つまり幻視が起こるというものだ。自分がそうかは認めたくないにしても、もしそういう症状が現れているのなら、異様な悪夢を見るのもうなずける。

早速、ネット検索をしてみると、認知症の一〇〜二〇パーセントを占め、六五歳以上の男性に多いとある。便秘や頻尿なども伴うので、心当たりがある人にはＭＲＩ検査を推奨してあった。

自分に当てはめてみれば、排便は四日に一度と便秘ぎみだし、小用は夜中に二度ほど起きることもある。まさしく、認知症とは認めたくはないが、症状はぴったりである。昨夜夕食を食べたかどうかは覚えているものの、やはり検査は受けるべきだろう。それで解決するのなら、万々歳だ。明日にでも、母がお世話になっていたY脳神経外科へ行ってみよう。

＊

（注）以上が、新たに打ち出した内容である。これで事の経過は理解されたと思う。尚、最後の記述にあった脳検査については、確かに同病院で受診がしてあった。ただ、当日の午後から検査を受けており、判定が後日になったのもあり、本人は結果を聞かないまま亡くなっていた。当院長によると、脳の萎縮や異常は見受けられず、きれいな形をした正常な脳だったとの説明だった。

しかし、検査結果は大して解決には役立たなかっただろう。子供の頃から見ていたものが幻覚だとして、若年型レビー小体型認知症だったとしても、何ら解決には至らないのだ。本人が幻覚を見ようが見まいが、短時間で全身が骨だけになったのは確かなのだから。では、やはり、悪夢が正夢になったのだろうか。

私と姫野はその点も話し合ったが、正直いって、あり得ない話ではあった。が、実際に起こったとすれば、これも彼女が言ったように全ては解決する。でたらめを書き残すほど、小出氏がいい加減な人間ではないのは、先に述べた通りだ。

しかし、そうはいっても、SF映画でもあるまいし、人が昆虫に変身するなどあろうはずがない。ひょっとして、本人が記したように、この新生のウイルスが脳を乗っ取り、人の意識さえコントロールしてしまったのだろうか。だから、身の毛もよだつ恐ろしい幻覚を見ていたのだろうか。その点もふたりで話したが、冷静に考察すれば本人ではなく、何百何千、いや何万という死出虫が発生して、本当に死体を食ったのかもしれない。それは後日、法医学教授に確認済みではある。

教授によると、前例に「ハエの幼虫ウジ虫が、一〇日ほどで成人の死体を白骨にしたことはあった」らしい。だから、何万という死出虫がいれば、短期間でそれをやってのけた可能性はあるだろう。

だが、それらしき虫が、室内には一匹も残っていなかったのは、なぜなのか？　薄く開いた窓やアルミ戸の隙間から、飛び去ったのだろうか。それ以前に、連中は一片の肉片や脂肪、それに一滴の血液や体液でさえ、何も残さずに遺体の処理ができるというのか。では、頭髪や体毛はどうだ？　それらさえ、別名・埋葬虫といわれるように、室外に持ち出して庭にでも埋葬したというのか。なら、どうして遺骨は残っていたのか？　重すぎて運べなかっただけなのか、それとも、その前に我々が来たせいで作業を中断したとでもいうのか。まさか、今も天井裏のどこかに、密かに隠れているのではないだろうか。

姫野と様々な観点から話し合い、ひとつの結論に至った。

もし、死出虫に、死体の解体というブッチャーみたいな一連の作業が可能なら、ふたりの推理もまんざら間違ってはいない——。ただ、それでも疑問は残った。

本人の告白どおり、自分の体が何らかの病原体に冒されていたのなら、それを食った死出虫は感染しないのだろうか。このウイルスが取り付くのは、果たして人間だけなのか。いずれにせよ、得体の知れない新たなウイルスなど、新型コロナで終わってほしい。その点では意見が一致した。

一〇

一時間ほどは経っていただろうか、話が一段落したあとで姫野がぼそっと言った。

「天井を見てみましょうか」

「え？」

それだけで、こちらの意味をくみ取ったのだろう。彼女は先をつづけた。

「真相を究明するには、事実確認の積み重ね、ですよね」

「それはそうだが、本気なのか？」

「はい」

こちらに向けられた強い眼差しだけで、それが決して冗談ではないのは承知している。

——やれやれ、もう打ち切ってもいいのに、とことんやるとは、何とも頼もしい限りだ——と、半分皮肉交じりに思ったものだ。

姫野は現場の客間に行くと、さっそく押し入れの引き戸を開けた。天井を一瞥して、「ライトか何かありませんか」

その前向きな思いに、「ちょっと待ってろ」と返して、台所の食器棚の引き出しをあさってみた。そのひとつに、懐中電灯があった。スイッチを入れると、何とか弱い光を発した。

「あったぞ。電池が切れかかっているようだが、まだ使えそうだ」

それを渡して、姫野がライトを天井に向けたときだった。そこから突然、ザザッと物音がして、同時にライトの動きが止まった。

「おい、何かいるのか？」

おのずとヒソヒソ声になる。

「わかりません」と、返事もヒソヒソだ。

ふたりで耳を澄ましていると、ほどなくして、また引きずるような音がした。

姫野が手で天井を押し上げ、——中の様子をのぞいてみる——といったふうのジェスチャーをした。

ほんきなのか。まさかと思うが、例の死出虫がいるかもしれないぞ——と、こちらも口パクになっていた。

開けたとたん、その大きな胴体が現れるかもしれない。まだ残暑だというのに、背筋がゾクゾクしてきた。

姫野が天井板に手を添えて、まさに押し上げようとしたときだった。

「ピンポン」と、チャイム音が響いた。それは、彼女の勇敢な行動を躊躇させるのに十分だった。

「おい、たぶん、お兄さんだ。俺が出るから、早くそこから出るんだ」

私は大した時間稼ぎにはならないのに、わざと「は～い」と間延びした返事をして、玄関に出た。

「どちらさまですか」と扉越しに問うと、やはり小出氏の兄だった。

「どうぞ、開いてますよ」と促したあとに、玄関戸がゆっくりめに開いた。

入ってきたのは、薄毛の白髪、覇気(はき)がなく初老の佇まいの男だった。

客間で私が状況を説明して、引き継ぎを終えた。日数が経っているとはいえ、身内が亡くなったというのに、悲しみに浸っているというふうでもなく、どちらかというと、残った家屋や諸々の残務処理に頭を抱えているといったふうだった。残された天井の物音の件は、「ネコが入り込んでいるようです」とだけ言っておいた。

いとまを告げて玄関を出てすぐ、私たちは振り返って名残惜しそうに家屋を眺めた。やはり、ふたりして、完全解決ではない心残りがあったのだろう。そんなとき、何気なく姫野が網戸に視線を向け、何かに気づいたふうだった。

「あの下のところ、少し破れてるみたいですね」

「そうか？」

網戸の色はブルー一色。切れ目があっても、ほつれが絡んでいればわかりづらいものだ。ふたりで近寄って見ると、網戸の下から二〇センチほどのところが、確かにJ字型に破れていた。

「自転車でも倒れたんでしょうか。ちょうど、ハンドルのグリップ部分がぶつかったぐらいの大きさですね」

姫野は破れた部分をゆっくり開けながら、中をのぞき込んだ。

「おい、何をしてるんだ？　変に思われるぞ」

今にもお兄さんが不審がってカーテンから現れそうで、気が気ではなかった。

「何かが引っかかっているんです」

姫野はスーツの外ポケットから白手袋を取り出してはめると、再度覗き込んで指先を破れの先に差し入れた。

「どうした、何かあったのか？」

返事をするどころか、息を止めているようだった。視線を外さないまま、同ポケットから証拠保存用のビニール袋を取り出すと、その中に何かを入れた。

「これを見てください」

声が興奮ぎみの割には、差し出された透明袋には何も確認できなかった。

「うん？」

私の表情を見て察したのだろう、その袋の一点を指さしながら言った。

「ほら、ここです。ここに黒ごまみたいなものが見えるでしょう」

指先に目を細めると、確かに点ほどの黒っぽいものがあるにはあったが、いまいちピンとこなかった。

「これは？」

「虫の欠片に見えませんか。ひょっとしたら、死出虫の翅が引っかかって取れたものかもしれません」

そう言われれば、そう見えなくもなかった。

「開いた網戸の隙間からだけじゃなく、この小さな隙間からも出ようとした死出虫がいたんですよ」

「そして、編み目に引っかかり、体の一部が取れてしまったというわけか」

「きっとそうですよ」

お互い興奮を隠しきれないといったふうだった。ここに留まっていたら、ますます不審がられる。

私は彼女に門扉から出るよう促し、その場を離れた。


帰りの車内で、欠片の処分をふたりで話し合った。この案件には終了の判定が下されている以上、上司に再鑑定を願いでるのは憚られた。実際そうだったとしても、判定が覆ることはないだろう。結局、姫野が持ち帰り、知り合いの若き昆虫博士に頼んでみるとのことだった。そのあと、引き継ぎの件で尋ねてきた。

「ネコでよかったんですか？」

「仕方ないだろ。今回の件を全て話したところで、混乱されるだけだ。プリント類は渡したんだから、読んでどう思うかは、お兄さん次第だろう」

「でも、残念でしたね。あのご遺骨、もう、荼毘にふされちゃったんですよね」

「それも、仕方ないさ。事件性はないって、検案書で結論が出たんだからな」

「あれから、いろいろ考えてみたんですが、隣人の目撃者がウソを言ってたんじゃないでしょうか」
「ウソ？」
「つまり、ずっと前に小出さんを殺しておいて、あたかも死亡直然に目撃したかのように
ウソをついた、とか。もしくは、犯人が小出さんのふりをして、新聞を取りにいったと
か」
「それはどうかな。どうであれ、あんなちゃんとした遺骨が残っているのは、説明がつか
ない」
「そうなんですよね。でも、どうして、ビニールシートを敷いていたんでしょうね。夏に
は不快なだけでしょうに」
「たぶん、迷惑をかけたくなかったんだろう。知らぬ間に死んでしまったら、あとの者に
迷惑がかかる。夏場の孤独死、発見が遅れれば、遺体がどうなるかは誰にでも想像はつく
さ。だから、万が一のために敷いたんじゃないのか」
「短い間でしたが、小出さんの人となりや生き様が少しはわかったような気がします。犯
罪とは無縁の、決して悪い人じゃなかった。むしろ前向きに生きようとしていました。自
分本位でもなく、隣近所に迷惑をかけまいと気遣っていた。でも、最後には人知れず、死
因もわからず死んでしまうなんて、何だか、やるせないですね」
「まあ、そうだが、結局、人様には大して迷惑をかけなかったんだ。それでいいじゃない

か」

「ええ。でも、死ぬ間際には、何を思ったんでしょうね」

「思うというか、祈ったんじゃないのか、新種のウイルスが広まらないようにって。手記にも、そう書いてあった」

「そうですよね、きっとそうですよ。無神論者だって、人のために祈ってもいいですよね。そして、小出さんが言ってた新しいウイルス、コロナみたいに流行しなければいいですけど」

「ああ……」

新しいウイルスなど、もうまっぴらごめんだ。二度と流行ってほしくない。だが、来週か、来月か、それとも来年か。いや、ひょっとしたら明日かもしれない。再び感染が起こらないとは、誰も断言できないのだ。全てが終わったというのに、何かを取り残したようで心はすっきりしなかった。

二

その後、研修の期間も終わり、姫野は戻っていった。時勢柄、盛大な送別会はしてやれなかったが、「今後の活躍を期待している」という餞（はなむけ）の言葉には、明るく「はい」と返してくれた。

やる気に満ちあふれた姿からすると、少しは成長してくれたようだ。私の役目も終わり、肩の荷がおりてほっとした。

それから年が変わり、私も退職日を迎えて署を去った。暫くは挨拶回りや身の回りの片づけ等でバタバタしていたが、今はだいぶ落ち着いて、家の片づけなどをしながら日々を過ごしている。たまに、昔の同僚から、お機嫌伺いの電話が入ることもある。

先日は元上司の課長より、嬉しいお誘いがあった。刑事としての長い経験を活かして、警察指導技官として戻ってこないかという依頼だった。ありがたい話ではある。ただ、三〇年あまりの疲れが取れれば考えないでもないが、暫くはのんびりしたいというのが正直な気持ちだ。それにしても話し相手もいない今、ひとりの夜は、おのずと近年の事件、特に小出氏の件を思い出してしまう。

自室のベッドに横になり、古びた天井を見ながら考える。実は、あれから姫野が電話をくれた。知り合いに鑑定を頼んだ例の小片は、甲虫の一部だろうというところまではわかったが、死出虫のものかどうかまでは判明できなかったらしい。よって、望みを託した最後の物件では、甲虫による人喰いの証拠までにはつながらなかった。

本当に数万もの死出虫が現れ、人間の死体を処理したのだろうか。果たして、真相はどうだったのか。

結論は未だ出ず、そのうち、我に返って私もひとりだと気づく。同居する家族もなく、小出氏と同じように、いずれ孤独死を迎えるのだろうか。なら、私も早めに遺書を書いておくべきだ。そう思い、とりあえずはエンディングノートやらを買ってきた日のことだった。

郵便受けをのぞくと、姫野から今度は手紙が来ていた。そういえば、メールアドレスを知らせていなかった。しかし、人から手紙をもらうのも久しぶりであり、茶の間の座椅子に腰をおろして、期待を覚えながら封を開けた。残念ながら手書きではなく、プリントアウトされたB５用紙が数枚入っていた。

読んでいくと、そこには、小出氏が持っていた変能力について書かれてあった。読み終わったあと、胸のどこかにつっかえていた謎が、やっと解けた気がした。その内容を次に紹介しておく。

前略　ご無沙汰していますが、あれから元気にお過ごしでしょうか。実は、やはり小出さんの件がその後も気になり、あの人の特異体質について調べていました。早く連絡をしたかったのですが、多忙な毎日に追われ、なかなか調査が進みませんでした。最近、やっと、その原因らしきものがわかったので、ここに報告をします。

「行き詰まったら、初動に戻れ」という風間さんの教えに従い、小出さんが関心のあったウイルスを、私なりに調べてみました。調べるといっても、バイオロジーやウイルス学など全くの素人だったため、最初は手探りの状態でした。それでも、いろいろ調べていくうちに、偶然にも視覚に影響を与えそうなウイルスに、出会うことができました。

それはエプシュタイン・バー・ウイルス、舌を噛みそうですが、日本では簡単にEBウイルスと呼ばれているものです。それが何かといいますと、ヘルペスウイルスの一種で、聞き慣れない名の割には、世界中のどこにでも存在していて、誰もが容易に感染する可能性があるものです。たとえば、ジュースを回し飲みしたり、濃厚接触、つまりキスなんかでもうつります。そのため、俗称「キス病」とも言われたりします。ですから、多くの人が子供のときに感染し、一生涯保有しているそうです。

それで、それが原因で様々な症状を引き起こすわけですが、その中の関連症状のひとつに、「不思議の国のアリス症候群」というものがありました。聞き慣れない病名だと思われるでしょうが、多くの子供がそうであるように、同物語は私の愛読書でもありました。

名称のユニークさに惹かれて読み進めていくと、興味深い内容に出会いました。その大まかな点を紹介しておきます。

視覚でとらえたもののサイズが、大きくも小さくも通常とは違って見えてしまう症状が見受けられること。これは大脳皮質が炎症を起こして、捉えたイメージの変容を起こしてしまうからであり、云々――

どうですか？　小出氏の症状と似ているとは思いませんか。もっとも、物体が大きく見えるといって、なぜウイルスまで見えるのか、なぜウイルスだけなのか、その点は不明ですが、それでも、あの人の不可解だった特異体質の謎が少しは明らかになったような気がしませんか。つまり、手記に書かれていた内容は、いい加減でも作り話でもなかったということです。

以上で、この件は終わりにするつもりです。というのは、今回の件でお話ししたロス市警での事件を思い出してしまい、結果がどうなったのか、その真相を知りたくなったのです。少しずつ、できる範囲で調べ始めてみたものの、やはり、こちらでは限界があります。そのうち、長い休暇が取れたら、一度あちらへ行ってみようと思います。

管轄が当署からＦＢＩに離れた事件であり、その上、昔のメンバーも皆入れ替わっているでしょうから、現地でどこまで調査が進むかどうかはわからないにしても、できるだけ真相に近づいてみるつもりです。また、何かわかったら連絡しますので、よかったら今度メールアドレスを教えてください。

最後に、まだコロナ感染のリスクはなくなっていないので、お体を十分ご自愛ください。それでは、これで失礼します。

草々
六月二〇日
姫野　結衣

以上が、手紙にあった内容である。あれから、事件のことを自分なりに調べていたとは、姫野のしつこさは私以上である。もっとも、これは褒め言葉であるが。彼女も私同様に、すっきりしないものがあったのだろう。それをとことん追い詰めるとは、きっといい刑事になるだろう。これからの活躍が楽しみである。ひょっとしたら、私以上に手柄をあげるかもしれない。それはそれで楽しみではあるが、そうなったら、私の指導が良かったことにしよう。

にやつきながら、そんなことを考えていると、いつしか眠ってしまった……。

「うん？」

何かの物音で目が覚めた。耳を澄ますと、何かが天井裏を歩き回っていた。

「ネコか？」

暫くすると、今度はザワザワと何かの蠢く音が聞こえてきた。

「あいつらなのか？」

音を求めて神経を尖らせる。やつらはオレの死を待っているのか。

「くそったれ！」

ここで死んだら、やつらに喰われて忽ち骨にされてしまう。

姫野から、あっちの事件の真相が伝えられるまで、死んでたまるか。まだまだ、おれのアドバイスがいるはずだ。だから、明日はちゃんと起きてやる——

そう決意して、目を閉じた。

（了）

あとがき

早いもので、コロナ禍が始まって四年が経った。暫くは感染の広がりに、私も戦々恐々としていたが、その間にも執筆を続けていたら、いつしか四作を書き下ろしていた。よって、中にはパンデミックの影響を強く受けているものがある。ここで、それぞれを振り返ってみたい。

RM（リスク・マネジメント）は突然に～濁流の果て～　日常の中で、突然やって来る災害への対応が、いかに難しいかを描いている。一九八二年に起こった長崎大水害後も、地震や津波など様々な災害が起こった。そして、今回のＣＯＶＩＤ19によるパンデミック。それぞれの教訓は次に活かされているのだろうか。また、前者に関しては記憶が薄れた人も多いのではないか。そんな思いもあり、当時、長崎市にいた体験者として、一度は振り返ってみたかった。街の状況は、概ね本文に書いた通りである。特に、赤茶けた濁流になった中島川の氾濫は凄まじく、道路から溢れて大河となった恐ろしい光景が、今でも脳裏に残っている。被害も甚大で、多くの人が家族や友人など大切な人を亡くした。特に、山崩れや土石流による被害がひどく、さらに何台もの自動車やバス、路面電車までも被害を被った。資料から今回、家族全員を亡くして一人だけ生き残った女の子がいたことを、新たに知った。その後、彼女はどうなっただろうか。苦難にめげず、幸せな人生を送っているのを願うばかりである。

セミ捕りおじさんのミッション・ポッシブル　その昔、青年だった私が最も感銘を受けたのが、映画「ラ・マンチャの男」である。ご存じ、ドンキホーテの物語で、ミュージカル仕立てだった。その作家であるセルバンテスの劇中での生き様に、大いに影響を受けた。本作は、一部をそのオマージュとして書いた。ただ、最初はそれほど意識をしたわけではなく、描いているうちに、色んなアイデアが浮かんでは結びついていった。たとえば、風車と機関車、従者のサンチョ・パンサと孫の良太、鏡の騎士と暴走族など。映画を見た人は、話の中に懐かしい場面を思い出すかもしれない。それから、中盤あたりからの主人公の行動には、スウェーデンの環境活動家グレタ・トゥーンベリ女史が乗り移ったのかもしれない。

尚、この主人公は、実在した男性がモデルになっている。もっとも、そのおじさんが持っていたのは、虫捕り網ではなく釣り竿だったが。

ガレキの惑星　少しはコロナが落ち着きホッとしたのも束の間、今度はロシアがウクライナに侵攻するという暴挙が起こった。砲弾やミサイルによって破壊される街並み、そして日々増える犠牲者に、何もできない無力感に苛まれながら、それでも、一片の希望を見いだせないものかと悩みながら、何とか書き上げた。この話にも温暖化の危機を含んでいる。ミサイルや戦車に戦闘機、都市や森林火災等を含めれば、どれだけ大量の温室効果ガスが排出されているのだろうか。温暖化防止は待ったなしなのに、戦争をやっている場合ではないのだ。さらに、今度は遺恨の応酬から、パレスチナのガザ地区がイスラエルの標的となった。こちらも街は破壊され、多くの住民が虐殺されるという悲惨な状況に置かれてしまった。ほかにも、アフガニスタンやネパールでの地震による家屋の崩壊など、残念ながらガレキの街並みは広がるばかりである。この世界が、本当の「ガレキの惑星」にならないように願いつつ、今後も声を上げていきたい。

変能力者の憂うつVI　われは死出虫　変能力者シリーズも六作目になった。コロナ禍という異常な状況、それも数年にわたる混乱した時の中で、我が家では不気味なことが立て続けに起こった。天井裏を走り回る小動物、カワウソと思われる腐乱死体、そこから発生したハエや死出虫の群れ、そして、家ネズミによるペスト流行の恐れなど。それらを題材にして書いていたら、サスペンス・ホラーみたいな内容になった。決して、最初から読者を怖がらせようと意図したものではないので、悪しからず。

今思えば、本来びびりの私は、恐怖というウイルスに感染して、パニックを発症させていたのかもしれない。尚、裏表紙のエイリアンみたいなバクテリアは、その奇っ怪な姿を初めて見たときは目が釘付けになった。そのときの驚きを皆さんと共有したくて、あえて載せることにした。ほか、文中の弾丸みたいな狂犬病のウイルスなども、ウイルス図鑑一〇一を参考にした。

以上、最後に、当出版社の佐藤氏の助言は有益で、作品の完成度を高くしてくれた。この場を借りて謝辞を述べておきたい。それから、実はもう一人尊敬する作家がいて、それは、子供の頃からの愛読書であるレ・ミゼラブルを書いた文豪ビクトール・ユゴーである。私は感動のあまり、小説を書いたこともなかったのに、「日本のユゴーになる」と子供心に思ったものである。よって、ガレキの惑星には、作品へのオマージュも取り入れてみた。そして、いつかはその著書のような、虐げられた人々に明かりを灯すような小説を、書ければという思いはある。視力も落ちてきたので、いつまで続けられるかわからないが、不幸があまりにも多い世界で、そんな人々に寄り添えるような作品を、創作できればと思っている。

【著者略歴】

高見　翔（たかみ　しょう）

福岡県出身。大手信販会社に勤務後、日本語教師として渡米。その後、ベルビュー大学で社会学等を学び、塾講師を経て現在に至る。環境問題や異文化理解をテーマに執筆、チャリティー本も手がける。
代表作「天使の階段」「氷河の叫び」「新・サンタクロースの伝説　オーロラの輝きに乗って」「飛べ、暗黒を裂いて」「ニューロンの迷宮」「変能力者の憂うつ」「地の果てへ　～最後の贈り物～」など。

ガレキの惑星

2024年2月14日　第1刷発行

著　者 ― 高見　翔

発行者 ― 佐藤　聡

発行所 ― 株式会社 郁朋社

〒101-0061　東京都千代田区神田三崎町2-20-4
電　話　03（3234）8923（代表）
ＦＡＸ　03（3234）3948
振　替　00160-5-100328

印刷・製本 ― 日本ハイコム株式会社

落丁、乱丁本はお取り替え致します。

郁朋社ホームページアドレス　http://www.ikuhousha.com
この本に関するご意見・ご感想をメールでお寄せいただく際は、
comment@ikuhousha.com までお願い致します。

 ISBN978-4-87302-809-5 C0093

高見翔のｅシリーズ 既刊案内

※ｅとは地球（earth）、エコ（ecology）、環境（environment）の頭文字です。

天使の階段

ニュースキャスターのアンジェラは、旅先のオーストラリアで禁断の地へ迷い込んでしまう。そこで待っていたのは、人間再生への凄絶な儀式だった。アボリジニ五万年の軌跡を描いた感動作。

B6 上製 240 頁　定価：本体 1,400 円＋税

氷河の叫び

氷河の融解によって放出される太古のガス。それは罪深き人間を悪夢へと誘う地獄の香りだった。ネパール（エベレスト）、アメリカ、そして日本を舞台に、温暖化の恐怖を描いた戦慄の物語。

B6 上製 384 頁　定価：本体 1,700 円＋税

新・サンタクロースの伝説

オーロラの輝きに乗って

伝説を追って極寒の地ラップランドへ。そこには人間サンタクロースの愛と苦悩があった。北欧に生きる「トナカイの民」の長老が語る、驚きの真実とは。リニューアル版

B6 並製 208 頁　定価：本体 1,300 円＋税

高見翔のeシリーズ 既刊案内

※ e とは地球（earth）、エコ（ecology）、環境（environment）の頭文字です。

飛べ、暗黒を裂いて

十歳の誕生日を迎えたとたん、赤黒い塊へと変容する子供達。新たな感染症なのか、それともバイオテロなのか。原因解明のため、一人の女医が立ち上がった。だが、彼女の一人息子にも同じ症状が……。環境の劇的変化がもたらす地球の運命を描いた衝撃の最新作。

B6 上製 320 頁　定価：本体 1,500 円＋税

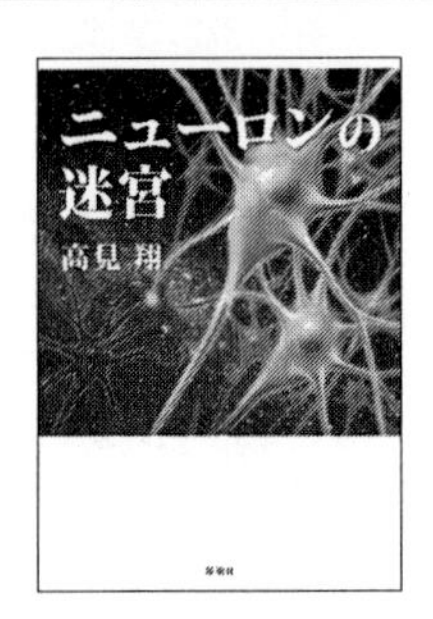

ニューロンの迷宮

認知症を体験する電脳マシン・Beti。だが、エラーが生じて被験者の脳細胞が死滅し始める（表題作）。ほか、宇宙にある地獄を目指す囚人船やプールファイターになった女子高生の活躍など、全四話。

B6 並製 376 頁　定価：本体 1,500 円＋税

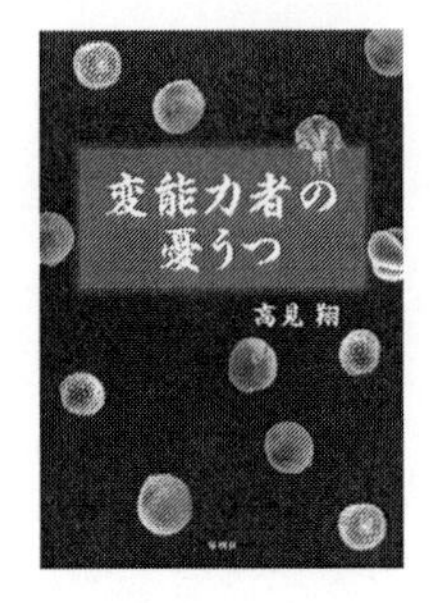

変能力者の憂うつ

細胞をも貫く驚異の視力。突然、浮遊する体。その能力は歪に進化して、若い男女の日常が狂いだす（表題作）。ほか、異星人のいる星まで転移してしまう男性など、変能力者達の奇異な体験を描いた全四話。

B6 並製 372 頁　定価：本体 1,500 円＋税